동류항 두 개로 이룬 꿈

동류항
두 개로 이룬 꿈

글 이수옥

거친 세월도 달콤한 시간도 뒤돌아보니 같은 속도로 달렸지 싶다. 몸은 늙어도 마음은 청춘이라는 어른들 말씀이 낯설게 들리던 시절이 있었나 싶다. 어느새 육십 고개를 넘기고 보니 세월의 속도를 수시로 느낀다. 해 놓은 것도 없이 나이만 먹었다는 소리는 가는 세월을 못내 아쉬워하는 중년들이 즐겨 부르는 노랫말 중 일부가 아닌가 생각한다.

하지만 나는 해 놓은 것도 없이 억울하게 나이만 먹었다고 허튼 노래를 부르면 안 되는 이유가 확실하다. 오십 줄에 들어서면서 시작한 만학으로 긴 세월 학생 신분을 즐기고 있기 때문이다. 일반 학생들처럼 교복을 입고 등교하지 않았지만 중학교를 삼 년간 다녔고, 고등학교를 이 년 다녔다. 거기서 그치지 않고 이어서 대학교를 사 년간 다녔다.

대학을 졸업하고 나서 문화센터와 도서관 문화교실에서 실시하는 다양한 수업을 이 년간 바쁘게 받으러 다녔고, 지금은 방송대 재학생으로 여전히 학생 신분을 쥐고 있다. 긴 세월 학생 신분으로 내 나름대로 더없이 행복하고 소중한 세월을 보내며 산다.

내가 이토록 긴 세월 학생 신분을 즐길 수 있음은 곁에서 응원하고 도와 준 남편이 있어서 가능한 것은 두말 할 필요도 없다. 그리고 시댁 맏동서의 말없는 후원도 한 몫 하였다고 지면을 통해서 고마움을 전한다. 아울러 시댁 여러 남매의 속 깊은 마음에도 진정한 고마움을 표현한다.

팔남매 형제 중 막내 시누이를 빼고 남편을 비롯하여 위아래로 형이야, 누나야, 아우야, 누이야, 일곱 형제자매가 고향 십 리 밖을 벗어나지 않은 근동에서 산다.

그럼에도 불구하고 내가 학생 신분을 즐기는 긴 세월 동안 내 마음에 상처 날 말 한 마디가 내 귀까지 전해지지 않았다. 그러니 얼마나 고마운 분들인가. 나라님도 안 듣는 곳에서는 험담을 하는 세상인데 말이다.

그 나이(?)에 형의, 오빠의, 동생의, 등골을 뺀다고 듣기 거북한 쓴소리 한 마디 할 법도 하련만 지금까지 어떤 구설도 들어 본 적 없다. 어느 일면 나라님 보다 내가 행복하다고 자부하고 싶다.

주부가 긴 세월 학생 신분에 더 충실하니 살림인들 옳게 살았겠나 싶다. 그 부분 남편에게 항상 고맙고 미안하다. 그리고 맏동서인 형님께 정말 미안하고 염치없다. 긴 세월 학교를 다니는 동안 집안 애경사와 학교행사(시험 기간 기타 등등)와 겹치면 "형님, 이만 저만 한데 어쩌지요?" 라고 말씀드리면 "할 수 없지." 짧은 한 마디로 응축하는 속내가 어땠을지 알고도 남는다.

맏며느리가 아니라서 그렇게 말해도 되나 싶은, 시어머님 제사에도 늦는다고 전화 한 마디로 통보하는 괘씸함, 형님도 여자이고 사람인데 때론 뛰쳐나가고 싶을 만큼 힘들었던 시간이 많았음을 나는 누구보다 잘 안다. 그럼에도 움쳐 뛰지 못하고 참아내는 맏며느리의 비애, 그 어느 것 한 가지도 고맙지 않은 부분이 없다.

아울러 집안 애경사에 나의 부재쯤 아랑곳 하지 않고, 아무 걱정 말라며 형님의 일손을 발 벗고 도와서 내 마음의 짐을 벗겨준 살가운 손아랫동서에게도 무한한 고마움을 표현한다.

이렇듯 음으로 양으로 도와준 형제간 도타운 정이 있어서 가능한 일이다. 학생 신분을 쥐고 살면서 힘든 부분도 많았지만, 불순물이 섞였을지라도 나름대로 괜찮게 포장된 내 인생 후반전이 내 마음을 위로한다. 힘들던 인생 전반전의 수고를 말끔하게 희석시켜주니 더 이상 그 무엇을 바라면 그건 지나친 욕심이다.

내 학생 신분을 격려하고 도움을 아끼지 않는 남편, 내 자식들, 주변 모든 고마운 분들에게 부족하지만 이 한 권의 책에 다 내마음을 듬뿍 담아서 보답을 하고자 한다. 돌아보니 나와 인연이 닿은 모든 분들이 사랑이었다.

2012년 6월
이수옥

수필

동류항 두 개로 이룬 꿈

나는 맞선을 본 지 달포 만에 결혼을 했다. 나중에 안 사실이다. 시댁에선 신혼살림을 따로 내보낼 여건이 안 되는 사정을 지극히 미화시켰다. 중신어미에게 새 사람을 들이면 시댁 식구들과 정을 붙이고 살다가 살림을 내 주는 걸 시부모님의 철칙이라고 말씀하셨단다.

그런데도 예부터 중매는 세 가지 이상 속이지 않고는 성사시키기 어렵다는 설을 대변하듯, 설마가 사람 잡듯, 남편 몫으로 신혼집을 사 두었다는 터무니없는 낭설이 혼인을 성사시키는 데 일등공신이 됐다.

시부모님을 비롯하여 맏형님 내외, 조카 둘, 직장생활로 나가있긴 해도 미혼인 시누이가 둘, 초등학교 육학년인 막내시동생까지 시동생 이 둘, 그 많은 식구들과 부대끼며 신혼생활을 할 것이라고는 꿈에서 조차 생각하지 못했다.

그러나 어찌 하랴. 이미 청첩장을 돌린 상황이다. 요즘 세상은 돈이 양반이라는 목소리가 드높지만 내가 결혼할 당시만 해도 돈이 양반이라고 떠벌이는 일이란 어불성설이다. 양반가문 운운하는 시댁과 친정도 양반가문에서 둘째가라고 하면 서러울 집안이다.

나는 여러 형제의 맏이라는 너울을 쓰고 자란 탓인지 주관적이지 못한 성격 탓이라고 말하기엔 왠지 억울하고, 어쩔 수 없다는 운명론에 순응해야 양가 집안이 편안하다는 판단을 쉽게 내렸다. 혼인은 두 사람의 만남이 전부가 아니란 걸 일찍 간파했으니 어지간히 속이 깊었지 싶다.

그렇게 시작한 신혼생활이니 달콤하다거나 깨소금 볶는 상큼한 사랑은 기대할 수 없었다. 신혼의 달콤함이란 어휘조차 전설 같은 이야기에 불과했다. 그럼에도 부부의 인연을 맺었다는 사실이 빠르게 증명되었다. 시부모님 말씀대로 미운 정이라도 들고 난 후 아이를 갖으려는 생각만 했지 둘 다 그 방면에 영악스럽지 못해서 피임을 할 줄 몰랐다.

임신사실을 아닌 척, 안 그런 척, 참아야하는 이유가 서글펐다. 시댁마을은 전형적인 시골동네로 말도 많고 탈도 많은 동네다. 태교는 고사하고 입덧을 하는 것조차 가십거리가 되었다.

그 해, 남편 친구들 대여섯 명이 두서너 달 사이를 두고 앞을 다투어 결혼을 했다. 누구네 집 며느리가 가장 잘 들어왔다는 둥, 누구네 며느리는 겉보기보다 힘든 농사일도 잘 한다는 둥, 누구네 며느리는 남 안 낳는 아이 서는지 유난스레 입덧을 해서 부지깽이도 널뛰는 바쁜 철에 친정으로 갔다는 둥, 별의 별 입방아 찧는 소리가 심심찮게 고

삶을 샅샅이 누비고 다녔다.

나도 입방아 순위에 오르내릴까 은근히 두려웠다. 농사일도 집안일도 힘이 닿는 대로 열심히 해보려고 무진 애를 썼다. 그런 때문에 몸은 물론 마음까지 항상 피로에 젖어 있었다.

남편만 눈에 뜨이면 무지개처럼 찬란하지 않아도 좋다. 환희의 보랏빛이 아니더라도 좋다. 그래도 신혼인데 아주 가끔 핑크빛을 연출해 줄 수 없느냐고 닦달하기 바빴다. 지금 생각해 보면 한없이 철없는 투정이었지 싶다.

역지사지 바꿔서 생각하면 남편도 불편한 아니, 불행한 신혼생활을 보냈을지도 모른다. 행여 아내가 식구들에게 실수라도 하지 않을까 부모님 눈치도 살폈을 것이고, 시동생 시누이는 제쳐둔대도, 평생토록 부모님을 모시고 고생하며 사실 맏형과 형수님 눈치도 살피려니 나름대로 몹시 피곤했을 터다. 그럼에도 철없는 아내는 얼굴만 마주치면 잡다한 불만을 쏟아놓기에 바빴으니 미운 정인들 제대로 들었겠나 싶다.

내 행복의 파랑새는 어디에 숨었는지 항상 그것만이 궁금할 뿐 정붙일 곳을 쉽게 찾지 못했다. 다행히 시집살이는 그리 길게 가지 않았다. 아이를 낳기 한 달 전 작지만 내 집 문패가 달린 내 집으로 이사를 했다.

나와 동질감이 전혀 없는 삭정이처럼 메마른 남편과 잦은 마찰도 꼬물꼬물 자라는 아이의 재롱을 보며 차츰 줄어들었다. 아이의 첫돌을 지나고 따뜻한 봄날 버스를 타고 외출을 했다. 옆자리에 앉아계시던 할머니께서 내 아이를 마냥 귀여운 눈으로 보시더니 살짝 거슬리기는 했어도 기분 좋은 소리를 하셨다.

"아이 인물이 좋은 걸 보니 아빠가 잘 생겼나보네."

그 말씀은 간접표현으로 내가 인물이 없다는 말이고, 내 아이가 잘 생겼다는 직접표현과 아울러 남편의 인물이 나보다 낫다는 간접표현이다. 큰아이는 물론 작은아이까지 속내는 더러 나를 닮은 부분이 있어도 외모는 남편을 복사판인 양 닮았다.

낯선 할머니의 눈높이만큼 남편의 속내도 훤칠했으면 싶은 목마름에서 허우적거리던 어느 날이다. 남편에게서 나와 너무 닮은 아니 똑같은 동류항이 있다는 사실을 알았다. 일찍 타계한 유명 가수 '배호' 노래를 잘 부르는 것도 모자라서 남편이 제일 좋아하는 가수도 배호라고 했다.

나는 지독한 짝사랑에 불과했지만 처녀시절 배호 그의 노래를 듣고 있으면 영혼마저 녹아드는 황홀경에 곧잘 빠져들곤 했다. 남편에게 배호의 노래를 곁에서 들으며 살 수만 있다면 어떤 고난과 역경이 와도 행복하게 살 수 있을 것 같다고 했다. 그럼에도 남편은 미세한 질투조차 하지 않았다.

조금도 질투가 느껴지지 않느냐고 따지듯 물었다. 그만한 연정쯤 품을 수 있는 훌륭한 가수라고, 그쯤이야 얼마든지 이해한다고 느긋하게 굴었다. "여태껏 그 어떤 매력도 찾지 못했는데 배호노래를 좋아한다는 동류항을 발견했으니 끝까지 데리고 살아야지"라고 말해 실소를 한 적이 있다. 그가 이미 이 세상 사람이 아니라서 넓은 아량을 베풀었지 싶다가도, 남편에게서 동류항을 찾았다는 사실이 값진 보물이라도 얻은 듯 기뻤다.

그렇듯 시답지 않은 일들로 지지고 볶으며 세월을 뒤로 보내는 동안 두 아이는 성인이 되었다. 그러자 내 안에 꽁꽁 감추고 살았던 향학의 불꽃이 술렁거리기 시작했다. 그 부분 부창부수라고 해야 하나. 남편도 학업에 대한 갈증을 수시로 느낀다고 했다. 하지만 우리 집 경제 사정은 학업에 대한 갈증을 쉽게 해결할 형편이 못 되었다. 그럼에도 졸업과 입학시즌만 되면 어김없이 도지는 아내의 고질병을 감지한 남편이 고마웠다. 자기의 한을 아내를 통해서라도 풀고 싶다며 공부가 하고 싶으면 해보라고 적극 후원했다.

아, 이 얼마나 가슴 뻐근한 동류항인가. 오랜 세월 찾아 헤매던 파랑새를 이렇게 쉽게 찾다니 믿어지지 않았다. 가슴 저 밑바닥에서부터 끓어오르는 환희의 물결을 주체할 수가 없었다. 남편의 적극적인 후원으로 초등학교를 졸업한 지 사십여 년이 지난 중년에 중학생이 되었다. 공부가 머릿속에 들어가지 않음은 그다지 중요하지 않았다.

배우지 못한 남편과 나의 동류항은 한이 너무 깊어서일까. 십 년이 넘도록 이어지고 지금도 현재진행형이다. 중학교 공부를 시작으로 하여 고등학교 과정을 마치고, 비록 야간대학교지만 4년제 대학을 2008년도에 졸업했다. 대학을 마치고 이 년여 세월을 문화센터와 도서관 문화교실을 드나들며 배움을 재충전하기에 급급했다.

공부가 도대체 머릿속에 입력이 안 된다는 투정을 버릇처럼 입에 달고 살면서 방송통신대 국어국문학과 재학생으로 또 다시 만학을 즐긴다. 산이 좋다고 하면 바다가 더 낫다고 하고, 채식주의자인 나와 상반되게 육식을 즐기고, 특별한 날 기억해 두었다가 꽃 한 송이 사다 주는 낭만과는 열촌도 넘고, 여행과 사색에 잠기는 나를 이상한 눈빛으로 바라보는 사람이 내 남편이다.

　요즘은 가수 배호노래를 좋아한다는 동류항은 들러리고, 배움에 대한 갈증의 동류항이 내 인생 후반전을 장식한다. 남편과 같은 두 개의 동류항으로 아니 딱 맞아떨어지는 동류항 하나로 행복의 파랑새를 날마다 가슴속에 키운다. 남편과 같은 동류항이 감사해서 감히 지는 노을이 아름답다고 말한다. 가정을 해체시키는 걸 주저하지 않는 요즘 젊은 세대들, 아울러 황혼이혼이 증가한다는 보고서가 난무하다. 도대체 그들이 추구하는 동류항은 몇 개나 되는 걸까? 나는 항상 그것이 궁금하다.

나의 닉네임

사이버 세상에서 내 닉네임은 백살공주다. 대뜸 백설공주가 오타 난 줄 알고 지적을 하는 이가 있는가 하면 중년의 나이를 직감한 이들은 나잇살에 걸맞는 뱃살공주가 아닌가 싶어 더러는 재미있어 하고, 더러는 자기 위안을 삼는다.

나는 정중하게 둘 다 틀렸다고 일러준다. 백설공주도 아니고, 뱃살공주는 더더욱 아니라고, 백. 살. 공. 주라고 거듭 거듭 각인시킨다.

그러면 공주병 말기환자쯤으로 치부하던지 아니면 나이 지긋한 노인으로 착각하기도 한다. 하물며 백 살까지 공주처럼 살고 싶으냐고 빈정대는 이들도 있다. 이렇듯 모두들 내 닉네임의 진면모를 알지 못한다.

내가 백살공주라는 닉네임을 쓰는 각별한 사연이 있다. 지독히 가부장적이던 남편과 연년생이나 다름없는 두 아들을 키우느라 심신이 항상 지쳐 살았다.

집안에 새것이라고는 눈을 씻고 찾아봐도 찾아 볼 수 없었다. 크고 작은 가구들이 온전한 것이 없었다. 긁히고 부서지고 제 모양새를 유지하고 있는 것이 없었다. 온종일 개구쟁이 두 녀석들과 씨름을 하다 보면 파김치가 되기 일쑤였다.

남편 역시 리모컨을 누르기만 하면 화면이 바뀌는 텔레비전이 채널처럼. 집안에 들어오면 아내를 로봇 대하듯 했다. 남자는 바깥일에나 신경을 써야지 집안일을 거든다는 것은 그야말로 남성의 상징이 땅에 떨어진다고 생각하는 사람이다.

꿈에라도 주방 쪽을 넘보는 일이 없다. 집에 들어오면 물, 담배, 재떨이, 신문, 아니 저것 말고 이것, 아내를 전자동 리모컨쯤으로 여기는 것 같다. 손이 없나 발이 없나 손수 움직여도 될 것을 하녀처럼 부린다고 대들면, 아내가 남편의 수족이 되어주지 않는다면 장가를 뭐하려 드느냐고 마치 종문서라도 간직한 듯 의기양양했다

이대로 가면 정말 안 되겠다싶었다. 일인 시위라도 하고 싶은 심정이었다. 어느 날 어린 두 아들 녀석들을 앞에 앉혀놓고 단단히 교육을 시켰다. 아이들을 이용한 간접시위가 남편에게 전달되기를 바라면서 지극히 속 보이는 치사한 행위를 선택했다.

“이제부터 엄마는 신데렐라야.”

유리 구두와 신데렐라, 생각지도 못한 신분상승으로 행복하게 잘 살았다는 결말이 생각났기 때문이다.

그러나 작은 녀석이 신데렐라의 어원은 잿빛 투성이 아가씨라며 놀린다. 유치원을 다니던 작은 녀석이 책에서 보았다나? 유치원에서 배

웠다나? 매우 신빙성 있게 행동하는 녀석을 보며 주춤했다. 그래서 얼떨결에 지어낸 게 이름이 백설공주였다.

무조건 이제부터 엄마는 백설공주다. 라고 세뇌시켰다. 그러나 그 것으로는 성이 안찼다. 남편과 함께하는 작은 모임에라도 나가면 그 들에게 백설공주라고 인사소개를 했다. 몇 번이고 죽을 고비를 넘기 지만, 끝내 해피엔딩으로 끝나는 결말을 떠올리며 의기양양했다. 내 가 공주라고 우길 수 있는 조건은 오직 남녀의 성비가 전부다.

두 녀석들은 물론 남편에게도 나의 위치는 종의 신분과 흡사할지라 도 나 스스로 거듭 새롭게 태어나고 싶었다. 남편과 함께 한 어느 친목 모임에서 나를 소개를 할 때 "저는 내 아들 두 명과 시어머니 아들 한 명과 한 집에 삽니다." 오직 성비의 비율을 강조하며 나의 귀함을 각 인시키고 자칭 공주 행세를 했다.

그것이 계기가 되어 삼십여 년 전부터 내가 사는 지역에서는 자연 스럽게 공주아줌마로 통한다. 아마도 공주병 원조라고 해도 옳을 것 이다. 김자옥 씨 '공주는 외로워'란 노래가 내 공주병보다 한참 뒤에 나왔으니 하는 말이다.

별명 따로 얼굴 따로, 따로국밥처럼 어울리지 않는 별명이라고 기 막혀 웃는 이가 허다해도 결코 아랑곳 하지 않았다. 근 이십여 년 가까 이 누가 뭐라고 하던 개의치 않고 백설 공주자리를 고수하며 나름대로 만족하고 행복해했다. 지역에서 혹은 남편과 연관 된 모임에서 공주 아줌마로 소통되고 있으니 성공한 셈이다.

아들이 결혼을 하고 손녀를 보고도 공주자리를 여전히 고수했다. 나는 할머니가 되기 전부터 만학으로 학생신분을 덤으로 쥐고 있었다.

함께 공부하던 아줌마 학생들에게도 백설공주란 닉네임은 유효했다. 일명 주부학교에서 함께 공부하던 아줌마들 중에 이름을 공주로 아는 이들도 있었다. 자기 PR시대, 알릴 건 알리고 피할 건 피하라는 우스갯소리에 충실한 덕이다.

손녀딸이 백일이 지나고 돌이 지나는 동안 며느리도 아들도 저희 딸 이름을 부르기보다 우리 공주, 우리 공주, 공주를 입에 달고 다닌다. 손녀가 말을 하기 시작하면서 할머니가 공주가 아니고 제가 공주라고 박박 우기는 세태까지 벌어졌지만 아랑곳하지 않았다.

할미가 어떻게 쌓아올린 귀한 별명인데 슬그머니 공주자리를 내어 주다니 자못 억울하기까지 했다. 손녀랑 서로 공주라고 우기며 끝내 손녀를 울리는 모습을 본 아들 녀석이 대뜸 한다는 말이 "이제 공주자리 그만 내 놓으시지요." 그럴 수는 없다고, 공주자리를 쉽게 내어주지 않을 거라고, 백설공주 자리를 계속 유지하겠다고 고집을 피웠다.

아들 녀석이 그러는 엄마가 한심했던지, 아니면 대놓고 제 딸 편을 들자니 엄마 눈치가 보였는지, 엄마 나이를 생각해 공주자리는 제 딸에게 넘겨주고, 정 억울하시면 백 살 공주로 하등하시라며 사뭇 빈정거렸다. 내심 속이 상해서 얼마간을 버티다가 곰곰이 생각해 보았다. 백 살 공주도 괜찮을 것 같다는 생각이 들었다.

지천명을 면전에 두고 시작한 만학의 길, 백 살 공주를 백 살까지 공부하는 주부로 의미를 부여하면 과히 억울할 것도 없을 것 같다. 생각이 이쯤에서 머물자 후회 없이 미련 없이 백설공주 자리를 손녀에게 내어 주었다. 백 살까지, 아니 죽는 날까지 공부를 하는, 하다못해 한 줄 글이라도 지속적으로 읽는다면 그것도 공부라면 공부라고 생각했다.

　　백 살까지 공부하는 주부로 살 수 있다면 그보다 더 좋은 별명은 없을 것이라고 여겼다. 진즉에 백 살 공주로 살지 못한 후회가 막심했다. 이렇듯 백설공주에서 백 살 공주로 하등한 지도 꽤 오래 되었다. 만년 공주로 지내니 일체 다른 일에 욕심 부리고 싶은 마음이 없어졌다. 백 살 공주, 공부하는 주부, 최면술에 날마다 걸려 살고 있으니 나는 행복한 백 살 공주다. 공주는 외로워도 백 살 공주는 결코 외롭지 않다. 돋보기 너머 아른거리는 활자를 읽어 내기가 버겁고 열매는 부실할지언정 계속해서 공부하는 백 살 공주로 오늘을 산다.

생일을 선포한다

　　내 생일 전날 반갑지 않은 전화가 연달아 왔다. 손아랫동서와 여동생이 약속이나 한 듯 내 생일 일정을 캐묻는다. 나는 얼굴색도 안변하고 여행을 떠날 거라고 했다. 남편과 아이들도 깜빡 잊었는지 아무런 언질이 없는데 생일 운운하고 싶은 생각은 추호도 없다. 여행을 떠난다는 내 거짓말에 홀딱 속은 동서가 은근히 부러워하는 눈치다,

　　마른 장작개비보다 더 감성이 무딘 남편은 자기 생일도 기억 못하는 사람이다. 나 역시 생일을 기억해 달라고 투정 부릴 나이는 이미 지났다. 남편과 나는 생일날 쌀밥 한 사발이면 만족했던 시절을 살아온 동시대 사람이다. 먹을거리가 풍성한 오늘날 생일을 그냥 지나친다 해도 딱히 서운할 것도 없을 성 싶다.

　　쌀밥을 먹기 싫어서 안 먹고, 아니 건강을 생각해서 옛날에 질리도

록 먹던 잡곡밥을 일부러 지어 먹는다. 그러니 유년시절을 추억하며 하얀 쌀밥을 한 솥 가득 지어서 한 사발 퍼먹고, 생일 기분을 내는 것도 손색이 없을 것 같다.

그런 마음으로 살았다고 생각했는데 그게 아니었나 보다. 딸들이 결혼기념일을 챙겨주었네, 생일선물로 명품 가방을 사주었네, 친구들이 딸 자랑에 침을 튀기면 나는 슬며시 자라목이 된다. 잔정은 없어도 딸 하나 있었다면 동서, 친정엄마, 동생들보다 내 생일날을 먼저 기억해 줄지도 모를 텐데 애초부터 없는 딸의 부재를 확인하는 나를 발견하니 한심하다.

잔정 없기로 치면 나도 남편과 크게 다르지 않다. 그런 부모를 꼭 닮아서 잔정 없는 사내녀석만 둔 어미가 생일타령을 하는 건 욕심일지 모른다. 자식은 열 살 이전에 이미 효도를 다 한 것이라는 글을 어디선가 읽고, 공감하는 말이라고 생각하며 살았는데 이 무슨 망령된 생각일까.

첫아이 낳던 날 산고의 고통을 말끔히 씻어준 보석처럼 빛나는 행복, 그날의 신선한 감동은 아직도 생생하다. 너무 선명해서 평생토록 잊지 못할 행복감이다. 방금 태어난 내 첫아기는 형광등 불빛이 두려운지 눈을 뜨지 못했다. 그런 아기가 안쓰러웠던지 남편이 손 그림자로 아기의 눈을 가려주었다. 그러자 아기는 두 눈을 말똥거리며 아빠를, 엄마를 똑바로 올려다보았다.

그 모습은 그 어떤 보석보다 더 빛나는 신비요, 환희 그 자체였다. 남편이 손 그림자를 살짝 치우면 눈이 부셔서 못 견디겠다는 듯 두 눈을 꼭 감는다. 다시 손 그림자를 만들어 주면 두 눈을 반짝이던 모습을 보며, 그 순간 남편과 나는 아주 많이 행복해 했다. 지금 아기가 우리에게 평생토록 잊지 못할 값진 선물을 주었으니 부모로서 책임만을 다할 뿐 그 어떤 효도도 바라지 말자고 무언의 다짐을 굳게 했다.

사내아이지만 두 아이가 꼬물꼬물 자랄 때 예쁜짓, 고운짓을 고루고루 참 많이 해 주었다. 그랬으므로 우리 부부는 꼬부랑 할아버지 할머니가 되어도 자식들에게 그 어떤 효를 강요하거나 기대하지 말자고 수없이 다짐했었다. 그랬는데 동생과 동서의 생일축하 전화로 구겨진 마음을 가라앉히는 가슴이 뻑뻑하다.

"형님 여행가서 아주버님께 맛있는 거 사 달라고 하세요." 동서의 애교 섞인 전화가 오히려 부담스럽다. 언니 생일상을 차려주겠다는 오지랖 넓은 여동생 전화에 송곳보다 꼿꼿한 내 자존심이 여지없이 무너져 내린다.

"미역국이라도 끓여서 먹었니? 딸이 있으면 미역국이라도 끓여줄 텐데."

친정엄마의 애잔한 사랑이 진정 부담스럽다. 애초부터 없는 딸의 부재를 자주 상기시키는 친정엄마의 악취미에 울컥해진다.

잔정 없고 경제력은 부족해도 엄마의 어떤 요구에도 득달같이 달려가는 내가 있고, 물질적 효도를 생색내기를 주저 않는 고마운 자식들이 있다. 초년고생은 돈 주고 산다는 속담에 진저리를 치곤 산 엄마지만 엄마의 노년이 때론 부럽기도 하다.

"그래도 엄마 생일날에 다녀가지 않고서."

엄마에게만큼은 기가 죽기 싫다. 아니 솔직히 말해서 효도하는 셈 치고, 지난 주말 미리 다녀갔다고 거짓말을 했다. 그런데도 눈치 없이

당신의 아들딸 효도를 나열하며 내 자식과 당신 자식들의 효도를 저울
질하신다.

잔정 없는 부모를 닮아서 잔정이 없는 사내놈들이지만 내 자식들이
부모의 생일을 저희들 기억에서 아예 지워버릴 정도로 불효자는 절대
로 아니다. 살벌할 만큼 바삐 돌아가는 세상과 맞서서 사느라고 음력
날짜를 기억하지 못한 것뿐이다.

다시는 친정엄마가 당신 자식들과 내 자식의 효도를 저울질 못하게
내 생일과 남편 생일을 양력으로 지낼까 보다. 형편없이 구겨진 내 마
음도 정화할 겸 인터넷 검색을 했다. 세상 참 편리해졌다. 마침 올해
내 생일이 내가 태어난 해 음력과 양력이 일치하다고 친절하게 알려준
다. 더 이상 미룰 하등의 이유가 없다.

내 자식들에게 부모의 생일날도 기억 못하는 불효자라는 멍에를 씌
우고 싶지 않다. 내 기억에서부터 음력 생일을 지워야겠다. 이제부터
내 생일은 동짓달 초엿새가 아니다. 양력 12월 11일이 내 생일이라고,
올 생일을 기점으로 내 생일날을 양력으로 선포한다.

장뇌삼 세 뿌리

십 수 년 전 일이다. 남편이 장뇌삼 세 뿌리를 얻어왔다. 산삼 버금가게 효능이 있다고 힘주어 말하는 남편 모습에서 왠지 모를 허약함이 느껴졌다.

세 뿌리 중 한 뿌리를 깨끗하게 씻어서 남편에게 주었다. 삼은 생으로 먹는 것이 약효가 더 좋다는 소리를 들었기 때문이다. 덥석 받아서 우적우적 씹는다. 세 뿌리라는 말에 은근히 힘을 실었는데 별 반응을 보이지 않는다.

당시 공익요원이던 일명 장군의 아들인 큰아들한테도 한 뿌리를 건넸다. 그 녀석도 아빠가 세 뿌리를 얻어 왔다고 했건만 귓전으로 흘려버리는 것 같다. "원 세상에나 장뇌삼을 다 먹어 보네" 라고 나이에 맞지 않게 세상타령을 해가며 한 입에 쑤셔 넣고는 순식간에 먹어치웠다. 이제 달랑 한 뿌리가 남았을 뿐이다.

남은 한 뿌리는 대학 1년생이던 막내아들 몫이다. 통학거리가 멀어서 하숙을 하던 막내는 주말에나 빨랫감을 싸들고 온다. 녀석에게 먹이려면 잘 보관해 두어야 한다. 바위 옷을 입힌 장뇌삼을 신문지에 물을 적셔서 정성스럽게 보관해 두었다.

주말에 집에 온 막내에게 "아빠가 장뇌삼 세 뿌리를 얻어 왔다. 그런데 아빠가 한 뿌리 드시고, 형이 한 뿌리 먹고, 너 줄려고 보관해 두었다."고 했다. 아빠가 세 뿌릴 얻어왔다고, 아빠가 한 뿌리 먹고, 형이 한 뿌리 먹고, 이거 한 뿌리 남았다고 친절하게 자세히 설명했건만 막내 녀석도 아무 생각이 없는 듯 넙죽 받아먹는다.

장뇌삼 세 뿌리, 네 식구 중에 나만 먹지 못했다. 아니, 성(姓)이 같은 남자 셋에게 골고루 먹이느라 나는 스스로 밀려났다. 그런데 왜 이렇게 서운한 마음이 드는 걸까. 소슬바람이 가슴을 관통하는 서늘한 느낌을 감출 수가 없었다.

"세 뿌리라고 말했는데 누구도 거절하는 인간이 없네."

내 말에 가시에 돋쳤음을 제일 먼저 눈치 챈 건 남편이었다. 아차, 싶었나보다.

"아니, 이 녀석이 우리 식구가 네 식구인 줄 몰랐단 말이야. 다음에 한 뿌리 더 달라고 해야지."

생각하면 서운하고 말 것도 없다. 장뇌삼 세 뿌리, 당연히 먹을 사람이 먹은 것이다. 가족을 위해서 돈 버느라 애쓰는 남편이 먹고, 아울러 세상을 짊어지고 가야 할 보석 같은 두 아들이 먹었다. 그런데 아깝다는 상투적 표현이 아닌 딱 꼬집어서 말하기 민망한 서운한 감정이 스멀거렸다.

속마음 쉬이 표현하지 못하는 무뚝뚝한 아빠를 똑 닮은 두 녀석도 짐짓 미안한 마음이 들었나 보다. 마지막 한 뿌리 남은 장뇌삼을 먹어치운 막내 녀석도, 세상타령을 하며 먹은 큰 녀석도 멋쩍은지 씩 웃는다.

엄마나 드시라고 거절해도 끝까지 먹지 않을 고집 센 엄마라는 것을 아는 녀석들이다. 그럴 바에야 엄마가 먹으라고 했을 때 못 이기는 척 받아먹는 것도 효도라고 생각했을 녀석들이다. 남편 역시도 "당신이나 먹지" 애써 우겨 본들 홀랑 먹어치울 아내가 아니란 걸 너무나 잘 알기 때문에 받아먹었을 것인데, 염치없게도 왜 서운한 마음이 자꾸 드는지 알다가도 모르겠다.

말 한 마디에 천냥 빚 갚는다는데 빈말 삼아 "당신이나 먹지" "엄마나 드시지요" 했더라면 이처럼 서운한 마음을 품지 않았을까. 이렇게 속 시끄러울 줄 미리 알았더라면 장뇌삼 세 뿌리를 커다란 솥단지에 몽땅 집어넣고 푹푹 고을 걸 그랬나 보다. 남편에게 두어 사발, 두 아들에게 한 사발씩 퍼 안기고, 나 역시 한 사발 벌컥벌컥 들이켰더라면 좋았을 걸 그랬나? 선심 쓰듯 한 뿌리씩 안겨놓고 이렇듯 공치사를 하다니 더없이 부끄러운 마음이다.

내 인생 후반전에 승부를 건다

늦었다고 생각할 때가 가장 빠른 시기라고 하지 않던가. 그 동안 나름대로 열심히 살아 온 내 자신에게 주는 상이라고 여기고 공부를 하기로 작정했다.

공부하고 싶어도 할 수 없었던 피맺힌 한도 풀어낼 겸 인간수명 백세로 돌입한 세상을 사는 데 보다 나은 노후설계를 염두에 두었다. 배우지 못한 한이 가장 크게 각인된 기억 하나 떠올리며 마음을 다잡았다.

아이가 새 학기가 되면 어김없이 가져온 가정환경조사서, 차마 국졸(초졸)이라 쓰지 못했다. 내 아이 담임선생님께서 학부모 학력테스트를 할지도 모른다는, 아이에게 엄마 학벌을 들키면 어쩌나. 양심적 문제는 차후였다. 부모 학벌로 인해 아이의 기가 꺾일지 모른다는 불안감을 떨쳐낼 재간이 정말이지 그땐 없었다.

산발로 일어나는 아픈 기억을 꾹꾹 누르며 중학교에 입학을 했다.

그야말로 만학도들의 학교, 일명 주부학교 중학교에 백발성성한 나이에 입학했지만 마음은 십대 소녀처럼 콩닥거렸다.

하나를 가르치면 열을 알던 총기가 오래 전에 사위었어도 아랑곳하지 않았다. 속내 들켜도 부끄럽지 않은 같은 아픔을 가진 이들과 같이 공부하는 학교, 성적에 연연하지 않고 학생 신분을 맘껏 즐겨도 될 성싶었다. 돌아서면 잊어버리고 책장을 덮으면 밤중인 양 깜깜해도 중학생이라는 사실 하나에 더없이 만족했다.

그러나 물을 주기가 무섭게 빠져나가도 콩나물이 자라는 것과 비교하기엔 턱없는 결실이지만, 지렁이가 지나간 것처럼 그리던 알파벳을 흘림체로 건방을 떠는 자신을 발견하면 스스로 대견했다. 낫 놓고 기억자도 모른다는 원래의 속담을 빗대 패러디한 변형 속담처럼 지게를 옆에 두고도 A자도 몰랐었는데 메모장에 인쇄된 글자 'MEMO'를 '메모'라고 읽을 수 있음이 눈물 나도록 기뻤다.

사는 게 바빠서 공부도 팔자에 있어야 한다는 고정관념에 깊이 빠져 산 세월이 후회스러웠다. 진즉 아무 책장이라도 넘겨볼 것 그랬다는 회한마저 들었다. 쇠뿔도 단김에 빼자는 주문을 걸며 좁은 골에 황소 몰 듯 내친 김에 고등학교까지 마쳤다.

말을 타면 종을 부리고 싶은 것이 사람 욕심인가. 남편도 덩달아서 여중생에서 여고생으로 차츰 야물어가는 아내가 좋았던지 여대생 아내가 되기를 적극 지원했다. 집안 경제가 좋은 상황이 아니었음에도 이 기회를 포착하지 않으면 남은 평생 후회할 것 같아 남편의 뜻에 선뜻 호응했다.

한 집안의 며느리와 아내, 두 아이의 엄마와 고운 손녀의 할머니,

품새 넉넉한 시어미, 그 역할도 하기 벅찬데 공부를 계속하고 싶다는 염치없음은 학생 신분을 즐기고픈 허세였는지도 모른다.

그러나 늦은 나이에 시작한 공부로 하여금 까맣게 녹슨 기억회로의 더께가 차츰차츰 벗겨지는 재미라니. 면경처럼 밝은 미래가 보이는 착각마저 들었다. 그러기에 학교까지 왕복 네 시간이 소요되었지만 결강은커녕 교수님 승낙 아래 청강생도 마다하지 않았다. 하지만 막상 졸업을 하니 한풀이요, 자기만족에 불과할 뿐 달라진 사실이 하나도 없어 보였다. 하여 만학도 전형 수시모집에 응모하고 면접시험 보던 수년 전 일을 떠올리며 또 다시 나 자신에게 채찍질을 가했다.

"적잖은 나이신데 편하게 지내시지 왜 새삼 대학을 지원하셨나요?"

"아, 예, 여태껏 살면서 제대로 해 본 역할이 없습니다. 부모님의 자식으로도, 아내로도, 아이들 엄마로도 항상 부족했다는 생각입니다. 이제 제게 남은 마지막 남은 닉네임인 할머니 역할만은 정말 잘해 보고 싶습니다. 좋은 할머니가 되고 싶어서 지원하게 되었으니 좋은 점수를 부탁드립니다."

만학도 전형은 35세부터였는데 4.1:1의 경쟁자 중 나이가 가장 많은 내가 합격했던 건 국, 영, 수, 성적이 우수해서가 아닌 좋은 할머니가 되겠다는 나름대로 미래지향적인 발언이 적용되었다는 주제넘은 생각마저 든다.

가는 세월 막지 못해 눈이 침침한 탓도 있지만 좋은 할머니가 되기 위한 진짜 공부를 해보자고 다시금 최면을 걸었다. 좋은 할머니가 되는 지름길이라고 여기고 도서관을 수시로 드나들며 활자가 큰 동화책을 읽었다. 어설프게나마 구연동화를 흉내 내며 내 나름대로 좋은 할머니 자격증 만들기에 몰입했다.

내 손녀는 물론 친인척 손주들과 만나기만 하면 어설픈 구연동화 흉내를 내며 동화책을 읽어 주었다. 그 결과 새로운 닉네임 하나를 얻었다. 내 손녀를 비롯해 집안 대소가 손자 손녀들은 물론 어른들까지도 '책 읽어주는 할머니'라고 칭하니 여간 보람 있는 일이 아니다.

덕분에 집안 대소가 큰일에도 찬물에 손 담그고 일하는 궂은일에서 제외되었다. 어서 안으로 들어가서 손주들이나 모아놓고 동화책을 읽어주라고 등 떠밀며 밥값을 대신하라고 하니 이 역시 보람이다.

그러는 중에 사단법인 모 여성단체에서 실시하는 편지쓰기 지도강사 자격증을 수료했다. 초등학교 학생을 상대로 편지쓰기 지도를 간간히 나간다. 봉사를 한다고 생각했는데 차비정도의 강사료도 받는다. 공부, 공부, 성적에 끝없이 내몰려 인성이 부족한 요즘 아이들에게 편지글을 통해서 어른을 공경하는 마음과 성적을 쫓느라 관계가 소원해진 친구들과 화해하며 자신을 돌아보며 반성하는 귀한 시간이라 생각하니 이 역시 보람 있는 일이지 싶다.

그렇게 내 인생 후반전에 하나하나 보람을 키워나가던 중 지역 도서관에서 반가운 정보를 입수했다.

연령 : 제한 없음. 현직에서 은퇴한 어르신

경력 : 교육관련 종사 경험자 우대

학력 : 고학력자 우대

기타 : 독서 및 교육관련 자격증 소지자 우대

수료자 전원에게 '경기 은빛 독서도우미 인증서' 발급

향후 우수 수료자는 지역아동센터, 공공도서관 등에서의 독서활동 지원사업에 참여할 수 있는 일자리 기회 제공.

구미가 확 당겼다. 부랴부랴 서류를 제출하고 응시를 하고 보니 마지막 응시자였다. 막차를 놓치지 않았다는 안도감에 한숨이 절로 나왔다. 교육기간 동안 구연동화, 독서지도에 흥미를 유발할 수 있는 각종게임, 책 만들기, 독서신문 만들기, 전래동화 현대판으로 각색하여 쓰기, 등등 독서지도에 관한 여러 가지 교육을 받고, 할머니란 나의 마지막 닉네임에 최선을 다 할 꽤 괜찮은 자격증인 독서지도자 수료증을 받았다.

열심히 최선을 다 해 수업에 임한 결과 우수 수료자로 선발되어 일자리까지 얻었다. 두 곳의 지역아동센터에서 독서지도자로 열심히 활약한다. 헛된 소비를 하지 않는 내 앞가림 정도를 할 수 있는 보수를 받는다. 손자 손녀 품귀현상 시대를 살면서 아이들과 함께 하니 그야말로 임도 보고 뽕도 따는 겪이니 내 인생 후반전이 은빛으로 빛이 난다.

지역아동센터 공부방 아이들에게 그동안 이수한 독서지도 교육 이외도 간간히 내가 습작한 생활동화도 들려준다. 가슴이 점점 기계화되면 어쩔까 염려되어 아이들 가슴이 풋풋해지길 소원하며 옛이야기와 옛날놀이를 함께 하기도 한다. 디지털 시대를 사는 요즘 아이들 각지고 모난 정서가 둥글게 순화되기를 소원한다.

처음 만났을 때는 쉽게 마음을 열지 않던 아이들이 이제는 마음을 열고 정을 옴팡 준다. "샘, 얘가요, 쟤가요, 재재거리며 시시비비를 가려달라고 보채기도 하고, 엄마가요, 아빠가요, 일상이야기를 저희 딴엔 중대사로 여기고 때론 상담수준으로 물어오기도 한다. 성숙한 고학년 여자아이는 살며시 뒤로 다가와 펑퍼짐한 나를 꼭 끌어안으며 귀엣말로 ”살 좀 빼“ 라고 속삭여 주기도 한다. 그런 아이가 버릇없어 보이기는커녕 벽을 두지 않는 살가움에 가슴이 뭉클하다.

두 군데 지역아동센터에 사십여 명이나 되는 아이들, 이 아이들 모두가 내 손자 손녀라고 여기니 내 인생 후반전 이보다 더 풍요로울 순 없다. 이렇듯 젊어진 기분을 한 시라도 그냥 소비하면 안 될 것 같다는 생각이 용솟음친다. 내 자식 키우느라 골이 빠졌는데 손 자녀를 키워 주는 일은 미련한 짓이라고 등 돌리는 친구들도 더러 있지만 빠르게 고령화시대로 진입하는 시점이다.

내 남 없이 노인들은 어쩔 수 없이 젊은이들에게 짐이 될 터이다. 내 자손 남의 자손 가릴 것 없이 이나마 힘이 있을 때 내 손길을 필요로 한다면 기꺼이 일손을 내주는 일이야말로 안개 속인 양 분간하기 어려운 황혼녘을 저축하는 길이라고 여겨진다.

요즘 괜찮은 할머니로 한층 더 등급하고 싶은 마음에 방송통신대학교, 국어국문학과에서 국어학 국문학 공부를 한다. 사년제 문예창작대학교를 졸업했지만 치매예방으로 여기고 국어국문학 공부에 열중한다.

글로벌시대의 흐름으로 내가 사는 도시에도 다문화가정이 많다. 다문화 가정 아이들과 부모에게 우리말, 우리글을 제대로 가르쳐 주고 싶은 마음으로 국어국문학과 공부를 한다고 감히 고백한다. 마지막 닉네임이라고 여겼던 할머니에서 한 등급 올라선 ‘독서지도자 선생님, 편지쓰기 강사 선생님’ 나름 격조 있는 닉네임으로 덧칠한 기분이라니, 말로는 어떻게 설명할 수가 없다.

처음엔 한풀이로 시작한 공부였다. 다문화 가정, 사람들에게 한국어 선생님이 되는 꿈을 다시금 꿀 수 있도록 가슴의 군불을 지펴주는 한(恨)이 이제는 스승이다. 내 인생 후반부에 스승인 한(恨), 그가 설계하는 멋진 청사진을 펼쳐 보이며 오늘도 나는 내 인생 후반전에 승부를 건다.

손맛

설을 며칠 앞두고 만두를 빚었다. 아이들이 어렸을 때
는 큰집에서 설을 쇠었기에 명절음식을 따로 만들지 않았다. 하지만
아이들이 자라자 집에서도 음식장만을 하지 않을 수 없었다. 나박김
치도 담그고, 식혜도 담그고, 가래떡도 더러 방앗간에서 빼오거나 떡
집에서 사오고, 만두도 빚는다. 그런데 다른 음식은 차일피일 미루다
가도 벼락치기로 만들 수 있는데 만두는 그렇게 할 수가 없었다.

만두 반죽을 벼락치기로 하면 손목 힘이 남아나질 않는다. 대충 치
대서 비닐 랩에 싸두었다가 서너 시간 후에 만들면 만두피가 쫄깃하고
맛도 더 좋다. 만두소도 만두피 못지않게 손이 많이 간다. 김치를 카
터기에 다져도 되지만 버튼 조절을 자칫 잘못하면 씹어놓은 형상이 된
다. 때문에 번거롭지만 일일이 손으로 다져서 짠다. 두부와 숙주나물
을 짜는 일도 만만치 않게 손목 힘을 요구한다. 이렇듯 손이 가는 만두

를 정성껏 빚었는데 손녀딸 한마디에 전신의 힘이 쏙 빠져나간다.

"만두는 증조할머니가 만든 게 제일 맛있어."

손녀의 기억 속에 진하게 남아있는 외증조할머니 손맛을 지워버리고 싶지만 쉽지 않을 것 같다. 아이답지 않게 묵은 김치를 좋아하는 녀석이다. 그 애가 친정어머니가 빚은 만두를 먹어 보고는 제가 먹어 본 만두 중에서 제일 맛있다고 엄지손가락을 치켜세운 적이 있다. 그 후 어머니는 집집이 남아도는 김치를 한 포기도 버리지 말라고 당부하시며 그야말로 시도 때도 없이 만두를 빚고 내게 전화를 주신다. 증손녀가 인정해 준 손맛을 자랑하고 싶으신 걸까?

"설아야, 좋아하는 만두 만들었다. 와서 가져가거라."

그러다보니 설아는 외증조할머니 손맛에 길이 들어버린 것이었다. 이번에는 아무개네 김치로 만들었고, 저번에는 누구네 김치로 만들었다고 하시는데 만두 맛은 한결같다. 나는 김치를 그대로 다지는데 어머니는 매번 김치를 말갛게 헹구어서 다지신다. 다진 김치에 당신만의 비법, 양념을 넣어서 만두소를 버무리신다. 매번 같은 맛을 내는 비결은 아마 거기에 있지 싶다.

내가 만든 만두에 손녀가 찬물을 끼얹는 순간 남편이 기억하는 시어머님 손맛이 불현듯 생각났다. 나는 김치와 마른반찬만 있어도 밥을 먹는 편이지만 그이는 찌개든 국이든 국물 없이는 밥을 못 먹는 줄 안다. 신혼 초 신통치 않은 내 음식솜씨를 별반 타박하지 않아서 고마워했는데 시간이 갈수록 이건 아니다 싶었나 보다.

"울 엄마가 끓여 준 찌개 맛은 이게 아닌데……."

대부분의 남자들이 자기 어머니의 음식 맛을 잊지 못한다는 이야기

를 듣긴 했지만 이렇게 한 마디로 타박을 받고 보니 몹시 서운했다. 때
마침 시아버님 생신이 되었다. 시댁 대문에 발을 들여놓자마자 시어
머님께 여쭈었다. 아니 고자질을 했다.

"어머니, 저이가 엄마가 끓여 준 찌개가 맛있다며 밥투정을 해요."

내 말이 떨어지기 무섭게 마치 기다리셨다는 듯 소매를 걷어붙이고
뒤꼍으로 가신다. 맏며느리에게 부엌살림을 맡기신 지 오래 되신 분
이 손수 나서시는 모습에 흠칫 놀라며 졸래졸래 뒤를 따랐다. 그런데
어머님은 김장독에서 우거지를 꺼내시는 것이었다. 기대가 크면 실망
도 크다더니 포기김치도 아닌 우거지로 어떻게 맛있는 김치찌개를 끓
이실까. 적잖이 의심이 갔다.

뭔가 특별한 숨은 비결이 있을 거라고 잔뜩 긴장하고 지켜보았는데
의외로 단순했다. 쌀을 으깨 씻은 속쌀뜨물에 숭덩숭덩 썬 우거지를
넣고 청국장을 풀고는 조물조물 주물러서 화롯불에 끓이는 것이 전부
였다. 그때의 황망함이라니, 숨이 차도록 입김을 불어 넣고 한껏 부풀
린 풍선이 빵 터진 것 같은 허망한 기분이었다.

방안은 우거지찌개 끓는 냄새가 가득했지만 남편은 퀴퀴한 냄새마
저 음미하는 것처럼 보였다. 누가 빼앗아 먹기라도 할까 봐 그러는지
밥 한 사발을 순식간에 뚝딱 해치웠다. 돌이켜 생각해보니 조미료도
넣지 않은 씁쓰레한 우거지김치찌개가 남편이 기억하는 엄마의 손맛
이었다. 당신이 손수 끓여준 찌개 맛에 푹 빠진 둘째아들을 안쓰럽게
바라보시던 시어머님의 그윽했던 눈빛이 더없이 가슴 뭉근한 사랑이
었음을 이제는 알 것 같다.

문득 잊었던 기억 하나 섬광처럼 떠오른다. 대학교, 군대생활, 직

장생활 등으로 십 년 넘게 객짓밥을 먹는 둘째아들이 기억해 주던 내 손맛이다. 삼 년 전인가. 외국에서 직장생활을 하는 아들이 잠시 집에 다니러 왔을 때였다. 집에 들어오기가 무섭게 배가 고프다기에 냉장고에 있는 반찬을 꺼내서 급하게 밥상을 차렸다. 그런데 두어 수저 뜨던 아들이 한마디를 했다.

"엄마, 웬만하면 음식은 직접 만들어서 드세요, 집밥 먹는 기분이 안 나요."

"엄마는 반찬은 사다가 먹지 않는데……."

"뭘요, 김치 맛이 우리 김치가 아닌데요."

그러고 보니 김치가 큰집 김치였다. 정성 없이 차린 밥상이라고 부리는 투정이 아닌 엄마의 손맛을 그리는 것이었다. 자식이 모두 떠난 빈 둥지라고 느낀 때문일까 시시때때로 반찬 만드는 일이 귀찮았다. 집에 와도 제 볼일에 바빠서 집에서 밥을 먹는 일이 드물었다. 해서 아무 날 온다는 아들의 국제전화를 받고도 그 애가 좋아하는 음식이나 김치를 새로 담을 생각조차 안 했다. 그랬는데 엄마가 만든 김치가 아니라는 것을 대번에 알아차리다니, 아들에게 고맙고 슬며시 미안했다.

마음 편하게 집밥을 먹어 본 적이 까마득한데, 넉넉지 않은 살림을 사느라 자식에게 해준 게 없어서 항상 미안한 마음으로 사는데, 엄마의 손맛을 기억해 주다니 은근히 뿌듯함이 느껴졌다. 이제는 명절이나 어느 주말에 느닷없이 집에 올지 모를 자식을 위해서 내 손맛을 항상 저장해 두어야겠다. 아울러 손녀가 기억하고 있는 친정어머니 손맛과 남편이 기억하던 시어머님 손맛까지 그대로 재현해 보고 싶다.

남편이 엄마의 손맛을 아예 잊어버린 건 아닐까. 점점 외식을 많이

하게 되는 요즘 세태에 언젠가는 손녀도 외증조할머니 손맛을 잊어버릴 것이다. 바깥에서 사는 일이 더 많은 아들도 그처럼 머잖아 엄마의 손맛을 기억하지 못하리라 생각하니 가슴 한쪽이 시려온다.

김유정이 남자잖아

나름대로 의미를 두고 지낸 명절 후유증인지, 텅 빈 가슴이 싫다고 도리질을 치고 있는데 남편에게 전화가 걸려왔다.

"어디야?"

"집이야."

"나 춘천 가는데 따라 갈래?"

"알았어, 준비하고 기다릴 게."

자칫 우울모드에 빠지는 줄 알았는데 구해주가 따로 없지 싶다. 살다보면 이런 날도 있구나. 오래 살다보니 텔레파시가 통했나? 남편이 일터로 향해 집을 나가고 나서 곧바로 머리를 감고 드라이로 머리손질을 하고 막 화장을 하려던 참이다.

그때 마침 남편에게서 전화가 걸려오다니, 이만한 일에 기뻐하는 소박한 내가 오늘따라 마음에 든다. 남들처럼 여유롭게 해외여행이라도 보내준다고 했으면 아마, 졸도하지 않을까 염려도 된다.

집 가까이 와서 다시 친절하게 전화를 걸어준 남편이 새삼 고맙다. 손녀가 남편에게 애교를 부리는 걸 자주 보았던지라 나도 남편의 뺨에 살짝 뽀뽀라도 해 볼까? 잠시 생각만 할 뿐, 행동으로 옮기지 못한다. 남편도 나와 저울에 달면 눈금하나도 틀리지 않을 목석인데, 서로의 마음을 헤아리지 못하고 티격태격 싸우니 그 방면엔 부창부수가 맞지 싶다.

그런 남편이 오늘처럼 우울한 날 고맙게 전화를 주다니 산뜻한 청량제다. 그동안 판독하지 못했던 남편의 마음 전부를 읽어 낸 것 같은 착각 속에 잠시 빠진다. 고맙다는 사랑한다는 말 한마디를 표현하지 못하고 실실 대는 속내라니, 애써 들뜬 마음을 감추고 차에 올랐다.

"춘천에 일 때문에 다녀와야 하는데 혼자 갈래니 심심해서."

젊은 아가씨를 옆에 태우고 달리고 싶을 푸른 날을 속절없이 보내고 늙은 아내와 함께 가고 싶다는 생각이 들다니, 참고 산 보람이 있다. 혼자 가기 심심해서라고 얼버무리는데 아무려면 어떤가. 여태 그냥저냥 살았는데 새삼 무드타령을 할 것이 뭐 있나. 혼자 다녀오려니 심심해서 같이 가고 싶은 사람이 다른 사람 아닌 아내란 것이 그저 고마운 세월을 산다.

서울 춘천 간 새로 뚫린 고속도로는 주중이라 그런지 마냥 속도를 내고 달려도 좋을 듯 뻥 뚫렸다. 남편이 볼 일을 다 보고 나니 점심시간이 기울었다. 춘천에 왔으니 강원도의 별미, 춘천 막국수를 먹고 가자고 했다. 마땅한 식당을 찾던 남편이 무슨 생각을 했는지 뜬금없이 한마디를 건넨다.

“김유정 문화관을 가 볼까? 거기 가면 막국수집이 있겠지.”

“그럼 나야 좋지, 김유정 문학관 안 가봤는데.”

남편이 볼 일을 봐야 할 곳 남춘천역 앞에 김유정 문학관을 알리는 이정표를 보고 내심 다녀갔으면 싶었다. 하지만 남편의 일정을 알 수 없어서 눈치만 살폈는데 남편이 먼저 김유정 문학관을 들려서 가자고 한다. 그야말로 눈물이 앞을 가릴 지경이다. 그런데 나는 왜 고맙다는 말을 못하는지 사랑하는 것도 결심이라는데, 내 결심은 부실한데 배우자의 결심만 오롯하기를 바라는 내 이기심을 다시 한 번 점검해 보았다.

반 봉건주의자인 남편은 젊은 날엔 무서우리만치 내 자유를 구속했다. 아내는 그야말로 안 해, 말 그대로 집안에서만 비추는 안 해, 의 자리를 고수해야 한다는 한결같은 지론이다. 아내의 외출은 물론이요, 시어머님과 시누이들과 같이 가는 관광도 탐탁하지 않게 여겼다. 아니, 가지 못하게 했다. 그것은 지금도 크게 다를 바 없다.

그런 남편이 고맙게도 늙은 아내에게 유일하게 허락하는 외출이 문학기행이다. 아내가 평생 짝사랑하던 문학을 하겠다고 무딘 감성을 붙잡고 안간힘을 쓰는 게 안 돼 보였나보다. 어느 날 인가부터 문학기행, 외출증을 말없이 끊어준 남편이 그저 고마울 뿐이다. 남편은 문학의 문, 자도 외면하는 사람이다. 어쩌면 삶의 짓눌려 일부러 외면하고 사는지도 모를 일이다. 아무튼 그런 남편이 김유정 문학관을 집에 가는 길에 들려가자고 하는 것은 아내를 위한 작은 사랑, 큰 결심이리라.

김유정 문학관에 도착하니 점심때가 한참 기울었다. 밥때도 모르고 남편에게 문학관을 먼저 둘러보자고 하는 건, 남편에 대한 최소한

의 예의도 차리지 못하는 행위다. 막국수를 먹고 천천히 둘러보자고 문학관 근처에 있는 식당으로 앞장서서 총총히 걸었다.

문학관 관람도 성수기와 비수기가 있어보였다. 봄, 가을, 적어도 더운 여름날이라면 제법 사람들로 북적일 김유정 문학관일진데, 대여섯 명도 안 되는 관람객 중에 남편과 내가 포함되었다.

몇 몇 문인들 문학관을 다녀 봤지만, 크게 공감하는 문학관은 별로 없다. 작가의 생가 터에 생가를 복원했거나 현대식 문학관 건물이 대부분이다. 남편은 유명사찰을 관광해도 절은 다 거기서 거기라며 대충 훑어보는 사람이다. 그런 사람, 문학의 문자도 외면하는 사람에게 김유정 문학관을 눈으로 마음으로 관람하자고 하면 지루하겠다 싶어서 대충 눈으로만 관람하는 정도로 끝을 냈다. 따뜻한 봄날 기차여행을 빌미로 혼자서라도 다시 오겠다는 마음을 먹었다.

문학관 이곳저곳을 디지털카메라에 담는 것으로 문학관 전체관람을 대신했다. 전에는 나름대로 메모도 곧잘 했는데, 그도 귀찮아서 게으름을 피운다. 디지털카메라를 장만하고 난 후부터 여행지 장면 장면을 찍어 와서 느낌을 기록하는, 포토일기를 쓰는 수준의 글쓰기에 머물고 있다.

"어, 김유정이 남자잖아?"

"아니, 김유정이 여잔 줄 알았단 말이야?"

"여자 이름이니까 여태 여잔 줄 알았어."

김유정 동상 앞에서 남편의 황당한 질문을 받고 기가 막혔다. 그러나 킬킬대고 웃는 남편 앞에서 깔깔거리고 웃지 못했다. 나 역시도 작가에 대해 관심을 갖고 읽은 작품이 몇이나 될까 생각하니 함부로 웃을 용기가 없었다. 누군가 옆에서 우리 부부의 대화를 듣는 사람이 없어서 천만다행이다. 어쩌면 남편도 주위에 아무도 없음을 확인하고 농담을 했을지도 모른다.

김유정이 여자인 줄 알았다고? 한심한 눈빛으로 바라보지 않았음은 천 번 잘한 일이다. 만에 하나 남편이 그런 눈빛을 느꼈다면 이런 싹수없는 마누라에게 김유정 문학관을 들려서 가자고 했나? 버럭 화를 냈을지도 모를 일이다. 나는 김유정 그가 여자가 아니고 남자인 줄 언제 알았더라? 기억도 가뭇없다.

지인의 자식자랑

가까운 지인이 초혼에 실패를 했다. 처음부터 속내를 대충 알고 한 결혼이었을까. 아내 되는 사람이 지적장애가 심한 사람이었다. 가세 변변치 못한 집안에 장손으로 감당해야하는 책임감에 짓눌린 그의 모습이 때로는 안쓰러워 보이기도 했다.

배우자의 외모는 이목구비가 선명한 미인 축에 든다. 그녀에게 지적장애가 있다고 믿기 어려운 상당한 외모를 지녔다. 대화를 나누지 않는다면 얌전하다고 착각할 정도다. 하지만 막상 부딪혀보니 지적장애 정도가 심각했다.

밥 짓는 일이며, 빨래며 집안청소 등 지극히 기본적인 일상생활도 스스로 알아서 하지 못하는 건 고사하고, 시키는 일도 제대로 하지 못하는 허수아비와 다름없는 사람이다. 부처님 가운데 몸통이거나 지적 수준이 같은 사람이라면 모를까. 얼마를 인내하며 살아야 할지 실로 대책이 안서는 상황이라 내심 걱정이 되었다. 그럼에도 억겁의 인연이 닿았음인지 딸아이가 태어났다.

하지만 내가 우려했던 대로 지인은 힘들게 결혼생활을 버티는 것 같더니 결국 종지부를 찍고 말았다. 양가집에서는 이미 예견된 결과인양 무야유야 참견하는 이가 없었다.

이혼을 하였지만 자식만은 알뜰히 거두고 싶어 했는데 처갓집 특히 장인어른께서 아이만은 제발 데려가지 말라며 애걸복걸을 하더란다. 모자라는 당신 딸이 어미노릇을 못할지언정, 딸이 낳은 자식, 손녀는 자식노릇 온당히 할 수 있게 정성을 다해서 키우겠다며 연로한 어른께서 무릎을 꿇어가며 사정사정을 하시더란다.

장인어른께서 한의원을 경영했던 탓에 막내딸을 귀히 여기고 보약을 잘못 먹여 모자라는 자식이 된 것이라며, 당신 목숨 다하는 날까지 딸자식 모녀간을 알뜰살뜰 보살피겠노라며 장인내외분은 물론 형제간들도 간절하게 원하는지라 자식을 내어주고 빈 가슴으로 돌아섰다고 했다.

자식을 내어주고 돌아선 당사자의 먹먹한 가슴과 상관없이 얼마나 지고지순한 자식사랑인지 자초지종을 듣는 내내 가슴 한 자락이 시큰거렸다.

첫 결혼에 실패한 지인은 좀처럼 마음을 잡지 못했다. 오랫동안 방황하더니 또 다른 인연으로 어린 딸이 달린 과수댁과 새살림을 차렸다. 대를 이을 아들도 낳았다. 마음을 잡고 열심히 살아서 모두가 내 일인 양 고마워했다.

친인척 모두가 그에 관해서 한시름 놓았나 싶었는데 초혼에 낳은 딸아이가 공부를 잘 한다는 소식을 어찌 접하고, 천륜이 당기는 힘을 외면하지 못한 부정(夫情)이 화근이 되었나 보다. 재혼한 아내 모르게 학자금을 여러 차례 지원해 준 것을 재혼한 아내에게 들키고 말았나보다. 그 일로 인해 자주 다투고 내외간 신뢰가 무너진 듯했다. 결국, 그만 안주하고 살아도 좋을 나이에 두 번째 결혼마저 끝내 종지부를 찍었다.

그 후, 친인척은 물론 연로한 모친과 동기간과 일체 연락두절이 되었다. 혼자 근근이 산다는 풍문이 들리는가 하면, 노숙자가 되어 몰골이 형편무인지경이라는 소리도 들려왔다.

그의 형제간도 어느 날 불쑥 나타나서 짐이 될까 봐 전전긍긍하는 눈치들이 역력했다. 나도 언젠가 그를 내 집 근처에서 잠깐 만난 적이 있었는데 볼일을 있다며 황급히 돌아섰다. 한 치 건너 두 치라지만 혹시라도 어느 날 내 집을 불쑥 방문하면 심히 곤란하겠다는 계산을 했기 때문이다.

그 일이 언제 적 이야기던가 까맣게 잊고 살았다. 그런데 뜬금없이 그가 내 집을 찾아왔다. 하루정도 머물다 가면 모를까. 장기간 버티고 개기면 어쩌나하는 노파심에 사뭇 가슴이 철렁했다. 어떻게 내 집을 찾아왔는지 의아했지만 집히는 데가 있었다.

언젠가 남편이 지인의 동생을 만났을 때 내 집 위치를 알려주었다고 했었다. 역시 그랬다. 동생들과 서로 왕래를 한다면서 공동주택인 우리 집쯤이야 쉽게 찾아온 것이다.

전해 들었던 대로 그의 몰골은 많이 쇠약했다. 고생하고 살아온 이력을 말해 주듯 얼굴은 물론 몸 전체에서 자기 나이를 훨씬 웃돌아 보었다. 그러나 남루한 외양과 달리 얼굴에서는 환한 미소가 떠나지 않았다. 목소리에선 짐짓 알 수 없는 어떤 강한 힘도 느껴졌다.

그는 그간의 자신이 처신했던 이력이 있으니. 상대방이 혹시라도 부담을 느낄 수 있다는 걸 염두에 두는 듯 했다. 말머리부터 자신은 어느 종교에 귀의해서 새사람이 되었다는 말을 강조했다. 자신으로 하여금 알게 모르게 지인들에게 걱정을 끼친 것에 대하여 진심으로 사과한다는 말도 여러 번 되풀이했다.

열심히 신앙생활을 하며 산 은혜로 주거지를 자신이 믿는 종교사원에 두고 있으며, 기초수급생활 대상자로 지정되어서 생활하는데 크게 지장이 없으니 자신을 기생충 같은 존재로 여기지 말라는 무언의 메시지를 전달하는 모습도 역력했다.

이야기 말미에 자식들 근황을 강하게 힘주어 말했다. 그의 마음은 진정 천국을 살고 있음이 분명해 보였다. 초혼에 낳은 딸아이가 교사가 되었다고 했다. 딸아이가 근무하는 학교이름까지 들먹이면서 딸아이가 근무하는 학교를 찾아가서 몇 바퀴를 돌고 왔다고 했다. 아비로써 자식에게 해 준 것이 없어서 차마 딸아이를 만날 수 없었지만 딸의 체취가 흥건한 학교 교정을 거닐다 왔다고 말하는 그는 참으로 행복한 웃음을 헤프게 웃었다.

게다가 재혼했던 아내의 딸아이도 함께 살았던 동안은 친자식처럼 사랑하고 아끼며 키웠는데 그 딸아이도 아주 잘 풀렸단다. 이름만 대면 알 수 있는 병원 임상병리과에 근무를 한다며, 입가에 번지는 미소가 반들반들 윤기가 돌았다. 늦둥이로 낳은 아들도 아이엄마가 잘 키웠다며 지금 당장 죽어도 여한이 없다고 했다.

돈 없고 힘도 없는 비록 이름뿐인 아비로 더없이 부끄러운 존재지만, 자신이 지금 할 수 있는 일이란 자식들의 무사안녕을 비는 기도밖에 없다며 서둘러 자리를 뜬다. 그가 내 집을 찾아왔음은 자식자랑이 하고 싶어서 온 것이 틀림없다. 아비가 되어서 거두지도 못했는데도 우뚝 선 자식들의 근간이 자랑스러워 주체할 수 없는 기쁨을 여기 저기 발산하고 싶었나 보다. 친인척 이집 저집 돌아다니며 내게 자랑했던 자랑을 똑같이 하고 다녔다는 소식을 나중에 들었다.

죄인이고 싶은, 아니 자식에게 충분히 죄인일 수도 있는 아비지만 우뚝한 자식이 이렇듯 힘이 될 줄은 몰랐다. 어려운 환경에서도 우뚝 선 그의 자손들에게 힘찬 박수를 보낸다. 비록 숨어서 하는 자식 사랑이지만 그의 자식자랑이 그다지 역겹지 않게 느껴졌다.

가슴으로 쓰는 반성문

언젠가부터 눈을 뜨면 제일 먼저 창밖을 내다보는 버릇이 생겼다. 회색빛 하늘에서 활짝 핀 목화송이처럼 가붓한 눈발이 소리 없이 날린다. 바짓가랑이가 젖는 줄도 모르고 강아지처럼 이리저리 뛰놀던 유년시절을 비롯한 젊은 날의 추억을 더듬는다. 첫눈이 내리면 물색없이 눈물짓던 순수했던 시절도 있었다. 핑크빛 가슴을 못내 들키고 싶어 안달하던 청순한 시절도 이제는 가뭇없다.

오늘은 내가 알고 지내는 시인께서 사위를 보는 날이다. 결혼식 날에 발자국이 찍힐 만큼만 눈이 내려도 신랑신부의 앞날이 축복으로 가득하다는 속설이 있다. 희붐한 어둠을 타고 내리는 눈이 주먹만큼 크게 보인다. 이는 팔이 안으로 굽는다는 진리와 상관되리라. 이대로 한 시간만 내려도 발자국이 찍히는 것이 아니라 무릎까지 차지 않을까 그도 걱정이다. 그래도 좋다. 쌓인 눈만큼 신랑신부의 축복된 앞날을 예견하는 소리로 들린다.

　소담스러운 함박눈이 여느 주중에 내렸다면 절대로 여린 감상에 빠질 수 없다. 차를 운행하는 남편과 지인들 걱정하느라 바쁘기 때문이다. 나도 모르게 걱정과 노파심이 늘어나는 나이, 자꾸만 어머니를 닮아간다. 하지 마라, 해서는 안 된다, 지칠 줄 모르게 이어지던 어머니의 잔소리는 정말 닮고 싶지 않았다. 결코 닮지 않으리라 다짐했는데 알게 모르게 점점 판박이가 되어간다. 어머니의 발자국을 그대로 따라가는 나를 발견하면 혼자 피식 웃는다.

　예식이 거행되는 영등포길이 생소해서 일찍 집을 나섰다. 살림살이가 윤기 흐르는 어머니의 부지런한 성품을 닮지 않고, 유독 나들이 행각에만 바삐 서두르는 아버지의 성품을 많이 닮았다. 때문에 역마살이 끼었다는 상상에 곧잘 빠지곤 한다. 그렇지만 약속시간을 잘 지키는 꽤 괜찮은 이미지를 남기니 과히 나무랄 일도 아니다.

　예식 시간 30여 분 전에 도착했다. 혼주(婚主)에게 축하인사를 여유롭게 드릴 수 있어서 좋다. 혼주(婚主)는 경찰직에 몸담고 계셨던 분이다. 전직이 의심스러울 만치 이웃집 아저씨처럼 편안한 분이다. 경찰이라면 얼음처럼 차가운 인상이 연상되는 건 왜일까. 이는 아마도 순경이 아닌 순사라는 무서움이 새겨진 유년의 정서가 아직까지 존재한다는 증거이지 싶다.

　딸의 손을 잡고 행진하는 혼주(婚主)의 얼굴에서 순간 서운한 눈빛이 느껴졌다. 딸을 사위에게 넘겨주는 찰나에서 내 결혼식 날 아버지 모습이 환영처럼 떠올랐다. 아울러 아버지가 하신 말씀이 가슴 저 밑바닥에서 스멀스멀 기어 나왔다. 평소에 잔정이 없다고 여겼는데 사위에게 내 손을 넘겨주는 순간 몸이 새털처럼 가벼워지더라고, 이십오 년을 키운 맏딸을 맥없이 빼앗기는 것처럼 허망하셨다는 아버지, 기력 쇠잔하신 어느 날 나직이 내게 말씀하시던 큰사랑이 목울대를 울린다. 혼주의 마음도 그와 꼭 같을 거라는 생각이 들자 왈칵 눈물이 쏟아졌다.

어머니 사랑이 민들레 꽃잎처럼 연연한 사랑이라면 아버지 사랑은 해바라기 꽃 같은 큰사랑이라는 걸 새삼 느꼈다. 반백의 나이를 살면서 철이 드나보다. 꽃 대궁을 밀어 올리느라 늘 목이 아파보이는 해바라기 꽃, 진종일 뜨거운 햇살과 씨름하는 모습이 아버지를 닮은 것 같다. 태초에 간살스러운 이브의 속살거림에 넘어간 것이 아담의 죄라면 이브의 후손인 한 여인으로 아버지에게 그리고 남편에게 용서를 빌고 싶다. 가족을 책임져야 하는 가장이라는 멍에를 씌운 죄, 이 땅의 모든 아버지들이 지고 가야할 무거운 침묵이 애잔하게 느껴진다.

때문일까. 요즘 들어 부쩍 딸 시집보내는 이를 보면 친정아버지가 생각나고, 아들 장가들이는 이를 보면 시어머님 생각에 목이 잠긴다. 엊그제까지만 해도 새댁이었지 싶은 내가 어느 결에 시어미가 되었다. 내 자식의 배필을 어떻게 다독여야할지 늘 가슴이 무겁다. 철없던 새댁시절 시어머님께서는 나에게 예쁘다는 포장지를 함부로 벗기지 않았다. 남들 앞에서는 말할 것도 없거니와 내 앞에서도 며느리의 허물을 함부로 들춰내신 적 없으셨다. 시어머님의 심성이 매우 고우셨다는 걸 이제야 깨닫는다.

사소한 일에도 당신 아들에게 눈을 흘기시며 무섭게 책하시던 어머니, 늘 만만하게 당신 아들을 훈계하시며 '너는 새겨들어라' 변죽을 울리셨는데 그때는 전혀 알지 못했다. 항상 며느리 편에 서성이던 속내가 몹시도 시렸을 터인데 그때는 정말 알지 못했다. 남편보다 내가 월등하게 잘나서 칭찬받는 줄로 착각하고 산 날들이 많이 부끄럽다.

세월이 약이라더니 물불 가리지 못하던 철부지가 세월을 그냥 맥없이 달려오지 않았나 보다. 할머니가 된 지금에서야 착각하며 산 날들이 시어머님 가슴을 점점이 도려낸 시간이라는 걸 깊이 깨닫는다. 살다보니 가슴에 너울가지도 생겼다.

예식이 끝나고 피로연을 하는 자리에서 다시 뵙는 혼주의 얼굴에선 알 수 없는 후련함도 느껴졌다. 부모로서 할 일을 했다는 성취감인지도 모른다. 이렇듯 많이 푼푼해진 마음이라 감히 지는 노을이 아름답다고 헛말 같은 진실을 말한다.

인생 육십부터라는 말도 이젠 옛말이라는데, 나는 어찌 된 영문인지 '몸이 작년 다르고 올해 다르다' 고 말씀하시던 어른들 말씀을 자주 실감한다. 가는 세월을 잡지 못해서 오기를 부리는 것인지 모르지만, 나이는 숫자에 불과하다고 큰소리치는 친구들을 보면 부럽다 못해 실로 의심스럽다.

나는 평지에서도 발을 헛딛기 일쑤고 입맛도 확연히 달라졌다. 새콤한 홍옥 사과를 왼쪽 눈도 깜짝 안하고 맛있게 먹던 시절이 있었나 싶다. 젊어서 맛있게 먹던 딸기, 포도를 시어서 잘 먹지 못한다. 입맛만 무뎌진 것이 아니다. 감성 또한 형편없이 무뎌졌다. 꽃그늘 아래서 허고 한날 사시사철 꽃노래를 부른다면 혹시 모를까? 어지간한 일로는 감성이 일렁거리는 일이 없다.

국솥, 찌게 냄비를 번갈아 불에 올려놓으며, 일터에서 돌아올 남편

을 기다리며 잘잘 끓던 가슴이 시나브로 식터니 이제는 미지근도 안하
다. 그나마 나만 변한 게 아니라서 천만다행이다. 남편도 갔소, 왔소,
한두 마디 건네고 TV리모컨을 손에 쥐면 입에다 자물통을 채운다. 이
렇듯 감성이 바짝 메마른 판에 가슴에다 따뜻하게 군불을 지펴 준 아
름다운 인연을 만났다. 그는 다름 아닌 세상에 하나뿐인 손녀딸이다.

먼저 할머니가 된 친구들이 손주 자랑을 하면 별스럽게 군다고 빈
정거렸다. 그러던 내가 한 술 더 뜬다. 곰실곰실 자라는 손녀를 보면
서 언행 하나하나 마다 무릇 신기하기만 하다. 손녀가 하는 짓마다 생
전 처음 보는 행위로 착각한다. 아니 오직 내 손녀만이 할 수 있는 행
위라고 착시 현상마저 일으키고 누굴 못 만나서 자랑을 못한다. 듣는
쪽의 불편함 같은 것은 아예 안중에도 두지 않는다.

분명 착각일 터인데 내 손녀는 정말 남달라 보였다. 언어적 유희는
정말 특별하다는 생각이 든다. 손녀가 두 돌을 갓 넘긴 때다. 형제간
모임자리에서 손녀가 화장실에 갈 의사를 비쳤다. 손녀의 일거 수 일
투족이 청량제로 다가오는 터라 손녀의 시중드는 일이 귀찮지 않다.
바로 행복으로 이어지기 때문이다. 제 집 화장실이 아닌 낯선 음식점
화장실이라서 그런지 시간을 끌기에 손녀에게 물었다.

"설아야. 아직 멀었어?"

"할머니, 응가가 똥꼬에서 잠을 자나 봐, 응가가 안 나와."

순간, 진달래 꽃잎보다 더 화사한 그 무엇이 전신을 휘휘 감았다.
대변이 안 나온다는 표현을 어쩜 조렇게 예쁘게 표현할까? 이 아이,
내 손녀 말고는 그 누구도 저런 깜찍한 표현은 하지 못 할 거라는 생각
을 하니, 살맛이 저절로 난다. 화장실에서 나온 손녀를 으스러지게 껴

안았다. 양쪽 뺨에다 연신 뽀뽀를 해댔다. 음식점 안에 귀가 있는 사람들 모두 들으라고 큰소리로 호들갑을 떨었다.

"설아가 글쎄 있지, 응가가 똥꼬에서 잠을 자서 안 나온대, 응가가 똥꼬에서 잠을 잔다는 말, 들어 본 사람 있으면 손들고 나와 봐, 더럽게 느껴지는 똥을 이렇게 예쁘게 표현했다는 이야기는 내 생전에 못 들어봤어."

착각은 자유라고 했던가. 세종대왕이 한글을 창제하였을 때, 에디슨이 전기를 발명 했을 때, 벨이 전화를 발명했을 때, 라이트형제가 비행기를 처음 만들었을 때, 박태환 선수가 금메달 4관왕이 되었을 때, 그 엄청난 순간도 지금의 나처럼 벅찬 가슴은 아니었을 거야. 모르긴 몰라도 지금 내 가슴처럼 빵빵하게 부풀진 않았을 거라는 엄청난 착각 속에 빠졌다. 그렇잖아도 손녀자랑을 입에다 매달고 사는 나를 은근히 눈꼴사납게 여기던 여동생이 야유를 섞어 쐐기를 박는다.

"큰언니 좋겠네, 설아가 시인이 될 자질이 충분해서. 그런 의미에서 오늘 밥값은 언니가 쏠 거지."

처제가 그러거나 말거나 내 아이 키울 때는 마른 장작개비처럼 뻣뻣하게 굴던 남편도 싱글벙글 입을 다물지 못한다. 그 후, 남편과 나는 변비기운이 조금만 있어도 응가가 잠을 잔다는 손녀의 어록을 남발하며 메말라가는 감성을 충전했다. 손녀가 조잘거리던 언어를 소재로 피카소도 울고 갈 삶의 수채화를 수시로 그리며 남편과 나는 가끔 나이를 잊고 산다.

올 설날에도 그간 바닥이 보일 정도로 소진된 감성을 한꺼번에 충전하는 깜찍한 사건이 있었다. 설빔으로 한복을 사놓고 설전에 온 손

녀에게 입혀보았다. 남편은 손녀에게 공주처럼 예쁘다느니, 선녀 같
다느니 한껏 추켜세우며 세배를 해 보라고 했다.

"설아야, 한복 입은 김에 할아버지한테 세배 한 번 해봐."

"할아버지, 세배는 설날 하는 거잖아요?"

"묵은세배라고 설날 전날 하는 세배도 있어."

"그럼, 내일 설날 하는 세배는 겉절이세배예요?"

나이답지 않게 묵은지를 좋아하는 손녀다. 묵은세배를 묵은지세배
로 알아들었나 보다. 남편은 육십 평생을 살면서 겉절이세배라는 말
은 처음 들어 본다며 한참을 호탕하게 껄껄 웃었다. 내가 배를 잡고 깔
깔 웃었던 건 두 말 할 필요도 없다.

그런데 요즘 남편이 바깥일이 힘이 드는지 자주 힘든 내색을 한다.
힘들어 하는 남편에게 내가 힘을 실어 줄 수 있는 일이란 빛바랜 손녀
의 어록을 꺼내들고 위로하는 것이 고작이다.

"싱싱한 겉절이 세배를 받았으니 잘 될 거예요."

그러나 자주 고장을 일으키는 중고차처럼 고장 난 중년의 감성충전
기는 오래 가지 못한다. 가까운 날 할아버지 부탁이라는 단서를 첨부
하여 임대료가 얼마쯤 들어가더라도, 손녀를 몇 시간이라도 임대를
해와야겠다. 신선한 손녀의 감성을 우리 내외의 메마른 마음에 듬뿍
충전한다면 한동안 무리 없이 달릴 걸 생각하니 가슴이 마구 뛴다.

아들의 별명

　　'**또 왔어**'는 작은 녀석의 군대시절 별명이다. 그 아이를 군대에 보내놓고 도무지 깊은 잠을 잘 수가 없었다. 아들만 둔 어미로서 대한민국의 사대 의무인 국방의 의무를 피해 갈 궁리를 모색해 보았지만 소시민의 한 사람으로는 천부당한 일이요 허튼 꿈이었다.

　　아들을 군대 보낼 당시 한창 대통령 선거바람이 거세게 불고 있었다. 모 후보의 아들이 몸무게 미달로 병역을 면제 받았다는 이슈로 온통 세상이 떠들썩했지만 나는 아랑곳 하지 않았다.

　　권력의 힘으로 병역을 면제시킨 아비의 부정을 지탄하고 싶은 생각보다 할 수만 있으면, 나 역시 내 아들을 황금 같은 젊은 시절을 군대에 가서 폭 썩어지길 원치 않았다는 솔직한 고백이다. 나라를 위해서 남자라면 필히 군대를 다녀와야 한다는 교과서적인 이야기가 오히려 낯설게 느껴졌다.

오직 망아지처럼 자유분방하던 아이가 철옹성처럼 사방이 막힌 군대에서 체계적인 생활에 어떻게 적응할지 그것만이 걱정이었다. 허나 백 없고 능력 없는 부모라서 자식을 군대 보낸다는 억울하기 그지없는 생각이 수시로 솟구쳤다. 국가를 염려하는 일보다 내 자식을 염려해야 하는 모정이 앞서서 도저히 그 후보를 지지할 수 없었다.

어느 어미인들 자식을 고초당초보다 맵다는 예전 어머님들 시집살이 버금가는 군대를 보내고 싶을까. 군대를 다녀온 어느 아비인들 내 아들을 작정하고 군대에 보내고 싶을까. 겉으로야 남자는 군대를 다녀와야 사람이 된다고 한껏 목소리를 높이고, 대한민국 국민의 한 사람으로 사내대장부로 태어나서 국방의 의무는 필수라고 큰소리 뻥뻥 치지만 대다수 모든 부모의 아린 심정은 같을 거라는 생각뿐이었다.

그러나 어쩌랴 힘없는 소시민의 자제들이 국방의 의무를 죽어라고 지키는 동안 부와 권력을 행사하는 높으신 양반님 자제들은 잘난 부모 덕에 황금 같은 시기에 정신적인 온갖 부를 창출하기에도 모자랄 귀중한 시간이 아니던가 싶어지니 속이 상했다.

억울하면 출세하라는 막말을 들이대도 아얏 소리 한 번 못 지르는 꼼짝달싹 할 수 없는 소시민의 한 사람이니 환장할 일이다. 아무리 억울한들 함부로 하소연도 할 곳이 한 군데도 없다.

대학 2학년을 마치자마자 군대를 갈 수 있게 지원을 하는 녀석을 딱히 말려야 할 명분도 어떤 힘도 우리 부부에게는 없었다. 찬바람 쌩쌩 부는 12월 초순에 강원도 최전방으로 끌려 갈 막내 녀석을 생각하면 살점이 바짝 오그라드는 느낌이었다. 뻥 뚫린 가슴으로 쏴한 바람이 사정없이 불어오는 통증으로 아이를 군대에 보내기 여러 날 전부터 불면증에 시달렸다.

딸을 목 메이게 원하던 남편의 바람을 전적으로 무시한 듯 아들 둘을 낳고 당당했던 내 자신이 그때처럼 후회스러운 적은 결코 없었다. 남편의 군대시절 이야기, 혹은 지인들의 군대시절 어려웠던 이야기, 장가가서 아들 낳으며 그 자리에서 엎어죽일 거라는 끔찍스런 군대시절 고충을 이야기 했던 누군가의 푸념마저 고스란히 기억해내는 쓸데없는 기억력에 몸서리가 쳐졌다.

오죽이나 힘이 들었으면 그처럼 살벌한 이야기를 서슴지 않고 할 수 있었을까. 고위급 잘난 양반들이 왜 권력을 무기로 자제들을 군대에 보내지 않았는지 십분 이해할 것도 같았다.

의정부 306보충대로 가면 비교적 서울 근교로 자대배치 받는 다는 설에 사뭇 기대를 했는데 내 아들은 그야말로 억세게 재수가 없었다. 춘천 102보충대로 입영영장이 발급되었다. 102보충대 출신 대부분 강원도 최전방 부대로 배치된다는 비교적 정확한 설에도 한 가닥 희망을 품었다.

허나 후방의 편한 자리로 배치되기를 바라는 내 마음은 삭풍에 눈발 날아가듯 분분하게 날아갔다. 강원도 화천 시내에서도 한참을 더 들어가는 최전방, 그 중에서도 부대사정이 열악하기 그지없다는 부대로 자대배치 받은 아들을 생각하면 가슴이 두 쪽 나는 것 같았다. 뜬눈으로 날을 밝히는 날이 많았다.

닭 모가지를 비틀어도 국방부의 시계는 돌아간다는 거친 표현에 동참할 요량이었는지 모른다. 부대 주소를 적은 편지봉투에 우표를 사다가 삼십 장도 좋고 사십 장도 좋았다. 편지봉투마마 우표를 붙여놓고 연인에게 보내는 연서인 양 일기처럼 매일 매일 편지를 썼다.

처음 얼마간은 우체국으로 가서 빠른 편지로 보내기도 했다. 하루의 일과 인 양 아들에게 위문편지를 보내는 일이 어미의 책임인 양, 우체통에 편지를 넣어야 하루 일손이 잡힐 만큼 군대 간 막내아들 생각으로 나머지 식구들 수발을 소홀히 하는 일은 예사였다.

우리 집 가족내력에 큰집, 작은집 모두가 아들형제를 두었다. 그런데 하나같이 작은 아들들이 현역으로 국방의 의무를 다 했다. 참 묘한 징크스가 분명했다. 군 생활을 마친 큰집, 작은집, 작은 아들들은 제 형들 몫까지 하느라 남들보다 힘든 군대생활을 했다고 고백했다.

큰집 큰아들은 논산훈련소에서 건강검진에서 건강상의 이유로 집으로 다시 돌아오는 피치 못할 사정이 있었다. 작은집 큰아들 역시 허리쪽 건강이 좋지 못해 현역에서 면제 되었다. 우리 집 큰아들도 평편족(마당발)이라는 병명(?)으로 신체검사 4급 판정을 받았다. 그런 연유로 집집이 큰아들은 일설에 장군의 아들이라고 일컫던 방위병, 공익요원으로 집에서 군대생활을 했다. 사촌 간 모두 맏이는 방위로 군복무를 대신한 벌인지, 작은 아들들은 하나같이 별나게 혹독한 군대시절을 보낸 것 같다.

게다가 우리 집 작은 녀석은 성격이 대쪽 같아서 최전방에 있으면서도 우리 내외가 면회를 간다고 할 때마다 번번이 사절했다. 집이 멀게는 제주도인 아이도 있고, 부모님이 안 계신 아이도 있다며, 부모님이 비교적 가까운 거리에 있거나, 사정이 만만하다고 면회를 자주 오면 다른 누군가가 보초를 대신 서야하는데 단체생활에서 다른 누군가가 불이익을 당하게 하고 싶은 마음 없다며 한사코 면회 오는 걸 사양

했다.

그야말로 거짓말 보태서 사흘이 멀다 하고 면회 오기를 간청하는 아들 덕에 경기도 김포 어디라나 편한(군대생활이 편한 곳이 어디 있겠냐만) 곳에 있다는데 툭하면 아들 면회를 가는 이웃이 부러운 적도 있었다.

작은아들 생각에 안달복달 하는 내 모습을 보며 친지들과 이웃들이 그 녀석 속 깊은 녀석이라고, 심지 깊은 아이니 걱정할 것 하나 없다고 나를 위로를 했지만 내 마음은 별로 위로를 받지 못했다. 하루하루가 지나면 나잇살도 그만큼 쌓여갈 터인데, 아들이 군대생활 마치는 동안 내가 꼬부랑 할머니가 된다 해도 상관없을 듯 했다.

옛날 말에 바람 난 아내가 먼저 간 지아비 묘에 부채질을 했다는데, 일말에 양심이 있어 잔디에 물기라도 말려놓고 시집을 갈 심사로 부채질을 했다는 믿을 수 없는 속설이 있다. 그와 상반되는 이야기지만 나도 아들을 곁에 두고 싶은 심정으로 밤낮으로 가는 세월에 부채질을 하였다. 할 수만 있다면 국방부의 시계를 마구 돌려놓고 싶은 심정에 사뭇 팔이 저렸다.

엄마의 애타는 속을 아는지 모르는지 휴가를 나오는 녀석이 엄마가 보낸 편지를 한 아름 안고 와서 대뜸 한다는 말이 적잖이 생소했다.

"엄마 내 별명이 뭔 줄 아세요?"

"군대에서도 별명을 만들어 부른다던?"

"엄마가 편지를 하도 많이 보내니까. 또 왔어. 라고 불러요."

군대에서 '또 왔어, 라고 별명을 지어 부를 정도면 혹시 아들에게 불이익이 가는 건 아닐까. 순간 가슴이 철렁 내려앉았다. 불안한 어미 마음을 다스리려다 아들에게 해가 가는 줄도 몰랐나 싶은 마음에 금세

오금이 저렸다.

"높은 사람들이 편지 많이 보냈다고. 뭐라고 하던? 혹시 엄마가 편지 많이 보내서 네가 힘들어지는 일이 생기는 건 아냐? 그러면 엄마가 편지 다시는 안 보낼게."

"아니에요, 화장실에서 엄마 편지 보는 것도 좋아요."

그 말을 들으니 없던 힘이 솟으며 눈물이 왈칵 쏟아졌다. 침상이나 편안한 자리에서 못 읽고 화장실에 쪼그리고 앉아 볼일 보는 중에 엄마의 편지를 읽는다고 생각하니 그마저 애틋해서 가슴이 뭉클했다. 영락없이 된 시집살이를 하는 아들이다. 화장실에서나마 엄마의 편지을 읽을 때 힘이 되었다는 아들의 말에 힘을 얻어 아들에게 보내는 내 편지쓰기는 병장 계급을 달고 아들 어깨에 힘이 들어 갈 때까지 지속되었다.

빨간 아기와 간난이

유년시절 난 참 버릇없는 아이였나 보다. 간난이가 갓난아이 즉, 아기라는 뜻을 담고 있다는 사실을 알았을 무렵, 간간히 익힌 한자 중에 붉은 홍(紅)이란 한자를 알고 있었다. 그때 이웃집 할머니 이름이 간난이라는 사실을 우연찮은 기회에 알게 되었다. 게다가 성씨가 홍 씨라는 것까지 알고는 말간 웃음이 자꾸만 자꾸만 새어 나왔다. 홍간난, 홍간난 그럼 할머니 이름은 빨간 아기라는 뜻이잖아. 생각할수록 웃음이 나왔다. 언젠가 한 번쯤 할머니를 살짝 골려주고 싶다는 생각이 머릿속에서 떠나지 않았다.

할머니는 평소 나를 퍽이나 귀애하셨는데 그 은혜는 아랑곳없고, 방자한 생각은 쉽사리 지워지지 않았다. 기회를 엿보느라 많은 시간을 소비했다. 손자를 귀여워하면 할아버지 수염이 안 남아난다는 말과 일맥상통하는 생각은 시간이 흐를수록 빵빵하게 부풀었다. 빨간 아기가 입안에서 자꾸 맴맴 돌았다. 홍간난은 빨간 아기, 빨간 아기는 홍간난, 웅얼웅얼 주문 외듯 외우기를 여러 날, 끝내 참지 못하고 그만 토해버렸다.

"빨간 아기 할머니."

"뭐라고 빨간 아기라고?"

"할머니 이름이 홍간난이니까 빨간 아기 맞잖아요?"

"에라, 못된 강아지야. 할미이름을 함부로 부르면 쓰나?"

결국 할머니도 웃었고 나도 마음껏 깔깔 웃었다. 할머니 이름은 왜 간난이냐고 물었고, 나도 모른다는 대답을 들은 것도 같다. 지금 가만히 생각해 보면 간난이라는 이름이 좋은 뜻을 지닌 것 같다. 늙어서 꼬부랑 할머니가 되어도 간난이라고 부르니 가는 세월을 쉼 없이 낚아채는 느낌이 들어가니 말이다.

하지만 애석하게도 홍간난 할머니는 내가 결혼을 하고 얼마 지나지 않아 영원한 간난이로 등록하기 위해서 본향으로 귀향했다는 소식을 들었다.

홍간난 할머니 말고도 내 가슴속에서 지울 수 없는 또 다른 간난이가 있다. 유년시절에 이어 결혼 전 까지 세상에 둘도 없이 친했던 친구다. 한시라도 떨어져서는 못살 것처럼 싸리울담장 너머로 그 애가 보이면 득달같이 달려가서 다정하게 뛰놀던 친구 이름도 간난이다.

그런데 그 친구는 성이 남 씨, 남간난이다. 또 웃음이 나왔다. 남간난, 남간난, 그럼 친구는 남의 아기라는 뜻인가? 혼자서 비죽비죽 웃고 다녔다. 뒤꼍을 돌고 앞마당을 돌면서 남간난, 남간난, 남의 아기, 남의 아기 또 주문처럼 중얼거렸다. 혼자서 킬킬 웃고 또 웃어도 웃음이 나왔다.

하지만 세상에서 가장 친한 친구를 남간난은 '남의 아기' 라고 놀려먹을 수는 없었다. 내 친구 간난이는 자신의 호적상 이름이 간난이라는 것도 늘 집에서 부르는 점분이라는 이름도 항상 불만이던 친구다. 언젠가 '윤희' 라는 예명을 갖고 싶다고 했던 기억이 어제 일처럼 선명하다.

그런데 참 아이러니 하게도 친구의 사촌동생 호적이름도 간난이고, 육촌동생 이름도 호적 이름은 간난이란다. 내 이름에 불만을 갖고 아버지께 이름을 바꿔 달라고 보채던 일이 새삼 부끄러울 정도다. 여자 이름에도 항렬에 따라 돌림자로 이름을 지어주신 아버지께 오히려 감사드리고 싶다.

내 친구 간난이는 팔남매 중 다섯 번째다. 위로 언니 오빠가 각각 두 명이다. 출생신고를 면서기나 이장 아저씨가 아니면 면사무소에 볼일 보러 가는 이들에게 성의 없이 출생신고를 부탁했음이 여실하다.

어이, 이보게 우리 간난이 혹은 우리 언년이 출생신고 좀 해 주게. 아마 그러지 않았을까 추측된다. 그렇지 않고서야 큰집 작은집 딸들 이름이 똑같이 간난이일 수는 없을 테니까. 같은 학교 혹은 옆 반 아이들 중에도 실제로 언년이라는 아이와 간난이라는 아이가 있었다. 생각해 보니 한 반에 두세 명씩 같은 이름이 있는 건 다반사다. 아마 내가 기억하기로는 옥순이, 옥자, 영자, 순자, 명자 등이지 싶다.

친구가 자신의 이름을 그토록 싫어하는데 남의 아기라고 놀려먹을 생각을 하다니 그건 안 될 말이다. 내 친구는 선도 안 보고 데려 간다는 셋째 딸이라서 그랬을까 결혼을 일찍 했다. 진정한 남의 아기가 된 간난이가 오늘 따라 문득 보고 싶다.

답장이 올 줄 몰랐어요

초등학생인 손녀의 학교에서 도서관 명예교사를 하겠다고 자청했다. 학생이 한 번에 대출할 수 있는 책이 두 권이다. 그런데 학부모가 명예교사를 하면 네 권까지 대출이 가능하다. 얄팍한 이익을 챙기는 속셈과 무관하게 직장생활을 하는 제 어미대신 학부모역할을 자처했으니 제대로 하고 있다는 무언의 시위였는지도 모른다.

경제적으로 남들처럼 잘 해 주지는 못해도 남들 하는 것만큼은 다 해 주고 싶어 하는 자식에게 경제력 보탬이 되어 주지 못하니, 한시적 학부형이야말로 아낙군수로 지내는 내게 꼭 맞는 역할이라고 생각했다.

나보다 더 나이든 이들도 돈을 버는 이들이 있건만 나는 돈 버는 재주는 아예 젬병이다. 손녀를 시대에 맞게 돌보는 재주라도 익혀야 할 판이다. 손녀가 웬만큼 학교생활에 길들어 질 때까지 돌봐주겠다고 하여 얻은 감투가 한시적 학부형이다.

연일 보도되는 무거운 뉴스를 접할 때마다 손녀를 돌봐주어야 하는 일이야 말로 내가 해야 할 사명감으로 엄습해 왔다. 손녀에게 할머니가 튼튼한 방패막이가 되어주겠다는 의지를 보여주고 싶었다. 최선을 다하겠다는 선서를 목청껏 복창하고 손녀를 우리 집으로 데려와서 초등학교에 입학을 시켰다. 그런 때문에 최선을 다하지 않으면 직무유기로 언제 해고가 될지 모른다는 노파심이 수시로 들었다.

그러는 나에게 친구들 더러는 손녀 돌봐주고 얼마나 용돈을 받느냐는 질문을 하기도 한다. 그럴 때면 혼자 피식 웃는다. 머리털이 허연 남편과 내가 마주보며 크게 웃어 보기 것은 고사하고, 미소도 지어 본 일이 흔치 않은 마당에 손녀, 그 아이로 하여금 수시로 행복의 도가니에 푹푹 빠져드는데 그걸 아들 며느리가 눈치 차릴까봐, 오히려 전전긍긍한다고 하면 할 말이 없단다.

손녀로 하여금 부모의 행복지수가 높아지는 만큼 행복한 감정을 무게로 재어서 값으로 쳐 달라고 할까봐, 시치미 떼느라 바쁘다고 말하면 어이없어 한다. 손녀로 하여금 우리 부부가 가끔 무아지경에 빠지는데 용돈타령을 한다는 건 어불성설이다. 오직 할아버지 할머니란 닉네임을 새겨준 것만으로도 손녀에게 최선을 다 하고 싶을 뿐이다.

도서명예교사는 일학년 때 해 본 경험이 있기에 잘 할 자신도 있었다. 때문에 주저하지 않았다. 강제성이 아니라 희망자는 손만 들면 된다. 도서명예교사는 순발력이 있어야지 우물쭈물 망설이다간 내 차지까지 안 온다. 당당하게 재빨리 손을 번쩍 들어야 한다. 독서명예교사는 젊은 엄마들이 노리는 노른자위기 때문이다.

그러나 녹색어머니 봉사는 누구도 선뜻 손을 들지 않는다. 한 학기에 두 번만 시간을 내면 된다기에 내가 먼저 손을 번쩍 치켜들었다. 각 반에 2인 1조로 2조는 되어야지 한 학기에 두 번이라는 계산이 나온다. 명색이 할머니인 내가 손을 들었더니 마지못해 반장 엄마와 반장 엄마랑 가깝게 지내는 두 엄마가 눈치를 보며 마지못해 손을 들었다.

그로 인해 나는 확 드러나지 않아도 암암리 행동하는 학교 임원인 셈이다. 내 아이를 키울 때는 사는 게 바빠서 하지 못했던 경험을 해보는 일이라 마냥 즐겁다. 자식 같은 젊은 엄마들, 임원진에게 무슨 일 있으면 연락하라는 짧은 인사말을 남기고 먼저 자리를 털고 나왔다. 그랬는데도 젊은 엄마들은 공식적인 자리 말고는 나를 불러내거나 함께 하지 않는다. 나 역시 젊은 그들 곁을 함부로 기웃거리지 않았다. 대화의 코드가 달라도 현저하게 차이가 나는 그들 속을 기웃거리다니 그건 내가 내린 금지법이다.

누구나 모르고 하면 실수지만 알면서 하는 것은 심술이다. 도서관 명예교사는 혼자서 하는 것이니 내가 가야 할 날짜를 일일이 달력에 체크해 놓고 최선을 다했다. 녹색어머니 봉사 첫 번째 날은 밤잠도 설쳤다. 아침 여덟 시부터 여덟 시 오십 분까지다.

손녀의 등교 준비를 그 시간 전에 미리 마쳐야 한다. 늦으면 안 된다는 걱정으로 깊은 잠을 이루지 못했다. 자다 깨기를 반복하며 그렇게 긴장을 한 덕에 남보다 일찍 나가는 모범을 보이기도 했다.

그런 전력이 있음에도 두 번째 봉사 날 이틀 전부터 문자가 날아들었다. "낼모레 녹색 봉사 잊지 않으셨죠? 그날 봐요." 바로 전날은 다투어 두 명의 다른 엄마들로부터 연달아 문자가 온다. 다분히 애교석인 문자 내용이었지만 자격지심이랄까 할머니라는 은빛 화관이 미덥지 못해서 보낸 문자라는 생각이 슬며시 들었다.

"설아할머니, 낼 녹색 봉사날인 거 아시죠? 2학년 2반을 위해서 아자! 설아할머니, 내일 수고해 주세요." 걱정이 되셨는지 담임선생님께서도 친히 문자를 보내셨다. 피식 웃음이 나왔다. 기다린 건 아니지만 달력에 동그라미를 쳐 놔서 잊지 않았어요. "2학년 2반의 명예를 걸고 늦지 않게 가겠습니다." 라고, 정중하게 문자를 받으면 곧바로 답신 문자를 보냈다. '잊지 않았삼. 걱정 마삼.' 젊은이들 쓰는 용어로 보내고 싶은 걸 체면상 참았다. 그들 앞에서 그런 식으로 튈 필요가 없기 때문이다.

그러자 젊은 엄마들로부터 연이어 '설아할머니, 젊게 사시는 모습이 보기 좋아요 답장이 올 줄 몰랐어요.' 라는 답신문자가 날아왔다. 손녀 앞에서 깔깔 소리 내어 웃으며 문자가 온 차례대로 손녀에게 보여 주었다. 손녀가 발끈한다. "아니 우리 할머니를 문자도 못 보내는 바보 할머니로 알았다는 거야 뭐야?" 할미를 대신해서 손녀가 열을 낸다.

씩씩거리는 손녀를 보자 나를 문자도 못 보내는 그쯤 여겼다는 자존심이 시나브로 찾아들었다. 내게 문자를 보내는 방법을 알려준 작은집 조카 녀석이 생각난다. 제 엄마에게도 친절하게 가르쳐 주지 않은 녀석이 큰엄마가 가르쳐 달라니까 거절도 못하고 차근차근 가르쳐 주던 녀석이다. 문자를 보내면 답신이 없는 걸 보면 막내동서는 아예 배울 생각도 않는 것 같다. 골치 아픈 건 당최 배우고 싶지 않다는 지론이다. 집안 살림 잘 하면 되었지 새로 무엇을 배운다는 것에는 도리질이다.

　나 역시 내 아이에게 컴퓨터 사용법이라든가 기계를 사용하면서 모르는 것을 재차 물으면 노골적으로 귀찮아하는 모습이 역력한지라 조카에게 부탁을 해서 겨우 배운 문자실력이다. 그렇게 배운 문자보내기 실력을 갖고 괜히 우쭐한 마음이 들어갔으니 내가 생각해도 우습다. 맥없이 우쭐했던 마음을 슬며시 내려놓았다.

　그렇듯 나이 먹은 대부분 사람들이 사소한 작은 거 뭐 하나라도 배우기를 꺼려하는 일반적인 습성을 아는 똑똑한 젊은 사람들이다. 설아할머니도 그럴 것이라고 지레 짐작할 수 있다.

　문자메시지를 보내는 것과 상관없이 편지 쓰는 걸 좋아하고, 글쓰기를 좋아하는 설아할머니란 걸 알지 못하는 젊은 엄마들이다. 답장 문자를 보내는 일을 즐기는 사람이 설아할머니라는 것을 알면 그들이 얼마나 당황해 할까 생각하니 그도 즐겁다.

동화

돌아 온 까치네

가지산 고갯마루에 하늘을 찌를 듯한 커다란 미루나무가 우뚝 서 있습니다. 그 미루나무 꼭대기에는 까돌이네 집이 있습니다. 그렇지만 곧 이사를 가게 될지도 모릅니다.

까돌이 아빠는 앞으로 어떻게 살아야 할지 모른다며 먼 하늘을 바라보며 한숨을 푹푹 쉽니다. 가지산에서 계속 살다가는 언제 굶어 죽을지 모른다고 합니다. 까돌이네 가족은 벌써 여러 날 째 벌레 한 마리도 먹지 못했기 때문입니다. 아빠는 오늘도 하루 종일 이사 갈 곳을 알아보러 다니다가 기진맥진해서 돌아왔습니다.

"여보, 이사 갈 곳을 찾았어요. 까악 깍!"

엄마는 아빠를 보자마자 두 눈을 똥그랗게 뜨고 깍깍댑니다. 까돌이는 엄마가 아빠에게 너무한다는 생각이 들었습니다.

"저, 저, 그게 말이야. 며칠째 알아보고 다니는데 마땅한 곳이 없어."

아빠는 날갯죽지를 오그리고 고개를 숙이고 엄마의 눈길을 피합니다.

"아니, 오늘이 벌써 며칠 째인데 이사 갈 곳을 아직 못 구했단 말예요. 깍깍 까악."

까돌이는 요즘 들어서 엄마가 웃는 모습을 한 번도 보지 못했습니다. 아빠를 보기만 하면 성깔을 부리며 깍깍거립니다.

"여보, 조금 더 기다려 봐. 내일은 시내로 나가 봐야겠어."

"흥, 시내에 나가면 뭐 좋은 수가 있대요?"

"여보, 당신도 알지? 뒷산 아카시나무에 살던 까순이네 말이야. 시내로 이사 간 까순이네가 잘 사나 봐. 우리도 마땅히 이사 갈 곳이 없으면 시내로 이사를 가자고."

"시내로 이사를 가면 무얼 먹고 살아요? 여기서도 벌레 한 마리 잡아먹기 힘든데……."

"시내로 이사 가면 사람들 식생활에 맞춰서. 식생활을 바꿔야지."

엄마는 아빠가 하는 말에 기가 막히는 모양입니다. 아무런 대꾸도 하지 않습니다.

이제 산골에도 까치나 새들이 잡아먹을 벌레들이 귀해졌습니다. 사람들이 독한 농약으로 농사를 짓기 때문에 논바닥에 바글거리던 우렁이도, 개울가에 우글거리던 미꾸라지도, 송사리도 찾아보기 어렵습니다. 하다못해 개구리마저도 사람들이 몸에 좋다며 마구 잡아 먹어서 개구리는커녕 올챙이 한 마리 구경하기 힘이 듭니다.

다른 날짐승은 물론 까치도 농작물을 쪼아 먹고, 과일에도 입을 댔습니다. 과일은 입맛에 맞지 않지만 배가 고프면 어쩔 수 없이 과수원으로 먹이를 구하러 갑니다. 하지만 언제 사람들이 쏘는 총에 맞아 죽을지 모릅니다. 과수원에서 과일을 쪼아 먹다가 사람들이 쏜 총알에 맞아죽은 까치들이 얼마나 많은지 모릅니다. 생각만 해도 끔찍합니다. 이제는 농작물 근처나 과수원 근처에는 무서워서 얼씬거리지 않습니다.

아침에 까치가 울면 반가운 손님이 온다며 좋아하던 시절도 있었답니다. 하지만 까치가 길조라던 시절은 옛날이야기랍니다. 지금은 까치들 극성에 농작물이 안 남아난다며 까치를 보기만 마구잡이로 잡아들입니다. 까돌이는 아무 때나 집밖으로 날아다니지를 못합니다. 까치를 약으로 쓴다며 잡아다가 파는 사람들이 생겼다는 소문이 퍼졌기 때문입니다. 그래서 까돌이는 엄마아빠 허락 없이는 집밖으로 함부로 나가지도 못합니다.

까돌이는 원래 삼형제였습니다. 까돌이 형 두 마리가 얼마 전에 엄마 아빠 허락도 없이 과수원으로 먹잇감을 구하러갔다가 사람들이 쳐놓은 그물망에 걸려서 어디론가 잡혀갔답니다. 형들이 살았는지 죽었는지 그건 아무도 모릅니다. 엄마는 여기서 살다가는 까돌이마저 죽이겠다고 아빠만 보면 성화를 부립니다.

까돌이네 식구들은 벌써 며칠 째 박 씨 아저씨네 하수도구멍으로 나온 음식물 찌꺼기만 먹었답니다. 그래서 그런지 기운이 하나도 없습니다. 벌레 한 마리만 먹었으면 소원이 없을 것 같습니다. 그렇지만 작은 벌레도 잡아먹기 힘들답니다. 부지런하고 억세지 않으면 벌레를 잡아먹기 어렵습니다. 산과 들에 사는 모든 새들이 먹이 사냥에 온통 아우성이랍니다.

글쎄, 며칠 전에는 산비둘기와 참새가 벌레 한 마리를 놓고 심한 몸싸움을 하다가 참새가 죽었답니다. 참새가 잡은 벌레를 산비둘기가 빼앗았습니다. 벌레를 빼앗기지 않으려는 참새 머리를 산비둘기가 그악스럽게 마구 쪼아댔습니다. 피를 너무 많이 흘린 참새가 결국 죽고 말았던 것이랍니다. 엄마는 남의 이야기 같지 않다며 죽은 참새가 불쌍하다고 하루 종일 깍깍 울었답니다. 엄마는 사람들에게 잡혀간 까돌이 형들 생각이 나서 더 울었는지 모릅니다.

시내로 이사 갈 집을 알아본다고 나갔던 아빠가 삼 일이나 지나서 집으로 돌아왔습니다. 아빠는 이사 갈 곳을 마련했다며 신바람이 났습니다.

"여보, 이사 갈 곳을 정해 놓고 왔어. 거기가 어디냐 하면 사람들이 많이 놀러오는 놀이동산이야. 거기는 먹이를 구하느라 힘들이지 않아도 돼. 사람들이 먹다 버린 과자 부스러기, 음식찌꺼기들이 엄청나게 많아."

아빠는 군침을 삼켜가면서 신이 나서 깍깍거렸습니다.

"까돌이아빠, 당신 정신이 있어요, 없어요? 과자 부스러기, 음식물 찌꺼기만 먹고 어떻게 살아요? 당신은 우리가 갑자기 사람이 되었다고 생각해요. 나는 놀이동산으로 이사 가기 싫어요."

"싫어도 가야 해. 여기서 살다가 굶어 죽어도 좋겠어? 마음대로 나다닐 수도 없잖아. 까딱 잘못하면 언제 총에 맞아 죽을지도 모르잖아. 놀이동산도 우물쭈물 하다가는 다른 새들한테 빼앗긴단 말이야."

"여보, 까돌이아빠, 우리 그러지 말고 차라리 더 깊은 산속으로 이사를 가는 것이 어때요. 깊은 산속으로 이사 가면 설마 굶어 죽기야 하겠어요?"

　엄마는 벌레를 잡아먹으며 시골에서 살기를 원했습니다. 그렇지만 까돌이는 놀이동산이 어떤 곳인지 몹시 궁금했습니다. 놀이동산으로 이사를 가는 것도 재미있을 거라는 생각이 들었습니다. 아빠는 이사를 가기 싫다는 엄마에게 버럭 화를 냈습니다.

　"깊은 산속이라고 뭐 나은 줄 알아? 지금은 깊은 산골도 모두 농약으로 농사를 짓고 있어."

　엄마는 할 수 없다는 듯 고개를 까딱거렸습니다. 아빠는 서둘러 이사를 하였습니다. 놀이동산으로 이사를 온 아빠는 오래 살 집이라며 아주 튼튼하게 집을 지었습니다. 고물상에서 딱딱한 철사를 물어다가 나뭇가지 사이에 집어넣어가며 이층으로 집을 지었습니다. 이층에는 멋진 까돌이 방을 만들어 주었습니다. 하얀 스티로폼을 물어다 푹신한 침대까지도 만들어 주었습니다.

　까돌이는 신이 났습니다. 놀이동산도 마음에 꼭 들었습니다. 야외 음악당에서 들려오는 아름다운 노래 소리는 정말 듣기 좋았습니다. 먹을 것도 음식물 쓰레기통마다 찰찰 넘쳐났습니다. 언제든지 입맛대로 골라 먹을 수 있습니다. 하지만 아빠는 아직도 사람이 먹는 음식이 입맛에 맞지 않나 봅니다. 가끔씩 배가 아프다고 합니다. 엄마는 배가 아주 많이 고플 때만 조금씩 먹습니다. 그래서 그런지 엄마는 시골에서 살 때보다 살이 많이 빠졌습니다. 배가 홀쭉하고 날씬해졌습니다.

　하지만 까돌이는 벌써 입맛이 싹 바뀌어졌습니다. 비쩍 말랐던 까돌이는 하루가 다르게 포동포동 살이 쪘습니다. 날개까지 오동통 살이 올랐습니다. 엄마는 까돌이의 통통해진 모습을 보며 걱정을 합니다. 까돌이는 은행나무 집으로 날아오르는 것도 힘들어 헉헉댑니다. 아빠와 엄마를 붙잡고 오르며 꾀를 부리는 까돌이는 뚱보까치가 되었습니다.

요즘은 아빠도 날개가 점점 무거워진다고 합니다. 엄마는 벌레를 먹고 살아야 하는 까치가 사람들이 먹는 음식만 먹어서 그런 거랍니다. 엄마는 하루에 세 번씩 놀이동산 날아다니기 운동을 하자며 아빠와 까돌이를 들볶습니다. 그런데 큰일이 났습니다. 아빠가 덜컥 병이 났습니다. 며칠째 배가 아프다며 깍깍거립니다. 엄마는 아빠가 사람이 먹는 음식만 먹어서 배탈이 난 것이랍니다.

며칠째 깍깍 앓던 아빠는 몸이 뼈만 남은 듯 홀쭉해졌습니다. 입맛을 잃어버린 아빠는 아무것도 먹지 못했습니다. 아빠가 드디어 자리에 눕고 말았습니다. 아빠는 엄마에게 죽기 전에 실지렁이 같은 벌레나 실컷 먹어봤으면……. 애원을 했습니다. 엄마는 아빠를 이대로 두었다가는 아빠가 죽을지도 모른다고 생각했나 봅니다. 까돌이에게 아빠 병간호를 부탁하고 벌레를 잡으러 농촌으로 갔습니다. 매일 아침에 나가면 저녁때가 되어야 돌아왔습니다. 엄마는 매일매일 잡아온 벌레를 아빠에게 먹였습니다.

매일 벌레를 먹은 아빠는 차츰 차츰 기운이 살아났습니다. 아빠는 하루에 벌레 한두 마리를 먹고 살아도 좋으니까 시골로 다시 이사를 가는 것이 좋겠다고 말했습니다. 엄마도 까돌이를 위해서라도 시골로 이사를 가는 게 좋다며 찬성을 했습니다. 까돌이가 점점 날갯짓을 못할 만큼 뒤뚱거리니 큰일이랍니다.

"그런데 사람들 입맛으로 식성이 바꾸어진 까돌이가 걱정이야. 내가 빨리 기운을 차려서 이사 갈 곳을 찾아보아야 할 텐데……."

아빠는 혼잣말처럼 깍깍거렸습니다.

"여보 까돌이아빠, 요즘은 친환경으로 농사를 짓는 곳이 많아졌다는 소리를 들었어요. 건강을 생각하는 사람들이 유기농채소 친환경 농산물을 찾는데요."

"그게 정말이야?"

"그래요. 내가 벌레 잡으러 시골을 다니면서 사람들이 말하는 걸 들었어요."

"반가운 소식이네. 친환경으로 농사를 지으면 지렁이도 살고, 메뚜기도 살고, 예전처럼 벌레들이 우굴거리지. 그렇게 되면 우리 새들이 먹고 사는 걱정은 안 해도 되는데."

"까돌이아빠, 내가요 요즘 친환경으로 농사짓는 곳을 알아보고 다니는 중이거든요."

"까돌이엄마가 나 때문에 고생을 하네."

"그게 왜 당신 때문이어요? 사람들이 농약을 너무 많이 쓰기 때문이지요. 그래서 자연생태계를 파괴한 탓이지요."

아빠와 엄마는 요즘 얼마나 다정한지 모릅니다. 놀이동산으로 이사 오기 전에는 아빠만 보면 깍깍거리던 엄마가 확 달라졌습니다. 아빠가 죽다 살아나서 그런 것 같습니다.

"까돌이 건강도 생각하고 새로 태어날 아가들을 생각해서라도 다시 시골로 이사를 가는 게 좋겠어."

아빠는 시골로 이사 갈 생각에 들떠 있습니다. 엄마는 하루도 쉬지 않고 이살 갈 곳을 알아보러 다녔습니다. 드디어 엄마가 이사 갈 곳을 찾았나 봅니다. 아마 친환경으로 농사를 짓는 곳을 알아냈나 봅니다. 아주 신이 나 깍깍거립니다.

"여보, 까돌이아빠, 가지산 미루나무 우리 집 말이에요. 거기 그 동네가 친환경으로 농사를 짓는데요. 서울 사람들과 계약재배를 한다나 봐요. 우리 집도 그냥 그대로 있어요. 집을 비운 지 오래되어서 낡긴 했어도 새로 고치면 살 수 있겠어요."

"그래, 정말 잘 되었네. 새로 태어날 아가들을 위해서 집을 크게 늘리면 되지."

아빠의 목소리는 힘이 넘쳤습니다. 벌써 고향으로 이사를 간 것처럼 좋아했습니다.

"까돌이아빠, 그런데요 글쎄, 우리가 언제든지 까순이네보다 한 발씩 늦지 뭐예요. 까순이네가 전에 살던 집으로 벌써 이사를 왔다지 뭐에요."

"그래, 반가운 소식이네. 우리도 내일 당장 이사 갑시다."

까돌이는 도대체 엄마 아빠 마음을 알 수가 없습니다. 시골에서 놀이동산으로 이사 올 때도 까돌이를 위해서라고 했습니다. 시골로 다시 이사를 가는 것도 까돌이를 위해서랍니다. 그런데 까돌이 의견은 한 번도 물어보지 않습니다. 까돌이는 놀이동산이 좋거든요. 심심하지도 않고, 먹을 것도 많고, 까돌이는 놀이동산을 떠날 생각이 조금도 없는데 속이 상합니다. 놀이동산에서 사귄 비둘기 친구들과 헤어질 생각을 하니 눈물이 났습니다. 까돌이는 내일이 영영 돌아오지 않았으면 좋겠습니다.

| 작가와 문학 발표 |

민경이네 꽃밭 이야기

봄바람이 살랑살랑 불어왔어요. 꽃샘바람이 멀리 멀리 달아났어요. 따뜻한 아침 햇살이 민경이네 꽃밭에 한가득 퍼졌어요. 키 큰 목련나무가 기지개를 켜고 제일 먼저 일어났어요.

"아, 잘 잤다. 그런데 내가 너무 늦잠을 잤나."

"하하, 목련나무야, 네가 제일 부지런하단다."

봄바람이 목련나무 가지를 살랑살랑 쓰다듬으며 지나갔어요. 칭찬을 받은 목련나무는 기분이 좋아졌어요. 가지가 휘어지도록 하얀 종을 울리며 아름다운 꽃을 피웠어요. 은은한 목련꽃 향기가 온 동네에 퍼져 나갔어요.

"애들아, 봄이 왔어. 어서들 일어나라. 우리들 세상이 왔어. 모두 예쁜 꽃을 활짝 피우자. 우리 다 같이 예쁜 꽃동산을 만들자."

큰소리로 우렁차게 말하는 목련나무오빠는 대장 같았어요.

큰소리에 놀란 아기진달래도 겨울잠에서 깨어났어요. 부스스 눈을 뜨고 사방을 둘러보았어요. 개나리가 노란 꽃망울을 밀어 올리는 모습이 보였어요. 아기진달래도 꽃망울을 터뜨리고 싶어서 꽃눈을 달싹달싹거렸어요. 지난해 민경이 아빠가 산에서 캐다 심은 아기진달래가 제법 어른스러워졌어요.

"목련나무오빠, 나도 예쁜 꽃을 많이 피울 거야."

"아기진달래야, 잘 생각했어. 기특하구나. 지난해는 꽃도 제대로 피울 생각을 하지 않고 울기만 했었지. 이제 엄마가 살고 있는 산은 잊어버려. 민경이네 꽃밭에 친구들과 사이좋게 지내고 예쁜 꽃을 많이 피워라."

아기진달래는 지난해 민경이네 꽃밭으로 오던 날을 생각하면 지금도 눈물이 나려고 합니다. 하지만 이제는 많이 의젓해졌어요. 처음에는 엄마가 너무 너무 보고 싶었어요. 산새친구들도 보고 싶고, 엄마 옆에 우뚝 서 있던 푸른 소나무할아버지, 철쭉꽃언니, 키 큰 벚꽃나무 아저씨도 보고 싶었어요.

아기진달래가 기를 피지 못하게 그늘을 만들던 아카시아나무조차도 보고 싶었어요. 매일 울기만 하느라고 예쁜 꽃을 많이 피우지 못했어요. 그런데도 민경이하고 동네 꼬마들이 아기진달래꽃을 보며 즐거워했어요.

"와, 진달래다. 민경이네 꽃밭에 진달래꽃이 피었다."

모두들 진달래꽃을 보며 탄성을 질렀어요. 울보가 된 아기진달래는 잠깐 우쭐하기도 했어요.

이제는 키도 제법 자랐어요. 목련나무오빠는 여전히 올려다보지만 옆에 있는 라일락친구하고는 손이 금방 닿아요. 라일락꽃나무는 참 좋은 친구예요. 매일 울기만 하는 아기진달래를 산뜻한 꽃향기로 말없이 달래주었어요.

라일락 꽃향기에 취해서 엄마생각도 잠깐 잠깐 잊을 수 있었어요. 새로운 힘이 가지마다 돋아나는 기분도 들었어요. 가지가 쭉쭉 뻗어나가는 벅찬 느낌도 스멀스멀 들어가기도 했어요.

"나는 엄마가 있는 산으로 갈 수가 없어. 그러니까 이제부터 가지를 많이 늘려가며 예쁜 꽃을 피울 거야. 그러면 민경이도 동네 꼬마들도 모두 좋아 할 거야."

아기진달래는 즐거운 생각을 하면서 가지를 흔들어 보았어요. 기분이 아주 좋아졌어요. 하지만 산에서 산들바람이 불어오면 아기진달래야, 아기진달래야 하고 엄마가 애타게 부르는 소리로 들렸어요. 너무 너무 슬퍼서 울고 싶었어요.

이제부터는 울지 않을 거예요. 영양분을 힘껏 빨아 올려서 키도 쑥쑥 크고 예쁜 꽃도 많이 피울 거예요. 아무리 다짐을 해도 엄마가 보고 싶은 슬픈 마음을 감출 수가 없었어요. 엄마가 너무 너무 보고 싶어서 그만 눈물을 뚝뚝 흘리고 말았어요.

그때 아기 진달래 발아래에서 조그맣게 부르는 소리가 났어요. 아기 진달래가 고개를 숙이고 내려다보니 활짝 핀 노랑민들레가 속삭이듯 말했어요.

"아기진달래야, 울지 마. 내가 네 친구해 줄게."

아기진달래는 땅에 착 달라붙어 조그맣게 피어있는 민들레가 친구를 해 준다는 것이 어쩐지 못마땅하고 기분이 나빴어요. 들은 척도 하지 않았어요. 민들레는 여전히 작은 소리로 말했어요.

“아기진달래야. 울지 마. 내가 친구 해 준다니까.”

“민들레야, 너같이 조그만 꽃이 어떻게 나하고 친구가 될 수 있어? 나는 아직까지 너 같이 작은 꽃하고 친구 해 본 적이 없단 말이야. 우리 엄마 옆에 있던 철쭉꽃나무, 생강꽃나무, 키 큰 벚꽃나무, 아카시나무하고만 놀았단 말이야.”

민들레꽃 옆에서 가만히 듣고 있던 제비꽃이 화가 나서 덤볐어요.

“야, 건방진 아기진달래야. 나처럼 키 작은 앉은뱅이 꽃도 있다는 거 몰라? 꽃들은 다 친구야. 빨리 민들레한테 사과해. 어서 잘못했다고 사과하란 말이야.”

제비꽃은 보라색 얼굴이 하얗게 질리도록 앙팡지게 대들었어요.

어찌나 또랑또랑한지 아기진달래는 몸이 오싹 움츠러들었어요. 산에서만 자란 진달래는 작은 꽃들이 많다는 것을 몰랐어요. 울고 있는 진달래를 위로하는 착한 민들레꽃을 무시한 것이 부끄러웠어요. 자신이 잘못했다고 생각했어요.

“민들레야, 미안해. 내가 잘못 생각했어. 용서해 줄래?”

“괜찮아. 아기진달래야, 네가 엄마를 보고 싶어 하는 마음을 나는 다 알아. 엄마가 보고 싶어서 괜히 화를 내는 것도 알아.”

아기진달래는 민들레의 예쁘고 고운 마음씨에 그만 감동을 받았어요. 작다고 깔보았던 마음을 뉘우치고 반성을 했어요. 기분이 많이 나빴을 텐데도 따뜻하게 말해 주는 작은 민들레가 엄마처럼 포근하게 느껴졌어요.

“민들레야, 정말 미안해. 봄바람이 내 얼굴을 만지고 가면 엄마가

너무 보고 싶었어. 그래서 네게 짜증을 부렸나 봐. 나를 용서해 주는
거지?”

“용서하고 말고가 어디 있어. 우리는 다 같이 친구인걸.”

“고마워 민들레야, 그런데 너는 언제부터 민경이네 꽃밭에서 살았
니?”

“나는 바람아저씨를 따라다니다가 그만 길을 잃었어. 그래서 하는
수 없이 민경이네 꽃밭에 뿌리를 내렸단다.

“그랬구나. 나는 민경이 아빠가 등산을 와서 아무도 모르게 나를
캐 온 거야. 나를 배낭 속에 넣어가지고 왔단다. 그때 갑갑해서 죽을
뻔했어. 민들레 너는 어디서 살다왔니?”

“나는 들판에서 살았어.”

“들판은 어떤 곳이니? 들판에도 푸른 소나무가 있니? 꾀꼬리 방울
새 같은 예쁜 산새도 살아?”

“아니야 들판은 아주 넓단다. 들판에는 나처럼 키 작은 꽃들이 많
이 산단다. 제비꽃, 자운영, 꽃다지, 냉이, 씀바귀, 반지꽃, 등 작은
꽃들이 아주 많단다. 아름다운 산새는 없지만 제비라는 아주 이로운
새가 산단다.”

“그렇구나. 너는 들에서 살았고 나는 산에서 살았네. 하지만 지금
은 민경이네 꽃밭에서 함께 살고 있으니 이제부터 다정한 친구로 잘
지내자.”

아기진달래와 이야기를 주고받던 민들레도 갑자기 엄마가 보고 싶
었어요.

‘우리 민들레꽃은 씩씩하고 강한 꽃이야. 어디서든 뿌리를 내리며

예쁜 꽃을 피우고 살아갈 수 있다. 그러나 너무 멀리 가지 말고 들판에서 형제들과 사이좋게 오순도순 살아야 한다.'

늘 이렇게 말해주던 엄마 말을 안 듣고 바람아저씨를 따라 나오던 날이 생각났어요. 엄마가 불러도 못 들은 척, 엄마 곁을 떠나 온 걸 후회했어요. 그렇지만 민들레꽃은 강하고 씩씩한 꽃이라는 엄마 말에 위로를 받았어요. 그래서 울지 않고 씩씩하게 살아가는 거랍니다.

"민들레야, 너는 작은 꽃이지만 정말 씩씩한 꽃이구나. 나도 너처럼 씩씩하게 자라서 민경이네 꽃밭을 아름답게 꾸미고 싶어. 그러면 산에 있는 우리 엄마가 좋아할 거야. 내가 산을 떠나 올 때 엄마는 울면서 말했어. 어디 가든 건강하고 아름답게 잘 커야 한다고."

"아기진달래야, 나도 엄마가 보고 싶을 때가 많단다. 내 동생도 정말 많이 보고 싶단다. 어디서 나처럼 예쁜 꽃을 피우고 있는지 너무 너무 궁금하단다."

"민들레야 너는 동생하고도 헤어졌구나. 너는 나보다 더 슬픈 꽃이었구나. 그런데도 잘 참고 견디는데 나는 그것도 모르고 네 앞에서 울었으니 정말 부끄럽다. 그런데 동생하고는 어떻게 헤어졌니?"

"들판에는 민들레꽃이 아주 많이 무리지어 피어있단다. 노랗게 활짝 피어 있으면 사람들이 너무 귀엽고 예쁘다고 호들갑을 떨기도 한단다. 내 동생도 나처럼 호기심이 많아. 그래서 나를 따라 나왔어. 그런데 바람아저씨가 갑자기 꼬리를 감추는 바람에 동생과 그만 헤어졌단다."

"너도 엄마하고 동생이 많이 보고 싶은 걸 참고 사는구나. 민들레야, 좋은 생각이 났어. 우리 바람아저씨한테 부탁을 드려보자. 동생 소식, 너희 엄마 소식, 또 산에 있는 우리 엄마 소식도 물어보자. 바람아저씨는 산과 들 어디라도 다 돌아다니잖아."

"그래그래, 그거 참 좋은 생각이다. 우리가 지금까지 그 생각을 하지 못했을까?"

"아기진달래야 우리 같이 엄마한테 잘 있다는 소식을 알려주면 되잖아. 그러면 너희 엄마도 우리 엄마도 얼마나 기뻐하실까?"

아기진달래와 민들레는 신바람이 났어요.

"그런데 바람아저씨가 언제 오실까? 지난 번 꽃샘바람이 불 때 너무 추웠잖아. 춥다고 바람아저씨를 쫓아버렸잖아."

아기진달래는 걱정이 되었어요.

"걱정 마. 꽃들이 예쁘게 다 피어나면 바람아저씨는 언제든지 다시 올 거야."

민들레는 자신 있게 말했어요. 아기진달래는 이제는 외롭지 않았어요. 아기진달래는 엄마에게 보낼 편지를 썼어요. 민들레도 엄마와 동생에게 편지를 썼어요.

한 밤, 두 밤, 세 밤이 지나갔어요. 해님이 얼굴을 조금 찡그리는 날 드디어 바람아저씨가 나타났어요.

"바람아저씨, 바람아저씨, 안녕하세요? 지난번에 꽃샘바람이 불어올 때 너무 추웠어요. 그래서 아저씨를 쫓아낸 거 잘못했어요. 바람아저씨 이 편지 우리 엄마하고 내 동생에게 전해 주세요."

민들레꽃이 빵끗빵끗 웃으며 바람아저씨에게 애교를 부리며 매달렸어요.

"오냐, 알았다. 내 가 꼭 전해주마."

"바람아저씨, 우리 엄마한테 내 편지도 전해 주세요. 우리 엄마는 뒷산 푸른 소나무 밑에 있어요. 철쭉꽃나무 옆에 있는 진달래가 우리 엄마예요. 키 큰 벚꽃나무, 아카시아나무는 우리 엄마 뒤에 있어요."

아기진달래는 얼굴을 발갛게 붉히며 바람아저씨 손목을 꼭 잡았어요.

"그래그래, 알았다. 네 편지도 전해주고말고."

"바람아저씨, 우리 엄마한테서 답장도 받아다 주세요.

아기진달래는 바람아저씨 어깨에 매달려 귀엽게 응석을 부렸어요.

"바람아저씨, 우리 엄마 답장도 내 동생 답장도 받아 오셔야 해요."

민들레도 바람아저씨의 팔에 매달렸어요.

"알았다. 알았어. 요놈들이 아주 기특한 생각을 했구나. 너희들 내가 다녀올 동안 사이좋게 지내라."

아기진달래는 민들레가 친구가 되어 준 것이 너무 너무 기뻤어요. 휙휙 휘파람을 불며 재빠르게 날아가는 바람아저씨가 고마웠어요. 이제 곧 바람아저씨가 엄마진달래 소식, 민들레꽃 엄마와 동생 소식을 가져다 줄 생각을 하니 가슴이 콩닥거렸어요.

아기진달래는 민들레꽃을 살며시 내려다보았어요. 민들레꽃도 고개를 바짝 쳐들고 아기진달래를 올려다보았어요. 둘이 눈이 딱 마주쳤어요.

호호호 까르르 신이 나서 웃었어요. 민경이네 꽃밭에서 늦잠을 자던 많은 꽃들이 깜짝 놀라서 잠에서 깨어났어요. 키 큰 목련나무오빠가 빙그레 웃으며 내려다보았어요. 민경이네 꽃밭에 행복이 가득 넘쳐났어요.

| 동서커피 문학상 수상작 |

날개가 달린 외할머니 생신

외할머니께서 세 번은 깨워야 겨우 일어나는 수빈이입니다. 그런 수빈이가 오늘 아침은 새벽부터 동당거립니다. 오늘은 여덟 번째 수빈이 생일이거든요. 같은 반 친구 민지, 정미, 수정이, 다연이, 개구쟁이 짝꿍 준서 까지 초대하겠다며 신바람이 났습니다.

"아빠, 생일 선물 사주실 거지요?"

"그래, 사 줄게. 아빠 오 분만 더 자고."

아빠는 오늘아침에도 어김없이 '오 분만' 을 외쳐댑니다. 아빠의 별명은 '오 분만' 입니다. 아빠 별명이 참 우습지요. 왜 아빠 별명이 '오 분만' 인지 아세요. 엄마가 깨울 때마다 오 분만 더 자겠다고 게으름을 피워서 엄마가 붙여준 거랍니다.

수빈이는 며칠 전부터 제 생일 날짜를 들먹이며 노래를 불렀습니다.

"엄마, 내일 모레 수요일이 내 생일인 거 알아요?"

“엄마가 아무려면 외동딸 수빈이 생일도 모를까봐?”

수빈이는 엄마 목에 매달려 온갖 아양을 떨며 별별 주문을 다 합니다.

“엄마, 생일파티 생일케이크는 고구마 생크림으로 사주고요, 과자랑 음료수도 사 주어요.”

“뭐? 과자와 음료수까지?”

엄마는 두 눈을 똥그랗게 뜨고 수빈이 얼굴을 쳐다봅니다.

“친구들 초대할 거니까 과자랑 음료수도 있어야 하잖아요?”

엄마는 친구들이 먹을 거라며 과자와 음료수를 사달라고 조르는 수빈이가 짠합니다. 아토피피부 때문에 과자나 음료수를 마음대로 먹을 수 없는 수빈이거든요.

“그래, 알았어. 하지만 과자랑 음료수는 생일날뿐이다. 인스턴트 식품이 수빈이 몸에 안 좋은 거 알지. 그 대신 먹고 싶은 거 있으면 뭐든지 말해. 엄마가 다 만들어 줄게.”

회사에 다니느라 언제나 동동걸음으로 사는 엄마가 뭐든지 만들어 준다니까 수빈이는 날개라도 날린 듯 팔랑거리며 좋아합니다.

“엄마, 콩나물잡채 만들어 주세요, 떡볶이도 만들어 주세요. 고구마 맛 탕도요.”

“그래, 우리 수빈이 생일날 엄마가 그 정도야 못해주겠어.”

수빈이네 반 반장 생일날에는 학생들 모두에게 학용품을 선물했다고 합니다. 그것뿐만이 아니랍니다. 아주 근사한 식당에서 멋진 생일파티도 열어 주었다고 합니다. 그런데도 수빈이는 친구들은 안 좋아할 수 있는 콩나물잡채, 고구마 맛 탕, 떡볶이를 만들어 달라는 수빈이를 생각하니 엄마는 가슴이 또 찡해집니다.

회사에 다니느라 늘 바쁜 엄마는 수빈이에게 미안한 점이 한두 가지가 아닙니다. 수빈이가 학교 입학하고 처음 가는 체험학습도 따라가지 못했고, 달리기를 잘하는 수빈이가 운동회 날 일등으로 달리는 모습도 못 봤습니다. 수빈이네 반 공개수업 하는 날은 꼭 가겠다고 약속을 해놓고 그날도 회사일이 바빠서 가지 못했습니다.

그래서 수빈이 생일날만큼은 수빈이가 좋아하는 음식을 정성껏 만들어 주어야겠다고 생각했습니다. 큰맘 먹고 반나절 휴가를 냈습니다. 회사일이 워낙 바빠서 하루를 몽땅 휴가 낼 수 없거든요.

"엄마, 저 오늘 일찍 퇴근 할 거예요. 떡볶이랑 콩나물잡채, 고구마 맛 탕도 만들 거니까 고기 좀 사오시고 시장 좀 골고루 봐 오세요. 수빈이가 학교 친구들을 초대 한대요."

엄마가 외할머니에게 시장에 다녀올 돈을 드려도 어쩐 일인지 외할머니는 시큰둥하시고 돈 받을 생각을 안 하십니다. 아예 엄마얼굴을 쳐다보지도 않습니다.

"엄마, 어디 아프세요? 일찍 들어올게요."

외할머니는 여전히 아무런 대꾸도 안 하셨습니다. 엄마는 식탁 위에 돈을 올려놓고 회사에 늦겠다며 수빈이 손목을 잡아끌었습니다. 그래봐야 대문 앞에서 바로 헤어지는데 말입니다. 엄마는 급하게 자동차 문을 열며 손을 흔들었습니다.

"우리 딸, 학교에서 한눈 팔지 말고 공부 잘해."

"알았어요, 엄마. 일찍 와야 돼요. 내 생일파티 멋지게 열어주세요."

"알았어, 알았어."

수빈이는 생일날도 공부 잘 하라는 엄마가 조금 미웠습니다. 수빈
이 머릿속은 온통 생일파티뿐이거든요. 학교에서도 마지막 수업종이
언제 울리나 지루하기만 했습니다. 수빈이는 제가 만든 초대장을 친
구들에게 주었습니다. 초대장에는 학교운동장 미끄럼틀 앞에서 3시
에 만나자고 썼습니다.

드디어 기다리던 시간이 되었습니다. 3층에 있는 교실에서 운동장
미끄럼틀 앞이 천 리나 되는 것처럼 멀게 느껴집니다. 후다닥 총총총
계단을 내려와 미끄럼틀 앞으로 달렸습니다. 민지, 정미, 수정이, 다
연이등 생일파티에 초대한 친구들이 하나둘씩 모여들었습니다. 개구
쟁이 짝꿍 준서 까지 모두 다 모였습니다. 수빈이는 하늘을 날아갈 듯
기분이 상쾌했습니다. 오늘은 아무것도 부럽지 않았습니다. 친구들과
노래를 부르며 신나게 집으로 왔습니다. 그런데 이게 어떻게 된 일이
에요?

엄마는 물론 외할머니도 보이지 않았습니다. 뿐만 아니라 생일파
티준비가 하나도 되어있지 않았습니다. 수빈이는 그만 울상이 되었습
니다. 친구들도 서운하고 황당한 눈빛으로 수빈이 얼굴을 번갈아 쳐
다봤습니다. 그때 현관문이 열리면서 헐레벌떡 엄마가 들어왔습니다.

“수빈아, 미안해. 엄마가 많이 늦었지? 회사에서 갑자기 일이 생겼
어. 엄마가 금방 떡볶이 맛있게 만들어 줄게. 잡채도 만들어 주고. 그
런데 수빈아, 할머니는 어디 가셨니?”

엄마는 숨도 안 쉬고 물었지만 수빈이는 울고 싶었습니다.

“몰라, 몰라. 집에 오니까 할머니 안 계셨어.”

화가 난 수빈이는 벌처럼 톡톡 쏘면서 말했습니다. 속눈썹이 짙은

커다란 눈에 눈물이 방울방울 맺혔습니다. 눈을 살짝 감았다가 떠도 구슬 같은 눈물이 또르륵 쏟아질 것만 같습니다.

'도대체 할머니가 어디를 가셨지?' 엄마는 혼잣말처럼 중얼거렸습니다. 그렇지만 외할머니는 집안 어디에도 계시지 않았습니다. 식탁 위에는 아침에 엄마가 외할머니께 드린 돈이 덩그러니 놓여 있었습니다. 다급해진 엄마는 외할머니께 전화를 걸었습니다.

"엄마, 지금 어디 계세요? 시장 좀 보아다 놓으라고 했잖아요?"

외할머니가 무어라고 말씀하셨는지 엄마는 왈칵 성을 내며 전화를 끊었습니다. 멋진 생일상을 잔뜩 기대했던 수빈이는 엉엉 소리를 내어 울고 싶었습니다. 그러나 엄마는 아무 일도 아니라는 듯 금방 환한 미소를 지으며 수빈이에게 말했습니다.

"수빈아, 엄마가 맛있는 거 사줄게 밖으로 나가자. 애들아 우리 맛있는 거 먹으러 가자. 너희들 모두에게 선물도 사 줄게."

친구들 모두에게 선물을 사 준다는 엄마 말에 친구들이 활짝 웃습니다. 수빈이도 방울방울 맺힌 눈물을 쓱 닦고 환하게 웃었습니다.

"수빈아, 울다가 웃으면 어떻게 되는지 알지?"

"엄마, 쉿."

수빈이는 얼른 두 손으로 엄마의 입을 막았습니다. 엄마가 울다가 웃으면 똥꼬에 털 나는데…… 라고 말하면 큰일입니다. 평소에도 수빈이가 울다 웃으면 그런 말을 잘하는 엄마가 친구들 앞에서 그렇게 말하면 얼마나 창피하겠어요.

엄마는 반장 생일날에 가 보았던 식당보다 더 멋지고 근사한 식당으로 갔습니다. 생일케이크도 제일 큰 걸로 샀습니다. 엄마는 친구들에게도 인심을 팍팍 썼습니다.

‘보물창고’ 선물가게에서 요즘 유행하는 예쁜 스티커와 게임기가 달린 제법 값이 비싼 필통을 친구들 선물로 사주셨습니다. 반 친구들이 좋아서 팔짝팔짝 뛰었습니다.

수빈이는 친구들에게 선물을 사주는 엄마가 멋져보였습니다. 괜히 어깨가 으쓱으쓱 올라가기도 했습니다. 생일파티를 멋지게 치르고 집으로 돌아왔지만 그때까지 외할머니는 돌아오시지 않았습니다. 깜깜한 밤이 되어도 오시지 않았습니다. 엄마가 걱정스런 얼굴로 외할머니에게 전화를 걸었습니다.

“엄마, 어디 계세요? 네에, 엄마네 집이라고요? 빨리 오세요.”

엄마는 성질을 내며 엄마 말만 하고 전화를 끊었습니다. 외할머니는 수빈이가 저 혼자 학교에 다니는 것이 걱정 되신다며 수빈이가 초등학교에 입학할 때 수빈이네 집으로 오셨거든요. 그렇지만 아주 이사를 오신 것은 아닙니다.

토요일 오후에는 외할머니 집으로 가셨다가 일요일 저녁이면 다시 오십니다. 오늘은 토요일도 아닌데 왜 할머니 집으로 가셨는지 아무도 모릅니다. 외할머니는 늦은 밤이 되어서 오셨습니다. 엄마는 잘못한 아이를 나무라듯 외할머니에게 따지듯 물었습니다.

“아침에 시장 좀 보아다 놓으라고 했잖아요. 말도 없이 집에는 왜 가셨어요? 내가 얼마나 당황했는지 알아요? 가뜩이나 회사에서 일이 있어서 늦게 왔는데……”

엄마는 따발총같이 외할머니에게 마구 따졌습니다. 외할머니께서도 성이 난 목소리로 엄마에게 따졌습니다.

"너는 수빈이 생일만 생각하고 엄마 생일은 꿈에도 생각 안했지?"

"엄마 생신은 아직 멀었잖아요?"

짜랑짜랑한 엄마목소리가 집안에 가득 퍼졌습니다.

"너 내 방에 가서 달력이나 보고 와서 큰소리를 쳐도 치거라."

조용조용 따지시는 외할머니 목소리는 얼음덩어리보다 더 차갑게 들렸습니다. 외할머니 방에는 숫자가 왕방울만하게 적혀 있는 볼품없는 달력이 걸려 있거든요.

외할머니 방으로 급히 들어갔다 나온 엄마 얼굴이 잘 익은 토마토 같이 새빨개졌습니다.

"엄마, 죄송해서 어쩌지요. 정말 죄송해요. 음력날짜를 신경 쓰지 않아서 깜빡 잊었어요. 작년에는 수빈이 생일이 지나가고 며칠 있다가 엄마생신이었잖아요. 올해도 그런 줄로 알고 있었어요. 엄마 정말 미안해요"

엄마는 외할머니에게 미안해서 어떻게 할 줄 몰랐습니다. 눈에는 눈물이 그렁그렁 고였습니다. 수빈이는 엄마에게 갑자기 슬픈 일이 생겼나보다고 생각되었습니다.

"수빈이 생일은 며칠 전부터 호들갑을 떨면서 챙기더라. 엄마가 내 집도 없이 딸네 집에서 얹혀살면 어디 서러워서 살겠니?"

"엄마, 그런 게 아니라니까요. 정말 깜빡했어요."

"수빈이 생일 챙기니까 당연히 어미생일도 챙기는 줄 알았지."

"엄마, 수빈이 생일은 양력이라서…… 지금이라도 나가세요. 맛있는 거 사드릴게요. 뭐 갖고 싶은 거라도 있으시면……."

"일 없다. 일 없어. 집에서 저녁 맛있게 먹고 왔다. 아버지한테는 네가 생일선물 사라고 거금을 주었다고 했어. 수빈아빠 체면을 생각해서……."

아무래도 외할머니는 단단히 화가 나신 모양입니다. 아빠도 외할머니에게 많이 미안하신가 봐요. 괜히 엄마에게 신경질을 부렸습니다.

"당신은 정신을 어디다가 빼놓고 사는 거야?"

아빠는 무서운 눈으로 엄마를 째려봤습니다. 엄마도 짜증을 내며 아빠에게 대들었습니다.

"당신은 장모님 생신을 챙기면 머리에 뿔이라도 나요? 내가 어머님 생신을 한 번이라도 잊은 적 봤어요? 우리 엄마 생신은 당연히 당신이 챙겨드려야 하는 거 아니에요? 오빠가 멀리 외국에 사시니 딸인 내가 엄마 생신을 챙겨드려야 하는데……."

엄마는 왈칵 눈물을 쏟아냈습니다. 수빈이는 엄마와 아빠가 크게 막 싸울 것 같아서 무서웠습니다. 즐거운 수빈이 생일날 외할머니 때문에 아빠와 엄마가 싸우니까 외할머니가 미웠습니다. 외할머니는 왜 수빈이 생일날을 외할머니 생신이라고 하시는지 모르겠습니다. 다른 날은 내 강아지, 내 강아지라고 예뻐해 주시는 외할머니지가 오늘은 정말 미웠습니다. 수빈이 생일을 엉망진창으로 만든 외할머니를 이해할 수 없었습니다.

"할머니, 오늘이 내 생일이지. 왜 할머니 생신이에요?"

참다못한 수빈이는 화를 내며 할머니에게 대들었습니다.

"수빈아, 할머니에게 그러면 못써. 할머니 생신은 음력이라서 그래."

"엄마, 음력이 뭐에요?"

“수빈아, 음력이 뭐냐 하면 말이야, 할머니 방에 글씨 큰 달력 있지? 큰 숫자 밑에 작은 숫자가 있지? 그걸 음력이라고 하는 거야. 할머니 생신은 음력이야. 할머니처럼 연세가 많으신 어른들은 생일을 음력으로 따지거든.”

“엄마, 그럼 음력 생일은 왔다 갔다 해요?”

“아니야, 왔다 갔다 하지 않아. 해마다 같은 날이야.”

“작년에는 할머니 생신이 내 생일날 아니었잖아요. 그런데 올해는 왜 내 생일날을 할머니 생신이라고 해요? 할머니 생신에 날개가 달렸나 봐요. 그러니까 왔다 갔다 하지요.”

외할머니 생신에 날개가 달렸나 보다고 조잘대는 수빈이 말에 화가 많이 나셨던 외할머니께서 쿡쿡 소리 내어 웃으셨습니다. 아빠도 손으로 입을 가리고 조심스럽게 웃다가 끝내 푸~하하하 웃음을 폭발했습니다.

“그러게 수빈이 말이 맞네. 양력날짜 사이를 왔다 갔다 하니까 할머니 생일에 날개 달린 거 맞다.”

엄마도 수빈이를 쳐다보며 배를 잡고 깔깔깔 웃었습니다.

“우리 이뿐 내 강아지 수빈이 때문에 할미가 웃는다. 그래, 할미 생일은 날개가 달려서 왔다 갔다 한다. 어쩔래? 요요, 이뿐 할미 강아지야.”

외할머니도 수빈이 얼굴을 살짝 꼬집으며 호호호 소리 내어 웃으셨습니다. 수빈이도 덩달아서 깔깔깔 웃었습니다. 외할머니도 아빠도 엄마도 모두 화가 풀렸나 봅니다. 오늘 벌써 두 번째 울다가 웃었습니다. 울다가 웃어서 정말 똥꼬에 털이 나면 어떻게 하나 걱정이 되기도

했습니다.

"엄마, 엄마 생신은 수빈이 말대로 날개가 달린 거 맞아요. 음력생일은 양력으로 치면 왔다 갔다 하니까 엄마 생신을 양력으로 바꾸시는 게 어때요?"

"싫다, 어떻게 몇 십 년 동안 음력으로 지낸 생일을 하루아침에 양력으로 바꾸니? 그럼 네 아버지 생신은 또 어떡하고?"

"엄마, 진심으로 하는 이야기인데요, 엄마 아버지 생신을 양력으로 바꾸시는 것이 좋겠어요. 요즘 사람들 하도 정신없이 바쁘게 사니까 음력은 신경 못 쓰고 살아요. 내년에도 생신 기억하지 못할까봐 미리 걱정 돼요. 그러면 또 삐지실 거잖아요. 아버지 생신은 엄마가 잘 챙기시니까 바꾸지 않아도 상관없지만요."

외할머니도 엄마 말이 맞는다고 생각하셨나 봅니다.

"그럼, 오늘이 내 생일이니까 수빈이하고 같은 날로 생일을 바꿔 볼까?"

장난처럼 말씀하시는 외할머니 말씀에 엄마는 환하게 활짝 웃었습니다. 엄마도 울다가 웃었으니 똥꼬에 털이 날지 모른다고 생각하니 웃음이 막 나왔습니다.

"그래요, 엄마. 생각 잘 하셨어요. 오늘부터 엄마하고 수빈이하고 같은 날 생일이에요."

"우리 예쁜 수빈이 때문에 이 할미가 졌다. 오늘부터 할미 생일도 양력이다."

"앞으로 엄마생신은 절대 잊어먹지 않겠어요. 우리 수빈이 생일날하고 같은 날이니까요."

“할미 생일을 손녀 생일에 맞춰야 하다니 상전이 따로 없네. 우리 수빈이가 상전이구나. 세상이 거꾸로 돌아가니 어지러워서 살 수가 있나.”

외할머니는 음력생일이 없어지는 게 못내 아쉽나 봅니다. 상전이 무슨 말인지도 모르는 수빈이 얼굴을 살짝 꼬집습니다.

아빠도 할머니 눈치를 힐금힐금 보면서 좋은 생각이라고 짝짝짝 손뼉을 칩니다. 엄마는 외할머니마음이 변하실까봐 그러는지 재빨리 아빠가 사 들고 오신 생일케이크에 촛불을 켰습니다.

엄마는 아주 큰소리로 생일축하 노래를 불렀습니다.

“생일 축하합니다. 생일 축하합니다. 사랑하는 우리 엄마, 우리 딸, 생일 축하합니다.”

“와, 그럼 할머니도 여덟 살이야. 나랑 동갑이네. 헤헤헤.”

수빈이가 버릇없이 외할머니를 놀렸습니다. 외할머니는 화가 완전히 풀리셨나 봅니다. 수빈이가 버릇없이 굴어도 활짝 웃으셨습니다.

“수빈이 덕에 할미가 점점 젊어지겠구나. 하하하.”

큰소리로 밝게 웃으시는 외할머니 모습이 정말 행복해 보였습니다.

열무아가씨와 옥수수아줌마

옥수수아줌마는 며칠째 내리쬐는 뙤약볕에 점점 지쳐 갔어요. 얼마나 목이 마른지 죽을 것 같았어요. 등에 업혀 있는 아가들을 생각하고 죽을힘을 다 해서 수분을 빨아 올렸지만 소용이 없었어요, 아가들에게 그늘을 만들어 주던 푸른 잎사귀들이 차츰차츰 시들어 갔어요. 비가 오지 않으면 며칠 못 살고 죽고 말 거에요. 옥수수아줌마는 너무나 슬펐어요. 옥수수아줌마가 죽으면 아가들도 따라서 죽을 수밖에 없어요. 옥수수 아가들이 단단하게 영글어야 새 생명으로 이어지는데 이대로 말라 죽을 생각을 하니 흐르는 눈물을 감출 수가 없어요. 그렇지만 옥수수아줌마는 정신을 바짝 차렸어요.

"엄마, 목말라요. 몸이 자꾸 오그라드는 것 같아요."

"우리 아가들, 착하지. 조금만 참아. 하늘이 깜깜한 걸 보니 비가 금방 올 것 같아."

옥수수 아줌마는 칭얼거리는 아가들을 달랬어요. 하늘은 점점 검은 먹구름으로 뒤덮여져 깜깜했어요. 굵은 장대비가 시원하게 쏟아질 것 같았어요. 번갯불이 번쩍하고 옥수수아줌마 머리 위로 지나갔어요. 번갯불이 지나가기가 무섭게 우르릉 쾅, 꽈당, 꽈르릉 쾅, 꽈당 천둥소리가 요란하게 들렸어요.

"엄마, 너무 무서워요. 도깨비가 나올 것만 같아요!"

"아가들아, 기뻐해라. 세상에 도깨비 같은 건 있지도 않아. 이건 천둥소리야. 비가 온다는 신호란다."

옥수수아줌마 말이 딱 맞았어요. 빗방울이 후드득 후드득 한두 방울씩 떨어졌어요. 옥수수아줌마는 이게 꿈인가 싶었어요. 축 처진 잎사귀를 살짝 흔들어 보았어요. 잎사귀가 펄럭거리는 걸 보니 정말 꿈은 아니었어요. 우르르 쾅쾅 요란한 천둥소리가 여러 번 나더니 드디어 소나기가 좍좍 쏟아졌어요. 정말 얼마 만에 내리는 비인지 몰라요. 옥수수아줌마는 힘없이 말라가던 아가들이 생생하게 살아날 생각을 하니 너무 기뻐서 저절로 눈물이 주르륵 흘렀어요. 아가들 엉덩이가 토실토실 영글어 갈 생각을 하니 날아갈 듯 기분이 좋아졌어요.

"야, 신난다. 비가 온다. 비가 와."

옥수수아줌마는 자신도 모르게 큰소리를 마구 질렀어요.

"아가들아 시원하지? 그 동안 잘 참아 주어서 장하구나. 비야, 비야 오너라. 주룩주룩 쏟아져라. 많이많이 오너라."

옥수수아줌마는 하늘을 올려다보며 신이 나서 노래를 불렀어요. 양팔을 이리저리 흔들며 덩실덩실 춤을 추었어요.

하지만 땅에서 겨우 한 뼘밖에 올라오지 못한 열무아가씨는 온 몸에 구멍이 숭숭 뚫릴 것만 같았어요, 더럭 겁이 났어요. 열무아가씨는 눈을 똥그랗게 뜨고 옥수수아줌마를 올려다보며 바락바락 소리를 질 렀어요.

"옥수수아줌마, 지금도 따가워죽겠는데 힘차게 주룩주룩 더 많이 쏟아지라고 노래를 부르면 어떻게 해요? 옥수수아줌마는 심술쟁이에 요. 나빠요. 너무해요."

옥수수아줌마는 기가 막혔어요. 말문이 딱 막혔어요. 화가 잔뜩 난 옥수수아줌마는 열무아가씨를 내려다보며 버럭 성을 냈어요.

"열무아가씨가 나한테 그런 말 할 자격이나 있어? 아침저녁으로 주인아저씨가 시원하게 물을 뿌려주니까 더운 줄 몰랐지? 시원했지? 그때 나한테 뭐라고 약을 올렸는지 생각이 안 나?"

옥수수아줌마는 큰소리로 덤볐어요.

"주인아저씨가 나만 물을 주는데 내가 어떻게 해요. 굵은 빗방울이 떨어지니까 너무 아파요. 땅바닥에 부딪히는 빗방울이 내 몸을 더럽 히는 것도 정말 싫어요. 옥수수 아줌마는 내가 얼마나 귀한 채소인 줄 알기나 해요?"

열무아가씨는 작고 여린 잎사귀가 망가질까봐 걱정이 되었어요. 세 차게 내리는 빗줄기가 온 몸을 때리니 너무나 따갑고 아팠어요. 열무 아가씨는 아파서 참을 수가 없었어요, 그만 훌쩍훌쩍 울고 말았어요.

하지만 옥수수아줌마는 열무아가씨가 울거나 말거나 상관하지 않 았어요. 오직 등에 업고 있는 옥수수 아가들이 시원해서 덩실덩실 춤 을 추는 모습이 얼마나 예쁜지 흐뭇하기만 했어요. 첫째는 연두색 고 운 수염이 제법 길게 늘어졌어요. 수염 색깔도 차츰 붉은 색으로 변했어요. 얼마나 대견한지 몰라요. 숨 막히게 무더운 날을 잘 참고 옥수수 알맹이를 키우는 첫째가 늠름해 보였어요. 둘째와 셋째도 조금만 있으면 연두 빛 고운 수염을 밀어 올리겠지요.

햇볕이 쨍쨍한 무더운 날에 주인아저씨는 열무아가씨한테만 아침저녁으로 물을 뿌려주었어요. 아가를 셋이나 업고 힘들게 서 있는 옥수수 아줌마에게는 물 한 방울 뿌려주지 않았어요. 옥수수 아줌마가 얼마나 목이 말랐는지 열무아가씨는 알지 못했어요. 옥수수 아줌마가 팔을 넓게 벌려서 아가들을 가려주느라 얼마나 팔이 얼마나 아팠는지 아무도 몰라요. 아마 며칠 후 까지 비가 오지 않았더라면 옥수수아줌마는 아기 삼형제와 말라 죽었을지도 모르지요. 옥수수 아줌마는 무덥던 날을 생각만 해도 끔직했어요.

장마가 지기 전에 열무아가씨를 시장에 내다 팔아야 한다며 열무아가씨만 정성껏 가꾸는 주인아저씨가 얼마나 얄미웠는지 몰라요. 옥수수아줌마의 잎사귀가 축축 늘어져도 눈길 한 번 주지 않던 열무아가씨였어요. 주인아저씨가 물을 줄때마다 옥수수아줌마에게 살살 약을 올린 열무아가씨였으니까요.

"옥수수아줌마 나처럼 귀한 채소나 주인아저씨 사랑을 받지. 아줌마처럼 멀대 같이 키만 커서 무슨 사랑을 받겠어요?"

얄밉게 약을 올리던 열무아가씨를 생각하면 옥수수아줌마는 마음속까지 시원했어요. 흥얼흥얼 콧노래가 저절로 나왔어요.

"아유 시원하다 시원해. 비야, 비야 오너라. 주룩주룩 쏟아져라."

밭고랑이 들썩들썩하도록 큰소리로 노래를 불렀어요. 등에 업힌 아가들도 엄마노래 소리에 맞춰 당실당실 춤을 추었어요. 옥수수아줌마는 이제는 세상에서 부러울 것이 하나도 없었어요.

"옥수수아줌마, 정말 너무 해요. 아줌마는 내가 얼마나 귀한 채소인 줄 알기나 해요. 내 몸이 망가지려 하는데 춤을 추고 싶어요. 신나게 춤추는 옥수수아줌마 정말 나빠요."

열무아가씨는 화가 나서 고래고래 악을 썼어요. 그래도 옥수수아줌마는 들은 척도 하지 않았어요.

"열무아가씨, 장대비가 계속 내리면 삭아 없어질 건데 그렇게 큰소리를 땅땅 치고 싶어? 메롱, 약 오르지 롱"

열무아가씨가 햇볕이 쨍쨍 내리쬘 때 옥수수아줌마에게 약을 올렸던 것처럼 옥수수아줌마도 열무아가씨를 골려주었어요.

"옥수수아줌마, 나는 장대비가 정말 무서워요. 아줌마 말대로 계속 비가 내리면 나는 물러터져서 없어질지 몰라요. 정말 죽을지도 몰라요. 옥수수아줌마는 내가 사람들에게 얼마나 이로운 채소인지도 잘 모르면서 흑흑흑……."

열무아가씨는 여전히 지지 않고 옥수수 아줌마에게 바락바락 덤벼들었어요.

"네까짓 열무가 사람들에게 이로우면 얼마나 이로운데?"

"옥수수아줌마, 사람들이 나를 얼마나 많이 사랑하는지 알기나 해요? 여름에 열무김치 하나면 반찬 걱정 끝이라고요.

그러나 옥수수아줌마는 가소롭다는 듯 흠 흠 헛기침을 했어요.

"열무아가씨, 그것도 자랑이라고 하는 거야? 열무김치로 사랑 받는 거 그게 전부야? 열무아가씨, 나야말로 사람들에게 얼마나 많은 사랑을 받는지 한 번 들어 볼래?"

“멀대 같이 키만 큰 옥수수아줌마가 어떻게 사랑을 받아요. 어떤 사랑을 받는지 어서 말해 보세요.”

“열무아가씨, 내 말 똑똑히 잘 들어 봐. 나는 하도 많아서 셀 수가 없어요. 옥수수차, 옥수수찐빵, 옥수수 뻥튀기 그건 아무것도 아니지. 나는 옥수수술도 빚을 수 있지. 옥수수엿을 만들 수도 있고. 그것뿐인 줄 알아? 옥수수수염 차도 있고, 또 뭐가 있더라.”

옥수수아줌마는 신이 나서 쉬지도 않고 떠들었어요. 옥수수아줌마 자랑을 듣고 있던 열무아가씨는 차츰 기가 죽었어요. 옥수수아줌마는 자랑거리가 또 없나? 골똘히 생각했어요.

“아, 이제 또 생각이 났다. 옥수수 대궁은 젖소들 먹잇감으로도 훌륭하지. 나는 버릴 것이 한 개도 없지. 이만하면 옥수수가 사람들에게 얼마나 사랑을 많이 받는지 알겠지? 요, 요, 맹꽁이 같은 열무아가씨야.”

옥수수아줌마는 온 몸에 빳빳하게 힘을 주면서 자랑했어요. 옥수수아줌마의 자랑을 듣고 있던 열무아가씨는 몹시 시무룩해졌어요. 자신이 너무나 작고 보잘 것 없다는 생각이 들었어요. 옥수수아줌마에게 멀대 같이 키만 크다고 깔보던 것이 너무나 부끄럽고 창피했어요. 주인아저씨가 목이 마를 때마다 물을 뿌려주었기 때문에 열무가 세상에서 가장 귀한 채소인 줄 알았거든요. 옥수수아줌마의 자랑을 들어 보니 열무아가씨 자신은 너무나 작고 초라한 채소라는 생각이 들었어요.

“옥수수 아줌마, 아줌마가 사람들에게 그렇게 많은 사랑을 받는 줄 정말 몰랐어요. 주인님이 나만 사랑해 주어서 내가 최고인 줄 알았어요. 괜히 아줌마에게 우쭐거리고 약 올리며 덤벼서 정말 미안해요.”

열무아가씨는 모기소리만큼 기어들어가는 목소리로 사과를 했어
요. 고개도 들지 못했어요. 풀이 죽어서 미안하다고 사과를 하는 열무
아가씨를 보자 옥수수아줌마는 열무아가씨가 갑자기 불쌍해 보였어
요. 자기자랑을 너무 지나치게 많이 한 것 같았어요. 옥수수는 대부분
간식용이지만 열무는 식탁에서 사랑받는 반찬, 김치라는 걸 깜빡 잊
었어요. 김치는 대한민국을 대표하는 첫 번째 음식이잖아요. 옥수수
는 반찬으로 밥상에 오르지 못한다는 생각이 들자 갑자기 염치가 없어
졌어요.

"열무아가씨, 미안해. 아가씨가 그렇게 사과를 하니까 내가 더 미
안하잖아. 처음부터 내 자랑을 하려고 했던 것은 아니야. 그 동안 너
무나 목이 말랐어. 그래서 화가 나서 그랬나 봐. 열무아가씨 아가를
셋이나 업고 있는 내 마음을 알 수 있지?"

"아줌마 이야기를 듣고 보니 옥수수 아줌마는 참 이로운 곡식이어
요. 나는 김치밖에는 아무 소용이 없잖아요."

"열무아가씨, 그렇지 않아. 김치가 얼마나 자랑스러운 음식인데.
나는 내 아기들이 아직 통통하게 여물지 않았으니 지금은 곡식이 아니
야. 그냥 열무아가씨처럼 채소로 생각해주면 안 될까? 열무아가씨와
같은 밭에서 자라니까 서로 친구하기로 하자."

"호호호, 아줌마같이 키가 큰 채소가 이 세상에 어디 있어요? 하지
만 옥수수 아줌마가 내 옆에 서 있어서 참 든든하고 좋아요. 정말 우리
친구같이 정답게 지내요."

"고마워, 열무아가씨. 내 넓은 잎사귀로 비바람을 막아 줄게."

열무아가씨와 옥수수아줌마가 서로 정답게 화해하는 모습이 너무

예쁘게 보였나 봐요. 어느새 비가 딱 멈추고 해님이 고개를 살짝 내밀었어요. 시원한 바람도 살살 불어 왔어요.

"열무아가씨는 비타민이 풍부한 채소라고 하던데. 섬유질도 많아서 아주 유익한 채소라고 하던데. 빨리 자라서 사람들에게 사랑을 듬뿍 받아. 나는 간식거리로 사랑받을 테니까. 사람들에게 귀한 먹을거리가 되는 게 우리들이 할 일이잖아."

"고마워요, 옥수수아줌마. 아줌마랑 같은 밭에서 자라는 것이 정말 자랑스러워요. 나처럼 키 작은 채소가 이렇게 큰 친구가 있다는 걸 아무도 모르겠지요?"

"난쟁이와 꺽다리 환상적인 친구네. 호호호 열무아가씨처럼 작고 귀여운 친구가 있다는 걸 내 친구들이 알면 부러워하겠는 걸."

"옥수수아줌마, 서로 이렇게 마음이 통하는 친구가 가장 좋은 친구지요."

열무아가씨는 여리고 작은 초록잎사귀를 한들거리며 호호호 웃었어요. 옥수수아줌마도 열무아가씨에게 무럭무럭 잘 자라라고 응원을 하며 깔깔깔 웃었어요.

"열무아가씨, 파이팅!"

"옥수수아줌마, 파이팅!"

열무아가씨의 남실남실한 노란 웃음이 밭고랑을 가득 메웠어요. 씩씩한 옥수수아줌마의 새파란 웃음도 등에 업힌 아기들을 휘휘감으며 맴을 돌았어요. 열무아가씨와 옥수수아줌마의 아름다운 마음씨가 하늘 높이 날아갔어요.

날아간 설아의 가을

지난밤에 비가 와서 그런지 날씨가 제법 쌀쌀합니다. 부지런한 해님은 아침이슬로 말갛게 세수를 했나 봅니다. 환한 얼굴로 아까부터 설아를 깨우려고 창문 밖에서 서성거립니다. 엄마가 설아를 깨우러 온 해님의 발자국소리를 들었나 봅니다.

"설아야, 일어나서 밥 먹자. 해님이 잠꾸러기 설아를 깨우러 오셨네."

"싫어요, 더 잘래요. 오늘은 유치원 안 가는 날이잖아요."

설아는 동그랗게 몸을 말면서 두더지처럼 이불속으로 파고 들어갑니다.

"착한 우리 설아가 잠꾸러기가 되면 안 되지."

"엄마, 설아 이불 속에서 밥 먹으면 안 돼요?"

"그건 안 돼. 산타할아버지한테 설아는 잠꾸러기, 게으름뱅이라고 일러 준다.”

“엄마, 이르지 마세요. 산타할아버지는 잠꾸러기, 게으름뱅이에게 선물을 안 주실 거잖아요.”

“그럼, 안 주시고말고. 산타할아버지는 누가 착한 아인지 나쁜 아인지 알고 계신대.”

엄마는 먼 나라에 있는 산타할아버지에게 들릴 만큼 큰소리로 노래를 부릅니다. 참 치사한 엄마입니다. 툭하면 산타할아버지에게 일러 준다고 겁을 줍니다. 엄마는 얄미운 고자질쟁이입니다. 설아가 크리스마스를 얼마나 손꼽아 기다리는지, 다 알고 있으면서 엄마는 정말 너무합니다. 오늘은 유치원도 안 가는 토요일인데 늦잠 좀 잤다고, 잠꾸러기라고 산타할아버지에게 이른다고 으름장을 놓습니다. 팥쥐 엄마 같습니다.

작년 크리스마스 날에는 ‘미미의 시장놀이’ 선물세트를 받은 착한 설아입니다. 올해 크리스마스는 ‘나나의 주방놀이’ 선물세트를 받고 싶은 설아거든요. 재미있게 소꿉놀이를 할 생각을 하면 벌써부터 신이 나는데 엄마가 산타할아버지에게 고자질을 하면 안 됩니다.

엄마가 산타할아버지에게 게으름뱅이라고 일러주면 설아의 소원이 확 날아갈지도 모릅니다. 겁이 난 설아는 이불 속에서 발딱 일어났습니다.

“엄마, 설아 일어났어요. 잠꾸러기 아니지요? 산타할아버지에게 이르지 말아요.”

산타할아버지에게 이른다는 말에 덜컥 겁이 났는지 엄마 이마와 뺨에 뽀뽀를 열 번도 더 해 주었습니다.

“우리 설아, 잠꾸러기 아니야. 이렇게 벌떡 일어났는걸.”

엄마는 환하게 웃으면서 설아를 꼭 껴안아주었습니다. 산타할아버지에게 일러 줄까봐 잔뜩 겁이 났던 설아도 활짝 웃었습니다.

“날씨가 꽤 쌀쌀한데 설아에게 무슨 옷을 입혀 줄까?”

엄마는 옷장 문을 열었습니다. 이 옷 저 옷 뒤적이며 고르다가 며칠 전에 할머니가 사다 주신 노란색 잠바와 빨간색 멜빵바지를 꺼냈습니다.

“오늘은 할머니가 사다 주신 이 옷을 입혀야겠다.”

설아에게 빨간 멜빵바지와 노란 잠바를 입혀놓은 엄마가 큰소리로 말합니다.

“와, 설아에게 예쁜 가을이 온 거 같네.”

설아도 할머니가 사다 주신 노란색 잠바와 빨간색 멜빵바지가 마음에 꼭 들었나 봅니다. 거울을 보며 요리조리 예쁜 제 모습을 비춥니다.

“엄마, 가을이 설아보다 예뻐요?”

“그럼, 노란 가을도 빨간 가을도 우리 설아처럼 예쁘지.”

“엄마, 설아랑 예쁜 가을 만들어요.”

“호호호 설아야, 가을은 만드는 게 아니야. 나뭇잎들이 예쁘게 물이 드는 게 가을이야.”

“엄마, 나뭇잎에 어떻게 물이 들어요?”

“하늘에는 가을을 만드는 물감이 있거든.”

“엄마, 가을을 만드는 물감이 하늘에 있는데 어떻게 내려와서 나뭇잎이 물이 들어요?”

“아무도 모르게 살짝 내려와서 나뭇잎을 물들이지.”

설아는 가을을 만드는 물감이 어떻게 내려오는지 정말 궁금했습니다.

"엄마, 가을을 만드는 물감이 언제 하늘에서 내려와요?"

"가을을 만드는 물감은 깜깜한 밤에 달님이 가져 오지."

"엄마, 달님이 가을을 만드는 물감을 어떻게 가져와요?"

"가을을 만드는 물감은 하느님만 쓰는 귀한 물감이라서 아무나 함부로 가져오지 못해."

"엄마, 그럼 하느님만 쓰는 물감은 어떤 물감이야?"

설아의 질문은 끝이 없습니다. 엄마는 설아에게 빨간색 노란색 옷으로 갈아입힌 것을 후회했습니다. 설아에게 가을이 왔다고 호들갑을 떨었던 것도 후회가 되었습니다. 설아에게 여태까지 엄마가 생각나는 대로 거짓말을 한 것도 후회가 되었습니다. 할머니가 사다 주신 빨강 노랑 옷들이 촌스럽다는 생각마저 들었습니다. 촌스러운 옷을 사다 주신 할머니까지 원망하고 싶었습니다. 엄마가 지금까지 했던 말이 모두 거짓말이라고 하기에는 너무 늦었습니다. 때문에 엄마의 거짓말은 끝도 없이 이어지게 생겼습니다.

"그건 말이야, 은행나무가 하느님, 나는 노란색으로 칠해 주세요. 라고 기도를 했대. 단풍나무는 어떻게 기도를 했는지 알아? 하느님, 나는 빨간색으로 칠해 주세요. 그렇게 기도를 했대."

"엄마, 달님이 가을을 가져다준다고 했잖아요?"

"하느님은 너무 바쁘시거든. 직접 가을을 만드는 물감을 가져 오실 수가 없을 만큼 바쁘시거든. 그래서 밤에만 일하는 달님에게 심부름을 시키신 거지. 단풍나무에게는 빨간색 물감을 갖다 주고, 은행나무에게는 노란 물감을 갖다 주고 오라고 심부름을 시킨 거야."

"그럼, 달님은 하느님 심부름꾼이네요."

"맞아, 달님은 하느님 말씀을 잘 듣는 착한 달님이야."

"엄마, 달님도 하느님 말씀 잘 들어서 산타할아버지가 선물 주시겠네요."

"설아야, 그건 나중에 크리스마스 때 산타할아버지에게 물어보자."

"엄마, 산타할아버지가 설아가 잠든 밤에 몰래 오시는데 어떻게 물어봐요?"

"그런 건 엄마가 물어볼게. 설아는 걱정 하지 않아도 돼."

끝도 없이 이어지는 설아의 질문에 엄마는 슬슬 화가 났습니다. 설아는 가을이 어떻게 오는지. 신나게 말하던 엄마가 왜 화를 내려고 하는지 알 수 없다는 듯 고개를 갸우뚱거렸습니다. 그렇지만 가을이 어떻게 왔는지 또 어떻게 생겼는지 너무 궁금했습니다. 나뭇잎에 빨갛게 노랗게 물든 가을이 빨리 보고 싶었습니다.

"엄마, 빨랑 가을 보러 나가요."

설아는 엄마의 손목을 잡아끌었습니다. 설아의 끝없이 이어지는 질문 때문에 엄마는 짜증이 났습니다.

"알았어. 먼저 밥이나 먹고 나가자."

엄마랑 예쁜 가을을 보러 나갈 생각에 설아는 신이 났습니다. 엄마가 차려준 밥을 부지런히 먹었습니다. 다른 날은 엄마가 먹여주어도 잘 먹지 않았거든요. 예쁜 가을을 만나고 싶은 설아가 먼저 밖으로 뛰어 나갔습니다.

늦가을 찬바람이 설아 곁으로 휙 나갔습니다. 바람이 은행나무가지를 흔들흔들 흔들고 지나갑니다. 노란 가을이 우수수 떨어집니다. 바람은 심술쟁이입니다. 단풍나무 가지도 살랑살랑 흔들고 지나갑니다. 빨간 가을도 우수수 떨어집니다.

"엄마, 예쁜 가을이 떨어져요."

"와, 예쁘다. 올해는 단풍이 곱게 들었네."

엄마는 떨어진 가을을 밟으며 좋아했습니다.

"엄마, 예쁜 가을을 밟으면 어떻게 해. 가을이 아프잖아."

"설아야, 땅바닥에 떨어진 나뭇잎은 가을이 아니야. 나뭇가지에 예쁘게 달려 있을 때만 가을이야. 땅에 떨어지면 그건 낙엽이라고 하는 거야."

그렇지만 설아는 땅바닥에 떨어진 빨간 가을이 불쌍했습니다. 노란 가을도 불쌍했습니다. 예쁜 가을을 밟고 지는가는 사람들이 미웠습니다. 바람이 점점 세게 불었습니다. 예쁜 가을이 자꾸만 땅바닥으로 떨어졌습니다. 설아는 자꾸자꾸 떨어지는 예쁜 가을이 불쌍해서 울고 싶었습니다. 예쁜 가을을 자꾸만 떨어뜨리는 바람이 너무 미웠습니다.

"바람은 나빠. 미워! 예쁜 가을이 자꾸 떨어지잖아."

설아는 하늘을 올려다보며 마구 소리를 질렀습니다.

그런데 이게 웬일인가요. 저쪽에서 청소부 아저씨가 빗자루로 예쁜 가을을 싹싹 쓸어서 커다란 자루에다 꼭꼭 눌러 담고 있었습니다. 설아는 몹시 화가 났습니다. 아저씨에게 쪼르르 달려가서 소리쳤습니다.

"아저씨, 예쁜 가을을 다 가져가면 어떻게 해요."

설아는 아저씨에게 땅땅 발을 굴러가며 앙팡지게 대들었습니다. 엄마는 무서운 얼굴로 설아를 쳐다보았습니다.

"아저씨, 아이가 버릇없이 굴어서 죄송해요."

엄마는 아저씨에게 허리를 굽실거리며 죄송하다고 말했습니다.

"설아야, 너 아저씨에게 미안합니다, 사과드려. 어른에게 그렇게 버릇없이 굴면 못써."

"나쁜 아저씨가 예쁜 우리 가을을 다 가져가잖아요."

"설아야, 엄마가 말했지. 가을이 땅에 떨어지면 그건 가을이 아니라고 말했지. 떨어진 나뭇잎은 낙엽이라고 아까 엄마가 말했어, 안 했어?"

엄마는 호랑이 같이 무서운 얼굴로 설아를 나무랐습니다. 엄마에게 꾸지람을 들은 설아는 더욱 화가 났습니다.

"엄마, 아저씨가 예쁜 가을을 저렇게 다 가져가잖아."

예쁜 가을을 그만 가져가라고 대들던 설아가 그만 앙앙 울음을 터트렸습니다. 엄마는 아저씨에게 미안해서 어쩔 줄 몰라 했습니다. 그렇지만 청소부아저씨는 껄껄 웃으셨습니다.

"아유, 이걸 어쩌나. 예쁜 꼬마아가씨가 화가 단단히 났네. 아가야, 가만있어 봐라. 아저씨한테 사탕이 있을 텐데."

아저씨는 이쪽저쪽 주머니를 열심히 뒤졌습니다.

"옳다, 여기 있구나. 꼬마 아가씨 아 해 봐?"

아저씨는 빨간색 알사탕을 설아의 입안에다 쏙 넣어 주었습니다. 아저씨는 설아에게 예쁜 꼬마아가씨라며 머리까지 쓰다듬어 주셨습니다.

아저씨가 주신 빨간 사탕이 얼마나 달콤한지 모릅니다. 빨간 사탕
은 설아의 입술과 혀를 빨갛게 물들였습니다. 설아의 입술을 본 아저
씨가 큰소리로 말했습니다.

"우와, 꼬마아가씨 입술이 빨간색 예쁜 가을이 되었네."

"어머, 정말 그러네. 예쁜 가을이 설아입술에 빨갛게 매달렸네."

엄마도 덩달아서 호호호 웃었습니다.

"설아야, 아저씨에게 고맙습니다. 인사 해야지."

그렇지만 설아는 달콤한 사탕에 온통 마음을 빼앗겼나 봅니다. 빨
간 가을도 노란 가을도 아예 잊어버린 것 같습니다. 달콤한 사탕과 함
께 예쁜 가을도 꿀꺽 삼켜버렸나 봅니다. 오물오물 입안에 사탕 굴리
기에 바쁩니다. 설아의 가을은 하늘 멀리 날아갔습니다.

멸치의 꿈

남해아줌마는 멸치를 크기별로 색깔별로 고릅니다. 날마다 멸치를 매만져서 그런지 아줌마 얼굴이 멸치처럼 갸름합니다. 장난기가 많은 남해아줌마는 골라낸 멸치마다 이상한 이름을 지었습니다. 비늘이 하나도 벗겨지지 않은 최상품 멸치는 은비늘, 비늘이 약간 벗겨진 멸치는 멸순이, 성질이 급해서 비늘이 홀딱 벗겨진 멸치는 샐쭉이라고 지었습니다.

남해아줌마는 찰칵찰칵 사진 찍는 것도 좋아합니다. 은비늘, 멸순이, 샐쭉이를 상자에 담아서 사진을 찍습니다. 샐쭉이는 비늘이 홀딱 벗겨진 자신을 찍는 아줌마가 밉습니다. 장난기 많은 남해아줌마는 동화쓰기 공부도 합니다. 이렇게 사진을 찍는 건 틀림없이 동화쓰기 공부를 하는 문학카페에 멸치 사진을 주르륵 올려놓을 게 틀림없습니다.

아니나 다를까요. 은비늘 사진을 맨 위에 올려놓고, 다음은 멸순이

사진을 올려놓았습니다. 그리고 맨 밑에다 샐쭉이 사진을 올려놓았습니다. 아줌마가 이렇게 문학카페에 멸치 사진을 올려놓은 것은 직거래로 멸치를 팔려고 하는 것입니다.

"멸치 사세요. 싸고 맛좋은 멸치에요. 청정해역 남해바다에서 잡아온 깨끗한 멸치랍니다."

남해아줌마 때문에 샐쭉이는 전국적으로 망신을 톡톡히 당하게 생겼습니다.

"아줌마, 비늘이 벗겨졌다고 멸치가 아니에요? 멸치의 칼슘과 영양분이 어디로 가나요? 은비늘, 멸순이 속에 나를 섞어서 팔면 되잖아요? 샐쭉이라고 이름 지은 것도 속상한데 전국적으로 창피를 당하고 싶지 않아요."

샐쭉이는 두 눈을 똥그랗게 뜨고 아줌마에게 마구 대들었습니다.

"샐쭉아, 미안하지만 그럴 수는 없어. 너를 은비늘이나 멸순이 속에 끼워서 파는 것은 양심에 어긋나는 일이거든."

남해아줌마는 뭐가 바쁜지 은비늘, 멸순이, 샐쭉이도 모두 다 팔렸는데 사진을 내리지 않습니다. 샐쭉이는 생각 할수록 아줌마가 밉습니다. 샐쭉이는 당당하게 제 몸을 자랑하는 은비늘이 부럽습니다.

"야 은비늘, 너는 참 좋겠다. 멋진 곳으로 팔려 간다며?"

"샐쭉아, 그건 가 봐야 알지."

"은비늘, 아마 네가 가는 집은 창문마다 예쁜 커튼이 걸려 있을 거야. 해님이 방실 웃고 들어오는 방에서 예쁘게 생긴 아줌마가 꽃향기가 폴폴 나는 예쁜 그림동화를 쓰지 않을까? 남해아줌마처럼 아무렇게나 쓰는 동화는 아닐 거야 그치?"

"샐쭉아, 너무 실망하지 마. 나는 오히려 네가 더 부럽다. 네가 팔려가는 집, 아이는 얼굴도 마음씨도 고울 것 같지 않니. 윤지라는 이름만큼 예쁜 아이라는 생각이 들지 않니?"

"너 은비늘, 나 기분 좋으라고 하는 말인 거 다 알아. 멸치 중에 가장 못난이를 사가는 윤지네는 예쁜 식탁도 없을 거야."

"샐쭉아, 그런 생각 하지 마. 칼슘이 많은 멸치를 먹고 윤지가 튼튼하게 자란다면 멸치로서 보람 있는 일이잖니."

"은비늘, 너 아줌마한테 멸치 중에는 최고라는 칭찬을 받으니까 마음까지 착한 척을 하는 것 같다."

"샐쭉아, 그런 말이 어디 있어."

"은비늘, 넌 '오월 가정의 달' 편지쓰기대회에서 수상한 사람들에게 줄 상품으로 팔려가잖아. 괜히 나한테 자랑하고 싶지. 나도 그물망에서 너처럼 얌전하게 있었더라면 너처럼 은비늘이 되었을 텐데 네가 정말 부러워."

"샐쭉아, 내가 가야 할 집이 어떤 집인지 알 수 없는데 무얼 부러워해"

은비늘 말을 들은 샐쭉이는 조금 위로가 되었습니다. 하지만 최상품으로 팔려나가는 은비늘이 부러운 마음은 여전했어요. 그러나 이제 와서 아무리 후회해 본들 무슨 소용이 있겠어요. 어서 빨리 윤지네 집으로 가고 싶다는 생각이 들었습니다. 은비늘 말처럼 윤지는 어떻게 생긴 아이일까? 예쁘게 생겼을까? 나처럼 밉게 생겼을까? 갑자기 궁금했습니다. 남해아줌마는 그런 샐쭉이 마음을 벌써 읽었나 봅니다.

"윤지 엄마, 오늘 멸치 보낼게요."

윤지 엄마한테 전화를 걸고 곧장 샐쭉이를 택배로 보냈습니다. 멸순이도 전국으로 골고루 팔려나갔습니다. 은비늘이야 전국 편지쓰기 대회 상품으로 팔렸으니, 시상식장에서 마음껏 뽐내는 꿈을 꿀 것입니다. 윤지네 집은 멀기도 합니다. 깜깜한 상자 안에 갇혀서 몇 시간을 달렸는지 정신이 몽롱합니다. 비늘이 모두 벗겨져 속살이 드러난 샐쭉이 몸이 더 노랗게 보였습니다.

"에구 사진 보다 더 못생겼네."

윤지엄마는 못생겼다고 하면서도 세 마리나 연거푸 집어 먹습니다.

"어라, 보기보다 훨씬 맛있네. 빨리 멸치볶음을 만들어야지."

윤지 엄마는 혼잣말로 중얼거립니다. 하지만 샐쭉이는 은근히 짜증이 났습니다. 잘 생긴 은비늘에게 눈길도 안주고 값이 제일 싼 샐쭉이를 사고는 못 생겼다고 흉을 보는 윤지엄마가 밉습니다.

멸순이들은 어떤 집으로 팔려갔을까. 나처럼 못생겼다는 소리는 듣지 않겠지. 멸순이를 생각하니 눈물이 나올 것 같습니다. 하지만 꾹 참았습니다. 괜히 울었다가 눈물로 얼룩덜룩해지면 더 볼품이 없어질지 모르니까요. 그러면 멸치요리를 할 때마다 못생겼다는 말을 또 들을 테니까요. 샐쭉이가 이토록 슬픈 생각에 빠진 것도 모르고, 윤지 엄마는 분주하게 멸치볶음을 만듭니다.

'물 한 컵, 진간장 한 숟가락, 들기름 한 숟가락, 매실 엑기스 한 숟가락, 물엿도 약간 넣어야지. 우선 약한 불에 국물이 보글보글 끓을 때까지 나무젓가락으로 살살 저은 다음 멸치를 넣고 달달 볶다가 국물이 자작자작해지면 불을 끄고 깨소금을 살살 뿌리면 요리 끝.'

윤지 엄마는 멸치볶음을 다 만들 때까지 계속 혼잣말로 중얼거립니다.

'어디 맛 좀 볼까. 와, 씹을수록 고소하고 맛있네. 비늘이 벗겨졌으면 어때. 양념해서 볶아 놓으면 표가 안 나잖아. 은비늘 멸치 절반 가격에 샀으니까 나는 일등 살림꾼이란 말이야'

집안에는 윤지 엄마 뿐 인데 누구와 이야기를 하듯 혼잣말을 계속합니다.

'값이 싼 샐쭉이가 어떻게 변신했는지 자랑을 해야지.'

예쁜 접시 위에 파란 깻잎을 꽃잎처럼 뺑 돌려 깔았습니다. 그리고 볶은 샐쭉이를 가운데 얌전하게 담았습니다. 누가 봐도 침이 꼴깍 넘어가는 샐쭉이볶음입니다. 윤지 엄마는 남해아줌마가 샐쭉이 사진을 올려놓았던 문학카페에 샐쭉이볶음 사진을 예쁘게 올렸습니다.

물엿이랑 꿀을 넣고 볶은 샐쭉이 몸이 반짝반짝 윤이 났습니다. 깨소금을 뿌려서 치장을 마친 샐쭉이 모습은 정말 먹고 싶게 보였습니다. 너무 예쁘게 변한 모습에 샐쭉이는 입이 활짝 핀 꽃잎처럼 벌어졌습니다. 은비늘이 하나도 부럽지 않았습니다. 마치 금비늘로 탄생한 것처럼 기분이 좋았습니다.

'윤지 엄마 표 샐쭉이 멸치볶음, 맛도 최고 영양도 최고!'

샐쭉이는 지금껏 이렇게 행복한 적이 없습니다. 윤지 엄마의 광고성 칭찬이지만 고마워서 눈물이 나왔습니다. 샐쭉이는 윤지네 가족의 건강을 지켜주겠다고 꼭꼭 다짐했습니다. 윤지 엄마는 요리솜씨만 좋은 것이 아닙니다. 마음씨도 얼마나 고운지 모릅니다. 윤지 엄마 이야기를 듣고 있으면 철썩철썩, 쏴아 쏴 남해바다 파도소리가 귓전에 들리는 듯 기분이 좋아집니다.

“윤지야, 밥 먹자. 엄마가 맛있는 멸치볶음 만들었어.”

“엄마, 나 멸치볶음 싫어요.”

“윤지야, 멸치가 들을라. 누가 너를 싫다고 하면 좋겠어?”

“멸치가 어떻게 들어요?”

“멸치도 귀가 있는데 못 알아듣겠어?”

“그래도 먹기 싫어요.”

“윤지야, 음식은 골고루 먹어야 해. 너 멸치가 얼마나 몸에 좋은지 알아? 뼈를 튼튼하게 해주는 음식이 멸치야. 우유만큼 칼슘이 많이 들어 있는 몸에 좋은 반찬이야.”

“그래도 싫은데…….”

방금 전까지 날아갈 것 같던 샐쭉이 기분이 산산조각 났습니다. 윤지엄마의 멋진 요리솜씨 덕분에 금비늘로 태어난 듯 좋았던 기분이 엉망진창이 되었습니다. 은비늘 말처럼 윤지의 건강을 지켜주어야겠다고 굳게 마음먹는데 윤지가 샐쭉이의 꿈을 한 번에 날려버렸다고 생각하니 슬펐습니다.

“윤지야, 그러지 말고 어서 먹어 봐. 네가 먹지 않으면 멸치가 고향 남해바다로 돌아가고 싶을 거야.”

“엄마가 멸치마음을 어떻게 알아요?”

“엄마 생각은 멸치에게 그런 생각이 들 거란 말이지. 윤지야, 멸치에게도 꿈이 있을 거야. 아마 멸치의 꿈은 윤지의 뼈가 튼튼해지는 것일지도 몰라. 고향으로 가고 싶은 마음이 들게 하는 것은 멸치의 꿈이 모두 날아가는 것이 아닐까?”

“엄마는 멸치에게 무슨 꿈이 있다고 그래요?”

“윤지야, 생명이 있는 모든 것은 다 꿈이 있지 않을까? 엄마는 그렇게 생각해. 사람도, 동물도, 식물도, 생선들도, 이 멸치까지도 말이야.”

엄마의 이야기를 귀담아 듣던 윤지의 마음이 새롭게 변했나 봅니다.

“엄마, 멸치의 꿈을 이루어 주고 싶어요.”

윤지의 꿈은 캐릭터디자이너가 되는 거랍니다. 멸치의 꿈을 앗아 버리면 자신의 꿈도 날아갈지 모른다고 생각했는지 모릅니다. 멸치의 꿈을 이루어 주어야 자신의 꿈도 이루어진다고 생각했는지 알 수 없습니다.

“엄마, 멸치의 꿈을 이루어 줄래요. 멸치가 꿈을 이루지 못하면 너무 불쌍할 것 같아요.”

“그럼, 누구든지 자신의 꿈을 이루지 못한다면 그건 슬픈 일이야.”

멸치볶음을 맛있게 먹는 윤지를 보는 엄마 얼굴이 환해졌습니다. 드디어 꿈을 이룬 샐쭉이 마음도 금빛 물결로 출렁거렸습니다.

편지글

다시 태어나신 엄마 보세요

용띠 아버지를 사랑합니다

명품 남편에게

아주버님께

높고 깊은 사랑 형님께

나에게 채찍을 휘두르다

큰올케에게

조카며느리 은하 엄마에게

그리운 벗에게

가슴시린 고구마 편지

고구마편지로 친구들을 울렸던 영인아

다시 태어나신 엄마 보세요

엄마, 이제는 어머니라고 공손하게 불러드려야 하는데
환갑이 코앞으로 부진 다가온 나이에도 어린애 마냥 엄마라고 불러요.
요즘 엄마 모습을 보면 얼마나 기쁘고 좋은지 몰라요. 수년 전 위암과
투병 생활하느라 죽을 고생을 하신 우리 엄마가 맞는지 새삼스러워서
엄마 얼굴을 찬찬히 바라보게 돼요.

이름만 대면 누구라고 단박에 알아채는 병원에서조차 노인이라 수
술이 어렵다고 하여서 우리 남매들이 얼마나 당황했는지 몰라요. 다
행히 막둥이 선배와 후배가 있는 강남세브란스 병원에서 빠르게 수술
을 집도하고 생각보다 결과가 좋아서 정말 기뻤어요. 열두 번을 맞아
야 하는 항암제를 너무 힘들어 하시는지라 여덟 번으로 끝내고, 더 이
상 항암제를 포기했는데도 엄마의 의지력으로 꾸준한 운동과 식이요
법으로 완치가 되신 엄마. 기적처럼 부활하신 엄마 정말 대단해요.

벌써 여러해가 지났네요. 막내 수경이가 전화를 했어요.

"언니, 엄마가 암이래. 위암 삼기 말이래." 믿고 싶지 않았어요. 칠 남매 모두 엄마 자식이지만 엄마의 힘들었던 삶을 누구보다 더 많이 기억하는 맏딸인 저는 기가 막혀 눈물도 나지 않았어요.

그때 엄마의 맏딸인 저는 지천명을 훌쩍 넘긴 만학도 대학생이었지요. 입학한지 겨우 한 달 남짓 지난 중간고사 이틀째였어요. 가난해서 아니, 내복이 그뿐이라 할 수 없었던 공부, 공부에 대한 한으로 힘든 과정을 거쳐 대학생이 되었는데 엄마가 내 발목을 잡는 거 같아 억울했어요. 김서방이 자신도 가난 때문에 하지 못한 공부를 마누라를 통해서 대리만족을 하려는 심정으로 힘들게 뒷바라지를 하는 거 엄마도 잘 아시잖아요. 그땐 솔직히 엄마가 원망스럽기까지 했어요.

마치 엄마가 일부러 몹쓸 병에 걸리신 것처럼 왜 하필, 이때 암에 걸리셨는지 모르겠다는 불효막심한 생각까지 들었어요. 만약 내 자식이 암이라는 무서운 병에 걸렸다면 중간고사가 대수냐고, 당장 다 때려치웠을 거예요. 내 목숨을 내놓고라도 병수바라지를 했을 거예요.

엄마도 그런 사랑으로 자식을 키우셨는데 못된 생각이 고개를 빳빳하게 들고 나를 혼란스럽게 했어요. 그렇지만 끝내 학업을 포기하지 않고 병원과 학교를 오가며 대학 졸업반을 다니고 있다는 사실이 꿈만 같아요. 강한 의지로 제가 학업을 중도에 포기하지 않도록 병마와 최선을 다해서 이긴 엄마는 말없는 제 후원자가 분명하세요.

병석에 계신 엄마가 건강하신 모습으로 일어나실지 실낱같은 희망을 붙잡고 병원을 오고가며 형제들 간에 겪었던 갈등이 아직 힘든 부분으로 남아 있어요. 그 또한 불효임을 알아요. 그러나 불편한 마음들도 곧 잦아 들 거라고 믿어요. 부모는 열 자식을 키우는데 열 자식이 한 부모 모시기 어렵다는 말이 뼈에 사무쳐요.

엄마의 힘든 여정을 고스란히 기억하는 내 마음이 그럴 진데 동생들과 며느리, 사위에게 애써 효를 바라지 말라고 엄마에게 모진 말로 닦달을 했던 못난 딸이었어요. 병든 몸이 마치 죄인이라도 되는 듯 자식 눈치를 보시는 엄마의 나약해진 모습을 보며 가슴 아팠던 기억이 점점 희미해져서 정말 다행이라 여겨요.

막내 수경이 전화를 받고 엄마 집으로 달리는 차 속에서 지나간 어려웠던 시절이 주마등처럼 스쳐갔어요. 엄마가 늘 불평하던 잡을손이 굼뜬 아버지를 대신하여 사시면서 엄마가 겪었던 숱한 어려움, 그냥 고생하셨다고 뭉뚱그려 표현하기엔 너무 억울한 기억조차 하기 싫은 날들, 시골에 살면서 손바닥만한 밭 한 뙈기조차 없는 구차한 삶, 모두가 엄마의 책임인 양 밤낮으로 동동거려도 배고픈 날들이 오래도록 지속되었지요.

하루 세 끼 해결할 식량이 모자람은 말할 것도 없고, 땔감마저 구하기 어려웠지요. 산 임자들이 일삼아서 산을 지키고 있으니 마을과 멀리 떨어진 깊은 산으로 가서 어렵게 땔감을 마련하여 머리에 이고 오는 모습을 볼 때마다 제속이 얼마나 상했는지 몰라요. 그때마다 아버지가 원망스러웠어요.

어느 때는 야심한 밤에 집 가까운 산으로 가서 청솔가지를 쳐으시기도 했지요. 우지끈 나무가지 끊겨지는 소리조차 조심스러워 가슴 졸이며 땔나무를 해오시곤 했지요. 그런 엄마가 안타까워 어린 마음에 몇 번을 따라 나섰지요.

밤에 나무를 하러 가는 엄마 모습이 안타깝기 보다는 고생스러운 삶이 싫어서 엄마가 도망을 갈지도 모른다는 막연한 걱정이 늘 머릿속에 떠나지 않았어요. 그래서 엄마가 보이지 않으면 두렵고 무서웠어요. 그런 내 속을 알지 못하는 동네 아줌마들이 제일 큰 년이 유난히 엄마를 밝힌다고 놀려댔어요. 동네 아줌마들한테 놀림을 받아 가면서도 엄마를 지독히 따라다녔던 거 생각나세요? 학교를 갔다 와서 엄마가 보이지 않으면 온 동네를 울먹이며 찾아 다녔잖아요.

엄마, 그때 일 생각나세요? 동네 아줌마들이 '저년은 다 큰 년이 동생들보다 칙살맞게 엄마를 밝힌다고 광우아줌마네 벽장 속에 엄마를 감추고 엄마가 없다고 했잖아요, 온 동네를 다 뒤져도 엄마가 보이지 않아 울먹거리며 광우아줌마네 집으로 다시 찾아 갔어요.

댓돌 위에서 엄마 신을 봤거든요. 누구의 구두였는지, 어디서 구했는지 알 수 없지만 꺾어 신은 헌 구두짝이 엄마 신발이었으니까요.

우리 엄마 신발이 여기 있는데 우리 엄마 어디 갔느냐고 발을 굴러가며 다그치고 물었어요. 짓궂은 광우아줌마가 실실 웃어가며 청천병력 같은 농담을 사실처럼 말했어요.

"너희 엄마 서울 돈 많은 부자 영감이 업어갔다. 너 인제 어떻게 살래?"

동네 아줌마들도 힘들어 보이는 엄마 삶이 안타까워 뼈있는 농담을 했겠지만 그때 내가 얼마나 놀랐는지 아무도 모를 거예요.

드디어 내가 걱정하던 일이 드디어 현실이 되었구나 생각하고 엉엉 소리 내어 울었지요. 순간 동생들하고 어떻게 살아야하나 하늘이 무너지는 것 같고 곧 죽을 것만 같았어요.

엄마는 장난을 너무 심하게 했다고 생각했는지 벽장문 아래 엎드린 광우 아줌마 등을 밟고 내려왔어요. 눈물범벅이 된 얼굴로 막 웃었어요. 엄마가 도망가지 않아서 얼마나 고맙고 감사했는지. 그때 죽었다가 다시 살아난것 같은 내 마음은 정말 아무도 몰라요.

그때는 엄마조차도 내 마음을 모른다고 생각했어요. 엄마도 그러는 나를 보며 징그럽게 엄마 끝을 밝힌다고 야단을 쳤지요. 그러나 지금 생각해 보면 엄마가 큰 딸인 나를 얼마나 의지하고 사랑했는지 알 것 같아요. 사과를 좋아하는 나를 주려고 장에서 달랑 사과 세 개를 사 왔지요. 동생들 오기 전에 어서 먹으라며 끝내 사과 세 개를 나에게 먹이셨지요. 그 큰 사랑을 이제야 느끼는 철없는 불효자식이어요. 엄마, 지금처럼만 건강하게 사세요. 엄마에게 못 다한 효도를 하는 날 곧 있을 거예요. 엄마 사랑해요. 아주 많이요.

2007년 4월 25일 엄마를 사랑하는 큰 딸 올림

| 제1회 서울경인지역 어머니 편지쓰기 공모전 수상작 |

용띠 아버지를 사랑합니다

아버지!

환갑을 면전에 둔 세월을 살면서 생각이 깊어지니 이제야 철이 드나 봅니다. 문득 문득 느닷없이 당신이 보고 싶습니다. 아버지 하늘가신 지 십여 년이 지났건만 꿈속에서 조차 뵈올 수 없으니 더욱 그립습니다. 올해는 육십 년 만에 돌아 온 흑용 해라고 연초부터 방송에서 떠드는지라 용띠 아버지가 더 그리운지 모릅니다.

용띠와 저는 태초부터 인연이 깊었지 싶습니다. 제게 생명을 부여해 주신 아버지가 용띠, 평생 지지고 볶고 사는 배우자도 용띠, 하물며 제 평생의 노고가 훈풍에 봄눈 녹듯 사르르 녹아들게 하는 귀여운 손녀도 용띠이니 용띠와는 전생에 절절한 인연이었나 봅니다. 그러기에 끊으려 해야 결코 끊어지지 않는 인연 고리를 붙잡고 사니 말입니다.

아버지,

언젠가 TV에서 육이오 참전용사들이 출연하여 노래자랑도 하고, 생사를 같이했던 전우도 찾고, 육이오 전쟁 당시 참상을 이야기하는 걸 보며 진저리를 쳤습니다. 그날 TV를 시청하면서 아버지께서는 물론 저 역시도 육이오전쟁 피해자가 아닐까 하는 생각에 사로잡혔던 기억이 새롭게 떠올라 부칠 수 없는 편지를 씁니다.

제 유년시절, 산야에 풀이 우거지면 아버지는 엄마에게 "풀 퍼졌으니 큰애 묶어 놔." 라고 당부를 하셨지요? 저는 옻나무를 꺾는다거나 만지기는커녕 옻나무 옆에 갔었는지 기억조차 없는데 어찌 된 영문인지 툭하면 옻이 올라서 고생을 했지요.

TV속에 육이오 참전용사들의 고생담을 들으며 아버지께서 간간히 들려주시던 옛이야기들이 생각났습니다. 대개 한잔 술 거나하게 취하신 날이었지요.

"우리 엄마는 키가 자그마하셨어. 그래도 얼마나 바지런하셨는데. 엄마만 살아계셨어도 우리가 이 고생을 안 할 텐데……."

부모님 생전엔 알토란같던 살림살이가 큰아버님의 방탕한 생활로 모두 탕진했다는 사실을, 삶이 폭폭 할 때마다 이어지는 엄마의 푸념을 들으며 자랐지요. 눈가를 적시며 할머니를 그리는 아버지 모습은 영락없는 소년이었어요. 저희 할머니께서는 육이오 때 아군이 쏘는 폭격에 맞아서 돌아가셨다면서요. 부엌 바닥에 묻어둔 쌀을 자식들 먹이려고 가지러 오시다 변을 당하셨다지요. 국방색 명주두루마기를 입으신 할머니를 적군인 줄 알고 쏘았을 거라고 추측하시던 아버지, 그땐 철부지라 아버지의 절절한 그리움을 알지 못했습니다. 아버지께

서는 그래도 말귀를 알아들을 만하다고 생각되셨는지 맏이인 제게 육
이오 전쟁 당시 참혹함을 여러 차례 들려주셨습니다. 많은 이야기 중
에 늘 머릿속을 맴도는 이야기가 있습니다.

"아부지가 인민군에게 끌려가다가 어떻게 살아서 왔는지 들려줄
테니 잘 들어 봐라."

라고 시작하신 말씀은 그 어떤 말씀보다 또렷하게 기억합니다. 아
버지께서 북한 인민군 포로로 끌려가시다가 극적으로 살아나신 그 이
야기 말이에요. 북한군에게 포로로 끌려가시며 밤새도록 걷고, 낮에는
산속에 숨어서 지내셨다고 하셨어요. 산속에 숨어 있던 아버지께서 옻
나무를 발견하시고, '그래, 바로 이거다.' 라고 무릎을 치셨다지요.

인민군에 끌려가 살아서 돌아올지 생사를 점칠 수 없는데 이래 죽
으나 저래 죽으나 죽기는 마찬가지라고, 온몸에 옻나무 진액을 골고
루 바르셨다지요. 무더운 날씨에 일부러 상처를 내고 발라서 이내 가
렵고 따가웠지만 아버지는 상처를 더 벅벅 긁으셨다지요.

그 결과 아버지 몸은 절구통처럼 붓고 진물이 질질 흘렀다고 했어
요. 인민군 장교는 이런 놈은 끌고 가면 포로들에게 전염이 된다고 발
길로 낭떠러지로 내질렀다고 하셨지요. 이야기가 거기에 달했을 때는
숨이 멎은 줄 알았어요.

그렇게 죽을 고생을 하고 살아서 돌아오셔서 할머니 살아생전에 엄
마와 정혼을 하였기에 곧바로 결혼을 하셨다고 했어요. 하지만 엄마
는 밤마다 온몸이 물에서 건져 올린 사람처럼 식은땀으로 젖어 있는
아버지를 보며 속으로 결혼을 잘못 했나. 아버지가 잘못 되지나 않을
까. 늘 노심초사 걱정을 하셨다고 했어요. 아버지 젊은 날 사진을 보

면 엄마의 걱정을 이해할 것도 같아요. 툭 불거진 광대뼈와 움푹 패인 휑한 눈, 부서질 것 같이 바짝 마른 체구, 사진 속 젊은 날의 아버지 모습은 낯설었어요.

그런 고초를 겪으신 부모님의 맏이로 태어나서였을까요. 저는 자라면서 유독 잔병치레를 많이 해서 부모님 애간장을 녹였지요. 지금도 겉모습과 다르게 건강 체질이 못되는 것 아시지요. 아버지도 아시다시피 서른에 한 척추수술로 제가 얼마나 고생을 했나요.

병이 많이 진행되었을 때까지 큰 병원에서조차 병명을 알아내지 못했어요. 척추 뼈가 많이 손상되고 앉아 있지도 못하고 누워서 대소변을 받아내는 지경에 이르렀지요. 그러나 사람의 목숨은 하늘에 달렸다더니 소도시 작은 병원에서 병명을 짚어내서 목숨을 건졌잖아요. 그 후유증은 지금도 계속 이어지고 있지 싶어요. 육체적으로 힘든 일은 할 수가 없으니 말입니다.

겨우 38kg 밖에 나가지 않는 앙상한 몰골의 저를 안타깝게 여기신 아버지는 쥐 잡아 먹은 뱀이 척추결핵환자에게 좋다는 말씀을 들으시고, 전국적으로 수소문하여 쥐를 잡아먹어 소화도 안 된 뱀을 구하셨다지요. 뱀 달인 물을 들고 단숨에 달려오신 엄마는 박하사탕을 손에 들고 흑염소 내린 물이라며 한숨에 들이키라 재촉하셨어요. 그 후로도 개소주며 사골 국이며 끊임없이 몸에 좋다는 것을 날라다 주셨지요. 그토록 넓고 깊은 은혜를 모르고 내 삶이 곤곤할 때면 상급학교에 보내주지 않은 탓이라고, 원망을 품고 산 못난 딸이었습니다. 그럼에도 제가 아플 적마다 병약한 체질로 태어난 것이 당신들 탓이라고 마음 아파하셨는데, 부모님 사랑을 망각하고 살았으니 그런 불효가 어디 있을까요. 이제야 회한의 눈물을 흘립니다.

아버지,

아버지께서 생사의 갈림길에서 기지를 발휘하여 살아오신 덕분에 제가 세상에 태어날 수 있었습니다. 북한 인민군 포로로 끌려가셨다면 아버지의 생사는 물론 저와 동생들이 세상에 태어나는 일은 불가능했을지도 모릅니다. 호랑이에게 끌려가도 정신만 차리면 살 수 있다는 속담은 아버지를 두고 하는 말이지 싶습니다. 때늦은 고백이지만 아버지를 사랑합니다. 낳아 주셔서 고맙습니다. 그러나 제가 허약하고 별난 체질로 태어난 것은 육이오가 남긴 지울 수 없는 상처라는 생각은 지금도 변함이 없습니다.

엄마나 동생들은 터무니 없는 말이라고 일괄합니다. 베트남 고엽제, 일본의 원폭 피해자를 생각하면, 제가 옻을 유독타는 것이 터무니 없는 말일까요?

아버지,

가슴속에 감춰 둔 속내 드러내어 부칠 수 없는 편지글로나마 이렇게 털어놓고 나니 제 속이 후련합니다. 먼 먼 훗날 아버지와 얼굴 마주보고 만나는 그날은 아버지 진정으로 사랑하노라고 큰절 올리겠습니다. 항상 꽃피고 새들이 노래하는 아버지 나라 그곳에서 세세토록 영원토록 행복하세요.

2012년 정월 초여드렛날
아버지의 맏딸 설아할머니 드림.

명품 남편에게

여보, 당신과 내가 부부로 살아오는 동안 숱한 어려움들이 예고도 하지 않고 우리 부부 앞에 불쑥 나타나서 참 많이 당황했었지요. 우리 부부는 연년생이나 다름없는 둘째 아이를 팔 개월 만에 미숙아로 낳았지요. 미숙아로 태어난 둘째아이를 키우며 우리가 얼마나 많은 눈물을 흘렸는지 지금도 그 생각만 하면 가슴이 두 쪽으로 쫙 갈라질 것만 같아요.

첫돌 날, 저녁부터 앓던 아이는 우리나라에서 첫 손가락으로 꼽을 의료기기와 의료진으로 유명하다는 서울대병원에서조차 가망이 없다고 하였지요. 용하다는 병원은 안 가본 곳 없이 돌아다녔지요. 한의원은 물론 심지어 돌 파리 침술사도 누가 용하다고 입만 뻥긋하면 한걸음으로 달려갔지요. 별의별 민간요법도 다 해보았지만 병명도 밝혀내지 못한 채 가슴을 까맣게 태우며 눈물범벅으로 살았던 아린 시간을 어떻게 글로 다 표현할까요.

앓는 둘째아이를 본 대부분 사람들, 우리 부부가 안 듣는 곳에서 아니 못들을 거리라고 거리조정도 하지 않은 채 혀가 부러지도록 끌끌 차댔지요. ‘사람구실 하기 힘들겠어’ 피골이 상접하여 차마 볼 수 없었던 불쌍한 내 아이를 보고 함부로 점을 쳤어요. 위로 토하고 아래로 싸기를 하루에 수십 번씩 해대는 아이의 몰골은 TV에서 보았던 아프리카 난민들, 뼈만 앙상한 아이들 모습과 거의 흡사했지요. 그러나 우리 부부는 절대로 우리아이가 잘못 된다는 생각은 꿈에서도 하지 않았지요.

하지만 그 어떤 것으로도 효험을 보지 못했고, 아이는 점점 눈도 못 뜨고 사경을 헤맸지요. 그런 경황 중에도 명절이 돌아왔어요. 큰 시숙님은 집안에 우환이 있는데 어떻게 차례를 지내느냐며 차례를 지내지 않겠다고 전화를 주셨지요. 아픈 아이를 데리고 큰댁으로 명절 쇠러 갈 수 는 없지만 차례는 지내시라고 간곡히 말씀드렸지요.

그런 아이를 마지막으로 데리고 간곳은 점쟁이집이였지요. 시외숙모님께서 혀를 끌끌 차시며 말씀하셨지요.

“너희들 내 말을 우습게 들었구나. 너희 애 병났다고 한 지가 언제냐. 내가 그때 이야기 했지? 상문이 든 거 같다고. 너 우리 동네로 이사 와서 사람들과 흉허물 없이 지내겠다고, 궂은일도 마다않고 상여를 자주 매고 할 때 내가 말리고 싶었다.”

어린 자식 키우는 젊은 사람이 상여를 함부로 매는 거 아니다. 호상으로 죽은 사람의 상여는 매도 상관없지만 젊은 사람, 억울하게 죽은 사람, 한 많게 죽은 젊은 사람 상여는 함부로 매는 거 아니라고 하셨지요. 그 당시 상주가 어린 젊은 망자를 부모님이 사시던 고향 선산에 모신다고 외지 사람의 장례를 치르던 적이 있었지요. 상여꾼을 돈을 주고 사는 판인데 일부러 궂은일을 나서서 한다며 말리셨던 시외 숙모님이셨지요. 시외 숙모님께서는 병원에서도 고치지 못하는 병도 있다며 당신에게 용한 점쟁이할머니 집을 소개해 주셨지요. 우리 부부는 미신이라며 귓등으로 흘려버렸지요.

우리 부부는 속이 새까맣게 타들어 가서야 아이를 살리려는 마음에 미신이라도 한 번 믿어 보자고 했지요. 점쟁이할머니 집을 찾아 갔어요. 시 외숙모님 말씀이 맞았어요. 상문이 들었다며 상문을 제거해야 한다고 했지요. 자식을 키우다 보면 반 의사, 반 무당이 된다는 시부모님 말씀에 미신이라고는 한 번도 믿지 않았던 우리 부부는 마지막으로 지푸라기라도 잡는 심정으로 푸닥거리를 했지요.

점쟁이 할머니는 그동안 아이 치료한다고 들인 돈의 한 귀퉁이도 못 되는 돈을 요구했지요. 겨우 쌀 한 말과 돈 삼만 원이었지요. 삼십여 년 전이니 사실 삼만 원도 작은 돈은 아니었지요. 그러나 그동안 뿌리고 다녔던 돈에 비하면 코끼리 코에 비스킷 정도였지요.

정말 신기하게도 푸닥거리를 하던 그날 혼절했던 아이가 생기가 나서 밥을 먹으려 했고, 우유도 먹으며 힘없는 웃음을 지어보여서 보이지 않는 귀신이 있다는 것을 확실히 믿었지요. 우환 중인데도 명절에 차례를 지내서 조상님들이 돌보신 거 같다며 돌아가신 시어머님이 내 손을 잡고 하염없이 눈물을 흘리셨지요. 유난히 인정 많고 다정하신 시어머님, 잔정으로 베풀어 주신 은혜가 이제야 새록새록 감사함으로 밀려와요. 아울러 불효막심했던 며느리로서 반성을 하기에는 때가 너무 늦었어요.

그토록 힘들고 어려웠던 날들이 밀물처럼 몰려왔다 나가기를 수없이 반복해도 당신과 나는 함께 헤쳐 나갈 수 있었지요. 하지만 당신과 내 가슴 한편에 깊고 푸른 상처가 자리하고 있었지요. 가난은 불편할 뿐이지 죄가 아니라는 그 말을 심하게 부정하던 당신과 나, 우리 두 사람은 모두 가난해서 학업을 계속할 수 없었던 같은 아픔을 안고 있었지요.

우리 부부는 배우지 못한 갈증으로 언제나 목이 말랐고, 아물지 않는 푸른 상처를 서로 달랬지요. 배우지 못한 잘못이 서로의 잘못인 양 아이들 가정환경조사에 부모의 학벌 난을 채워 넣을 때마다 아픈 가슴을 쓸어내려야만 했지요.

충청권에 있는 지방대학에 합격한 아이를 보며 당신은 서울대학 간 남의 집 열 아들이 하나도 안 부럽다고 말했지요. 내심 대견해하며 기뻐 어쩔 줄 모르는 당신을 보며 얼마나 가슴이 아팠는지 몰라요.

그런 당신에게 경제활동에 우수한 능력 있는 여자들도 많건만 나는 통장에 잔고가 없을 때마다 바가지나 박박 긁어대는 능력 없는 여자였지요. 그나마 살림을 알뜰하게 하는 똑바른 재주 하나가 있어서 어렵사리 아이들을 키우면서 열네 번의 이사를 끝으로 내 집 장만을 할 수가 있었지요. 말을 타면 종을 부리고 싶다는 옛 속담이 나를 보고 미소 지으며 유혹했어요. 나는 약으로는 치유할 수 없는 몹쓸 고질병을 앓고 있었지요.

입학과 졸업시즌만 되면 어김없이 도지는 가슴앓이를 감추기 힘들었어요. 집 장만을 하고 나서 학업에 대한 미련을 버리지 못하고 언감

생심 주제넘게 당신에게 학교에 다니고 싶다고 말했지요. 당신 역시도 나와 같은 증세로 심한 갈등을 겪고 있었다는 사실을 뒤늦게 알았지요.

하지만 당신은 공부하고 싶어도 경제적 책임을 져야하는 가장이므로 내 몫까지 열심히 하라고 쉽게 허락해 주었지요. 내가 공부할 수 있도록 뒷바라지를 물심양면 아끼지 않았지요. 자식들도 제대로 보내지 못했던 학원을 보내주기도 하고, 비싼 참고서를 무작정 사들여도 귀여운 막내딸을 대하듯 마냥 대견해 하였지요. 사회 전반적인 경제적 불황으로 모두가 힘든 시기인데 겨우 초등학교를 마친 아내에게 중ㆍ고등학교 과정은 물론 대학까지 보내주는 당신을 생각하면 고맙고 미안하여 내 어깨가 항상 무거웠어요. 늘 미안해하는 나에게 당신은 오히려 오십대의 적지 않은 나이에 대학을 다니는 것만도 대단하다며 칭찬을 아끼지 않고 다녔지요. 열심히 돈을 벌어야 할 이유가 생겼다며 애써 힘든 내색도 감추었지요.

가난하고 못난 남편을 만나 고생하였다며 그토록 하고 싶은 공부인데, 하는 김에 내 몫까지 하라며 거듭 격려를 아끼지 않았지요. 고마운 당신에게 무엇으로 보답을 해야 할까? 노심초사 고심을 하다가 당신에게 빚진 마음을 조금이라도 갚을 양으로 열심히 공부를 하였지요. 노력은 헛되지 않아서 종류도 다양하게 여러 가지 장학금을 받았지요. 경대예술상에서 소설부문과 수필 부문으로 두 번이나 상을 받았지요. 초등학교 아이가 백 점짜리 시험지를 내놓듯 당신 앞에 받은 상을 보여주면, 당신은 먼산바라기를 하는 것처럼 보여도 은근히 좋아했지요.

그럴 땐, 당신에게 미안했던 마음이 한결 가벼워지기도 했어요. 여러 종류의 글쓰기 공모전에 응모하여 비록 최우수상은 아니어도 입상과 장려상을 여러 차례 타기도 했지요. 그때마다 당신은 좋아하며 지인들에게 은근슬쩍 자랑을 하는 팔불출이 되어갔지요.

늙은 아내의 학부형이 되어 준 당신이 고마워 나 역시도 주변인에게 당신 자랑을 하고 다녔지요. 나를 아는 사람들 모두가 세상에 그런 남편 흔하지 않다며 당신을 명품남편이래요. 명품 남편과 사는 나도 명품으로 거듭나길 소원해요. 씨앗을 늦게 뿌리고, 흙을 두껍게 덮은 탓인지 싹이 더디게 자라요. 하지만 꿈을 키워나가는 보람이 있어 행복해요.

명품 가방, 명품 옷을 입지 않아도 행복해 보이는 여자, 가장 하고 싶었던 걸 하는 여자, 날 보고 사람들은 당신을 업고 다니래요. 그럼 나는 무거워서 못 업고 다닌다고 변명을 하지요. 그런데 왜, 당신을 안아주라고 말하는 사람은 없을까요. 안아주는 것이 훨씬 더 쉬운데 말이지요. 여보, 가슴 바서지게 안아주어야 하는데 감정이 메말라가서인가. 젊어서도 애정표현이 서툴렀던 나는 업고 다니는 것은 고사하고 당신을 안아주지도 못했네요. 그러나 당신에게 고백 할 게 있어요. 필명을 '수진' 이라고 지었어요. 당신과 내 이름에서 한 글자씩 뽑아서 짝을 맞추어 보았더니 내 마음에 들어요. 당신 마음에도도 들었으면 좋겠어요. 당신 이름자를 앞에 놓고 싶어도 '진수' 어쩐지 남자 이름 같아서 '수진' 이라고 지었는데 괜찮지요?

당신과 내가 살아가는 이야기를 쓰는 수필 작가로 손녀에게 들려줄 아롱다롱 고운 열매 맺혀 있는 동화작가도 되고 싶어요. 아름다운 저녁노을을 바라보며 당신과 데이트하는 멋진 그림만 쓰고 싶어요.

이제는 우리 함께 종착역이 전만치 보이니 느릿느릿 천천히 걸어가요.

결혼생활은 같은 목적지를 향해 가는 여행길이라고 생각해요. 괜히 토닥거리고 싸우다가 이름도 모르는 간이역에서 잘못 내려서 길이라도 잃어버리면 얼마나 난감할까요. 나이 들면 길눈도 점점 어두워지는데, 방향감각도 둔해지는데, 저무는 날에 이름 모를 간이역에서 무작정 내리는 사람들이 너무 많아요. 우리 부부가 두 손 꼭 잡고 종착역까지 정답게 걸어가면 하느님이 마중 나와 주실지 누가 알아요. 진정 당신을 사랑합니다.

당신을 사랑하는 아내드림

| 2007년, 가정의 달 전국편지쓰기대회 수상작 |

아주버님께

아주버님,

요번 비에 세상 시름이 다 씻겨나갔나 봅니다. 하늘이 참 맑고 푸르네요. 계절을 잊고 살아야할까 봅니다. 눈이 하얗게 쌓이고도 남을 계절에 겨울비가 자주 옵니다. 파란 하늘이 차마 부끄러워 고개 들지 못하고 감히 아주버님에게 허튼 푸념을 해 봅니다. 어느덧 인생의 가을을 달리고 있다는 생각이 불현듯 들어갑니다. 설아 할아버지와 삼십 년 훌쩍 넘게 살면서 참 많이 아옹다옹 다투면서 살았지 싶어요.

그로인해 시부모님, 특히 어머님 마음을 많이 아프게 해 드렸음을 죄스럽게 생각합니다. 흰머리 풀풀 날리는 이제야 깊이 반성하고 후회를 합니다. 돌이켜보면 싸운대서 해결되는 일들도 아닌데 왜 그렇게 하고 한날 싸우고 살았는지 모릅니다. 뒤로 보낸 세월이 그저 안타

깝기만 해서 부끄러운 속내를 이제야 조심스럽게 아주버님께 고백합
니다. 아주버님께서 형님과 팔남매 맏이로 고단하게 살아오신 세월에
비하면 결코 힘들었다고 푸념할 일도 아니련만 두고두고 생각해도 참
으로 철이 없었던 것 같습니다. 이마에 내천 자 굵게 파이고 흰머리 성
성해진 지금에서야 팔남매 맏이로서 힘든 아주버님, 형님 내외분의
마음을 더듬거리면서 읽어 내려가는 부족한 둘째제수입니다.

　아주버님,

　지나간 추석명절 지난 뒤에 제 바로 밑에 여동생 집을 방문하게 되
었습니다. 제 여동생이 시어른들을 모시고 사는 것을 아주버님도 잘
아시지요. 부모님을 꼭 맏이가 모셨던 시대도 이제는 아득히 먼 옛날
처럼 느껴지는 세상이지 싶습니다. 여동생 시어머님이신 사돈어른께
서 금년 춘추가 아흔둘이십니다. 언젠가 동생이 사돈어른께 드렸던
말이 생각나네요. 지금까지 장수하셨으니 아주 100세까지 사시라고
웃으며 말하더군요. 그러면서 하는 말이 시어머님을 물가에 내 놓은
아기 같다면서 눈가를 훔치는 동생이 저보다 어른스러워보였습니다.
시어머님을 노인정에 모셔다 드리고 집에 오시겠다고 전화하시면 모
셔오느라 늘 대기상태로 하루를 몽땅 제시간으로 써 보지 못하면서도
시어머님께 오래 사시라는 동생에게 저는 천사라고 말했습니다. 동생
은 천사는 무슨 천사냐고 손사래를 쳤지만 동생의 모습은 정말 천사로
느껴졌습니다. 가족들 휴가는 물론 결혼기념일 같은 특별한 날도 시
어머님을 함께 꼭 모시고 다녔으니까요.

　그런데 노인 건강은 장담할 수 없다는 말을 실감났습니다. 백 살은
너끈하게 사실 줄 알았던 사돈어른에게 치매가 찾아왔습니다. 사돈어

른께서 풀기 성성하실 적에는 은근히 동생을 시집살이 시키셨던 어른이셨지요. 생전 흐트러짐 없어 보일 것 같은 어른의 형편없는 망가진 언행을 보며 알 수 없는 눈물이 흐르더군요. 딱히 그 어른이 불쌍하다는 느낌보다는 양가 어른 중에 한 분 남은 친정어머니의 얼마 남지 않은 미래를 바투 보는 것 같았고, 화살처럼 빨리 지나는 길목에 서성이는 제게도 머잖아 닥쳐올 모습으로 더 많이 비춰졌습니다. 치매어른을 밤낮으로 혼자서 보살피는 동생이 참으로 힘들어보였습니다.

효자아들과 살면 며느리 신역이 고되다는 말이 맞았습니다. 아들 며느리가 셋이라지만 효자인 제부로 인해 둘째며느리인 동생이 삼십 년 가까이 시어른을 줄곧 모시며 살았습니다. 종당에 치매까지 걸리신 시어머님을 나누어 보필하는 자식이 없으니 동생의 노고가 아프게 느껴졌습니다. 동생은 명절에 친정 형제들 다 모여도 잠깐 다녀가거나 아예 오지 못한 적도 있었습니다. 그때도 저는 시부모님을 모시고 사시는 아주버님이나 형님이 얼마나 마음고생을 하시며 속으로 삭이고 안으로 인내하며 사시는지 생각해 드리지 못했습니다.

하물며 생각이 짧았던 저는 아주버님께 형님의 자유를 구속하는 독불장군이라고 낮은 점수를 드렸습니다. 시어른을 모시면서 팔남매의 맏며느리로 살아가는 형님과 아주버님의 노고를 깊게 헤아리지 못했습니다. 시부모님 돌아가시고 나면 형님의 날개가 활짝 펴지는 줄 알았습니다. 그러나 끝이 아니었습니다. 아주버님은 저희 팔남매를 끌고 가야하는 고단하기 짝이 없는 힘든 항해사였습니다.

명절 때는 말할 것도 없고요. 평시에도 형제간들이 수시로 드나들어도 일일이 챙기기에 여념이 없으셨지요. 우스갯소리로 아주버님이 방귀만 뀌어도 이삼십 명이 쉽게 모이는 팔남매 손들, 그로 인해 형님의 수고가 지금까지 이어지고 있음은 더 말해 무엇 하나요. 그 덕에 아주버님의 멋진 뱃사공 모습에 반한 막내아가씨 친구가 구남매의 일원으로 의남매가 된 지도 벌써 십여 년이 되네요. 참으로 아주버님의 그릇은 차고 넘치십니다.

지금은 하늘가고 안 계신 어머님께서 병고로 수년을 자리보존 하시다가 세상을 뜨셨지요. 그때도 형님은 어머님의 대변을 받아내는 일을 생활의 일부분처럼 생각하고 하시는데, 어쩌다가 어머님을 찾아뵈면서도 어머님 대변을 받아내는 형님 보조역할도 피하고 싶은 제 솔직한 마음이었습니다. 온갖 약을 드시는 어머님의 강똥냄새가 역겨워 어머님 방에 드는 것조차 꺼려했던 저는 정말 부끄러운 며느리였습니다. 다 같은 어머님의 자식을 배우자로 섬기고 살면서 정성을 다하지 못한 후회를 동생의 병든 시어머님을 보면서 하게 될 줄은 저도 몰랐습니다.

어머님 먼저 가시고 아버님 또한 직장암으로 대변주머니를 배에 차고 계시다가 세상 뜨셨지요. 아버님의 대변 주머니 역시도 팔남매 자손이 있다 한들 어느 자식이 갈아드린 적 단 한 번도 없었지요. 오로지 아주버님의 몫인 양 방관한 동생들이었지 싶습니다. 아주버님의 노고가 얼마나 지대했는지 감히 어림짐작하기도 죄송합니다.

아버님의 대변주머니를 갈아드리고 나면 며칠씩 식욕을 잃으셨다고, 얼마 전에야 지난 세월을 회상하시던 아주버님에게 때늦은 입에 발린 소리일망정 정말 수고하시고 애쓰셨다고 위로해 드리고 싶었는데, 그 용기마저 없어서 이렇듯 구구한 편지를 씁니다.

지금처럼 세탁기를 사용할 수 없었던 힘든 시절이었는데, 바쁜 농사철에 대소변 받아내며 어머님 병구완을 형님 내외분이 도맡아 하셨어도 수고하셨단 말 한마디 하지 못했습니다. 부족하지 짝이 없는 제수의 철없던 지난날을 이제라도 용서받고 싶습니다. 그 시절 제 나이 서른 중반쯤이면 어느 정도 철도 났으련만 돌아보면 어찌 그리 우매했던지 지나온 발자취를 하나하나 뭉개서 지워버리고 싶습니다.

아주버님,

삼십 년 넘게 줄곧 시어른을 모시고 사는 쉰 넘은 동생의 노고가 아프게 느껴지는 나이에 비로소 철이 드는 걸까요. 수 년 전에 작고하신 동생네 바깥사돈어른도 병고에 계시다가 돌아가셨지요. 그때도 참하게 시아버님을 보필하는 여동생모습이 안타까웠습니다. 내 일도 아니면서 동생의 맏동서와 손아래 동서들이 너무한다는 야속한 생각이 들기도 했습니다. 며느리가 친정에서는 귀한 딸이라는 사실도, 제가 아주버님의 그리고 형님의 철딱서니 없었던 부족한 동서라는 사실을 잊어버렸으니 얼마나 어리석은 동기간의 우애인지 진정 부끄럽기 짝이 없습니다. 아주버님과 형님을 생각하면 가당치도 않은 이기적인 형제간 사랑이지 싶습니다.

아주버님, 시부모님을 극진히 모시던 동생의 노고가 끝이 났어요. 동생의 시어머님께서는 동생의 바람대로 백세를 못 채우시고 지난달에 본향으로 돌아가셨답니다. 그 어른을 모시는 장지에서 왜 그리 눈물이 나는지요. 그분을 위한 눈물이 아닌, 시부모님이나 친정아버지, 그리고 형님 내외분께 효도하지 못하고 살갑지 못했던 회한이 눈물이었지 싶습니다.

아주버님, 형님이나 저 역시 황혼이라고 하기엔 이른 나이인지 모르지만, 남은 세월만이라도 친구처럼 자매처럼 나들이도 함께 다니는 시간을 많이 가지려고 합니다. 아주버님께 특별히 허락받지 않아도 되지요. 방송국 공개방송이나 고궁나들이 등 돈 많이 들이지 않는 자잘한 나들이 정도는 허락해 주실 거지요. 제가 요즘 들어 형님에게 많이 의지하는 것처럼, 형님 또한 제게 많이 마음을 주고 의지하시니 남은세월 동안 못 다한 동기간 정을 나누겠습니다. 아주버님과 형님, 부디 건강하기를 빌겠습니다.

2008년 11월 3일

높고 깊은 사랑 형님께

형님,

온갖 예쁜 꽃들이 앞을 다투어 피고 지어 봄인가 했더니 어느새 녹음 싱그러운 계절입니다. 짙푸른 산야처럼 형님 가슴이 사철 푸르고 싱싱했으면 하는 바람입니다. 겉보기엔 멀쩡하게 보이나 매사 부족한 동서가 형님께 안부를 묻습니다.

형님의 가슴속에는 도대체 얼마나 넓고 깊은 강이 흐르는지요. 귀엣말로 살짝 물어봅니다. 여러 남매 중에 둘째 따님이신 형님은 친정 부모님께 유독 살가우셨지요. 사돈 어르신들 생전에 효성지극 하셨음을 기억합니다.

아울러 시부모님께는 두 말할 필요도 없지요. 시부모님 생전에 형님께서 수고하신 전부를 어찌 필설로 다 표현할까요. 오랫동안 지병을 앓다가 돌아가신 시부모님을 바쁜 농촌에서 지극정성 모시어 효부상을 타신 형님께 저는 두고두고 죄인이지 싶습니다.

어머님 병고에 계실 때, 잠이 모자라서 병든 닭처럼 반쯤 감긴 눈으로 온종일 동동거리시는 형님을 대할 때마다 염치없고 죄스러웠습니다. 어쩌면 지차 아들이라서 따로 산다는 명분을 다행으로 여기고 살았는지 모릅니다. 시부모님께서 돌아가시자 형님의 어깨가 한결 가벼워 보였습니다. 늘 무겁던 제 마음도 조금은 가벼웠습니다.

그토록 힘든 세월을 뒤로 보낸 형님께 좋은 날만 있기를 진심으로 빌었습니다. 두 손 살갑게 맞잡고 표현하지 못했지만 형님의 남은여생 그 어떤 힘든 일도 범접치 말기를 기도했습니다. 행복해야만 한다고 진심으로 빌었습니다. 그건 제 중년의 바람이기도 했으니까요.

하지만 형님의 여정은 끝없는 희생을 강요하는 것 같았습니다. 몇 년째 동기간과 소식을 끊고 살았던 셋째시동생이 그토록 일그러진 모습으로 가족과 대면하게 될 줄은 누구도 짐작 못했습니다.

첫 번째 결혼생활 칠 년, 혈육 한 점 두지 못하고 세상을 하직한 가여운 동서와 사별한 셋째시동생은 시부모님을 비롯하여 형제간의 아픈 생인손이었지요. 슬픔을 진정시키고 재혼을 하였으나 역시 한 점 혈육 남기지 못하고 사별을 하고 말았지요. 당사자인 시동생의 아픔이야 더 말해 무엇 하나요. 그러나 정 많은 결혼생활을 하던 사람들은 외로움을 견디지 못한다는 걸 형님과 저는 알지 못했지요. 두 번째 재혼을 서두르는 시동생을 묵묵히 지켜볼 뿐 시동생에게 또 다른 이별이 범접치 말기를 끝없이 염원했지요. 그러나 시동생의 삶은 엇나가기를 반복했으니 정녕 피할 수 없는 것이 운명인가 싶었습니다.

동기간과 수년간 소식두절하고 살았던 그간의 일은 일체 비밀로 묵언하고 싱글이 되어서 돌아왔지요. 행복만을 쌓아두어도 모자랄 것 같던 단단한 삼층집도, 형님이나 제가 가끔씩 얻어 타던 새까만 고급 승용차도 모진 세월 속에 빼앗겼나 흔적조차 남기지 않았더군요.

아픈 시간 참담하게 겪었을 시동생이 쉰 고개를 훌쩍 넘기고, 노숙자나 진배없는 몰골로 형제들과 대면하게 되었지요. 그런 셋째시동생을 눈물로 끌어안은 아주버님과 형님께 형제간들은 무정하게 안도의 한숨을 쉬었지 싶어요. 병고에 시달리시다가 돌아가신 시부모님 병수발도 형님께서 도맡아 하셨는데 홀로 된 시동생을 끌어안은 형님께 따뜻한 눈길도 차마 건네지 못했습니다.

저희 집에도 빈방이 있고, 막내 시동생 집에도 빈방이 있었으며, 네 분의 시누이들 집에도 각각 빈방이 있었으나 혼자가 된 시동생을 받아들일 마음의 빈방은 누구에게도 없었습니다. 오로지 아주버님과 형님만이 애잔한 가슴 열어서 마음의 빈방을 내어주셨지요. 시동생이 형님 댁에 짐을 풀고 서너 달이 지났을 때였지요. 형님은 제게 푸념 삼아 감춘 속내를 풀어내셨어요.

"아무래도 셋째(시동생)는 말이야, 전생에 내 자식이었던 것 같아. 내 업보인 것 같아. 식구들 다 나가면 점심은 먹으며 말며 그랬거든. 그런데 요즘은 셋째가 혹 내 눈치를 보는 것처럼 느껴져서 점심상을 차려서 같이 먹어. 접때 말이야, 아주버님이 술 한 잔 하고 나한테 그러대. 정말 미안하대. 아픈 시부모 모신 것도 모자라서 집도 절도 없는 늙은 시동생까지 안겨주어서 정말 미안하대. 생전 처음으로 아주버님이 내 손을 잡고 울대. 내가 그랬어. 어디 사람 사는 게 마음대로 살아지는 거냐고. 셋째도 불쌍하고, 당신도 불쌍하고, 나도 불쌍하다고 그랬지."

조근 조근 속내 털어내시는 형님 앞에 울컥 목이 메일뿐 할 말을 잃었습니다. 차마 형님 얼굴을 똑바로 쳐다 볼 수 없었습니다. 어설프게 어떤 위로의 말을 한다는 건 어불성설이었습니다. 성녀 테레사님이, 인간의 죄를 대신해서 십자가에 매달리셨다는 예수님이, 부처의 깨달음이 형님만 하실까 싶었습니다.

솔직히 내 자식도 머리가 굵어지면 건사하기 어렵고, 자식 낳고 부대끼고 산 배우자도 나이 들면 귀찮아지는데 각불 불던 홀로 된 시동생을 거두시는 형님의 사랑이 더 위대해 보였습니다.

형님, 그런데 요즘 즐거운 걱정 한 가지 생기셨지요. 오랫동안 예쁜 사랑 나누던 작은조카의 결혼날짜를 받아 놓고 얼마나 마음이 바쁘세요. 결혼적령기를 조금 넘은 큰조카의 결혼이 더 시급해서 미루고 있었던 작은조카의 결혼을 미리 축하드립니다. 그동안 지켜본 작은조카의 반쪽이 될 조카며느리감이 싹싹하고 바지런하며 예의 바르니 형님에게 더없는 축복입니다.

큰조카 예를 먼저 올려주고 싶으신 아주버님과 형님의 소원대로 미지의 고운 큰조카의 반쪽이 하루빨리 나타나길 날마다 빌겠습니다. 그리하여 형님의 남은여생이 비단길로 이어지시길 거듭거듭 빌겠습니다. 형님, 아주버님과 함께 부디 아프지 마시고 오래 오래 행복하세요.

2009년 녹음 푸르른 여름날에

둘째 동서 드림.

나에게 채찍을 휘두르다

설아할머니, 요즘 어떻게 지내세요? 이런 걱정 저런 걱정 하느라 괜히 밤잠을 설친다면서요. 건강도 별로 좋지 않으면서 쓸데없는 걱정하지 말아요. 평생 해도 소용없는 걱정을 하니까 혀에 주야장창 백태가 끼고 시난고난 몸이 아프잖아요.

걱정도 팔자라고 아마 그게 내 성격인가 봐요. 입안에 열이 올라 자꾸 신경이 거슬려요. 혹시 설암이 아닌가 하여 더럭 겁이 나기도 해요. 요즘은 입안은 물론 콧속도, 눈알도, 심지어 배꼽 저 아랫동네까지 홧홧해서 죽을 맛이에요.

저런, 그래서 어떡해요. 삼십대 초반에 척추수술을 한 병력으로 아직 등 굽을 나이도 아닌데 구부정한 허리도 그 후유증이라지요. 남들에겐 별일도 아닌 일상생활이 버겁다지요. 그런데 뭐하려고 해도 소용없는 걱정을 달고 사세요. 이제는 가슴 활짝 열고 걱정타래 하나도 남

김없이 훌훌 날려버려요. 하지만 사람들 앞에서는 늘 아무렇지 않은
척 육신의 고통쯤 일도 아닌 듯 혼자 삭이며 속울음 우는 것도 알아요.

아니 울긴 누가 울어요. 맛도 모르고 잘 먹어 통통한 체격이라 아
프다는 소리도 염치없어 못하고 벙어리 냉가슴 앓듯 혼자 삭이는 내
마음을 누가 알겠어요. 누구 말마따나 급히 걸으면 환갑이 내일모레
인 나도 팔순에 당도한 친정어머니 마음을 헤아리지 못하는데, 덩둘
하기 짝이 없는 이제 겨우 서른 너머 내 아들들이 질척한 어미 마음을
어찌 헤아리겠어요.

저런, 저런, 미안해요. 하지만 그건 참 잘하는 짓이에요. 예전부터
그런 말이 있잖아요. 듣기 좋은 꽃노래도 한두 번이라고, 식구들 앞에
서 여기가 아프네, 저기가 불편하다고 노래 불러 봐요, 곁에서 보는
식구들 마음이 얼마나 불편하고 언짢겠어요.

설아할머니 찌들은 속내 모르는 건 아니지만 귀 좀 가까이 대보세
요. 있잖아요. 제발 부탁인데요, 설아할아버지 미워하지 마세요. 그
양반도 잘해 보려고 그랬다잖아요. 자식들에게 팍팍 힘을 실어주고
싶고, 설아할머니 노후에 고생시키지 않으려고 그랬다잖아요. 설아할
아버지 그 양반 순진하게도 나중에 식구들 깜짝 놀라게 해주려고 그랬
다잖아요. 한치 앞을 알 수 없는 게 인생살이인데 어쩌겠어요. 설아할
아버지라고 평생 일군 전부를 투자하고도 지금껏 꿩 구어 먹은 소식인
데 그 마음인들 오죽하겠어요.

아니 누가 그걸 모르나요. 아내와 상의도 않고 저지레를 했으니까
그렇지요. 그 생각만 하면 자다가도 피가 거꾸로 팍 솟아요. 설아할아
버지와 내가 고생한 것은 한편으로 치운다 해도 누릴 것 누리지 못하

고 키운 자식들에게 미안해서지요. 남들보다 덜 가르치고 덜 먹이고, 덜 입히면서 허리띠 졸라매고 평생 일군 전부가 오리무중인데 그게 어디 그렇게 쉽게 잊어지나요. 가슴으로는 설아할아버지를 백번 천번 이해하는데 같이 붙어 있으면 나도 모르게 눈에 쌍심지가 팍팍 켜져요.

그래도 속상한 마음 털어내려고 노력해 보세요. 설아할머니, 만약에요, 정말 만약에요, 설아할아버지나 식구 중 누구라도 건강을 잃었다고 생각해 보세요. 재물을 잃은 것과 식구들이 평생 당할 액땜과 바꿔치기했다고 주문을 걸어 보세요. 그러면 손해를 끼친 사람에 대한 미움도 원망도, 금전에 대한 미련도 애착도 점차로 희석될 거예요.

아는 만큼 삶의 도리를 실천할 수만 있다면 오죽이나 좋겠어요. 그게 말처럼 쉽지 않으니까 힘든 거지요. 그러나 내 맘을 갈기는 채찍질을 피하진 않겠어요, 그런데도 과거로 아니, 설아할아버지가 투자를 하고자 하는 그 시점으로 돌아갈 수만 있다면 어떻게 해서라도 애써 극구 말리고 싶은 안타까운 심정으로 밤잠을 설쳐요.

설아할머니, 그 마음을 왜 모르겠어요. 허나 아주 오래전 일 기억하시죠? 설아할머니가 척추수술을 하던 기억조차 무섭던 시절이요. 정말 견디기 힘든 시간이었지요. 이손 저손 빌어가며 대소변을 육 개월 동안 받아내던 그 시절 설아할머니 바람은 뭐였는지 잊지 않으셨지요. 물질적 풍요는 누리지 않아도 좋으니 제발 건강이 회복되어 식솔들 뒷바라지 할 수 있기를 소원했던 그 시간들을 설마 잊지 않았겠지요. 설아할머니는 이미 덤으로 사는 생을 살지 않나요?

그 이전에 설아삼촌은 어땠나요. 첫 돌날 저녁부터 사경을 헤매서 설아할머니가 얼마나 애를 태웠나요. 눈물바람으로 전국에 용하는 병원은 다 찾아다니셨지요. 제발 내 자식 살려달라고 하늘 높으신 분께 가슴 도려 애원하던 기억 말이에요. 그 시절 간절히 원하던 두 가지 소원이 모두 이루어졌으니 더 바라지 마세요. 이 세상 살면서 재물의 부는 설아할머니와 거리가 멀다고 생각하시고 설아할아버지를 진정으로 따뜻하게 보듬어 주세요.

설아할머니, 살면서 좋은 날도 많았잖아요. 요즘 결혼한 젊은 부부들이 아이 낳기를 주저해서 손자, 손녀 재롱보기가 쉽지 않다는데 꽃보다 더 고운 손녀 재롱을 무한히 즐기니 그 얼마나 축복인가요. 세상 그 무엇과도 바꿀 수 없는 값진 행복이잖아요. 게다가 결과야 한풀이에 불과했지만 늦다리 학생신분도 마음껏 즐겼잖아요. 그럼에도 불구하고 설아할아버지가 일부러 전 재산을 날린 양 원망하고 미워하면 설아할머니는 정말, 아주 나쁜 사람이에요.

설아할머니는 그래도 양반이잖아요. 좋으면 좋은 만큼, 속상하면 속상한 만큼, 시끄러운 속내 글로 풀어 하소연하니 얼마나 다행이에요. 게다가 속내 들켜도 부끄럽지 않은 친구도 서 너 댓 명이나 되잖아요.

그런데 설아할아버지는 어때요? 남자의, 가장의 자존심이 나락으로 곤두박질쳐진 황량한 거친 속내 풀어낼 마땅한 돌파구가 없잖아요. 기껏 한다는 것이 한 잔 술로 달래는 것밖에 달리 방법이 없잖아요. 술한 잔 걸치면 만만한 설아할머니에게 심술을 부리는데 그냥 받아주세요. 설아할아버지가 아무려면 당신 혼자 호의호식 하려고 무모한 도전을 했겠어요. 그건 절대 아니라는 거 누구보다 설아할머니가 더 잘 아시잖아요.

여자들 목소리가 하늘로 치솟는 세상인데 혹시라도 아들들이 먼 훗

날 할아버지가 되어서 설아할아버지처럼 배우자에게 에돌림 당하면 어쩌려고요. 그건 생각만으로도 가슴 시리지 않나요. 자손들 생각해서라도 설아할아버지 이해하시고 더 많이 사랑해주세요.

알았어요. 알았어. 노력해 볼게요. 아니, 사랑할게요. 자식들 생각해서라도 설아할아버지를 사랑하겠다고 약속할게요.

암요, 그래야지요. 그래야하고 말고요. 백발성성한(염색으로 위장한) 설아할머니에게 채찍질하기도 편치 않네요. 이젠 그만 할게요. 자손들을 진정으로 사랑하는 설아할머니 힘내세요.

2009년 가을 어느 날, 내가 나에게

큰올케에게

올케! 올케라는 어감이 어쩐지 부드럽지 않아 여태껏 사용하지 않았네만 딱 이번 한 번만 인용하겠네. 올케, 내 어떻게 말 문을 열어야 할지 많이 망설이다 아린 생각 끝에 불러온 오래된 기억을 떠올려 보네. 올케를 처음 상면하던 날을 말일세. 오빠이고 싶은 믿음직한 동생이 선택한 여자는 얼마나 행복할까. 내심 무척 부러웠다네. 누나가 둘이 있다지만 기대고 부시대기엔 어디 형만 한가. 없는 집 맏아들로 태어난 동생에게 작은 도움도 주지 못한 큰누나가 감히 헛된 욕심을 품었지 뭔가.

지나칠 정도로 매사에 완벽한 동생이 왜 그렇게 욕심이 나던지. 동생은 직업군인장교의 힘든 길을 걸으면서도 술 담배를 일체 멀리하고, 소년소녀 가장을 후원하며, 식구들 특별한 날을 세심하게 기억해주는 일하며, 그런 때문에 우리 형제들은 물론 친인척들도 엄지손가락을 꼽는 존재였다네.

특히 우리 네 자매들은 훨씬 더했네. 배우자감은 두 말할 것도 없이 동생 같은 남자라야 한다고 숫제 노래를 불렀다네. 남들이 들으면 우스운 이야기로 들리겠으나 둘째 누나와 큰누나인 나까지 동생을 부르는 호칭이 오빠였다면 이 무슨 싹수없는 촌수인가. 올케는 참으로 당혹스러울 것일세.

그런 동생이 선택한 올케를 처음 본 순간 우리 자매들은 짐짓 주눅이 들었다네. 올케의 서글서글한 이목구비가 동생 인물을 능가해 보여서 말일세. 솔직히 훤칠한 인물이 우리 가족과 쉽게 동화되기 어렵겠다는 선입견이 앞섰다네.

굳이 한술 더 뜨자면 삼남 사녀 차고 넘치는 우리 형제와 달리 올케는 삼남 일녀, 외동딸 그야말로 금지옥엽으로 구정물에 손 안 넣게 하며 정말 귀하게 키웠다고, 거듭거듭 강조하시던 올케 할머니말씀이 올케와 아득히 멀어지는 느낌이 들었었다고 이제야 고백하네. 올케가 서운하게 들릴지 모르지만 그때 감정은 정말 그랬었네.

올케도 익히 알고 있는 말이겠으나 옛날 말에 이르기를 딸은 높이 주고 며느리는 낮은 곳에서 데려오라는 말이 있지 않은가. 신분의 차이라고 하긴 난색하고 우리 형제들과 올케가 자라온 격이 많이 달라서 은근히 걱정스러웠다는 말일세.

보리밥도 모자라던 우리 형제와 달리 올케는 혼식을 장려하던 시절에 쌀밥 도시락을 싸가서 선생님께 야단을 맞았다는 이야기를 들을 때도 마찬가지였다네. 거기에 강원도에서 서울로 소위 유학까지 와서 대학을 다닌 올케였으니 없는 집 맏며느리로 융화되려면 적잖이 고생을 할 터인데 싶은 생각이 은근히 들었다네.

하지만 올케에게 시누노릇 할 생각은 진정 터럭만큼도 없었다네. 이건 정말로 하늘을 우러러 진심이었네. 하지만 올케 대하기가 황실 도자기를 다루듯 늘 언제나 조심스러웠던 것도 사실이었네.

그런 까닭에 자분자분 도타운 정을 쉽게 풀어내지 못했다는 고백도 아울러 하네. 올케가 언젠가 말했지. 은근히 거리를 두고 있는 시누이 들이 서운했다고 내게 고백을 했던 거 생각나나? 여자 형제가 없는 올 케는 시누들과 언니처럼 동생처럼 좋은 관계를 유지하길 소원했는데 그 때문에 여자 형제 많은 동생을 배우자로 선택하는 걸 주저하지 않 았는데, 그건 기우에 지나쳤다고 했던 말을 기억하는지 모르겠네.

그런 올케가 참으로 순수하게 느껴져서 무조건 올케 편을 들었던 내 마음을 기억해 주면 참 좋겠네. 아마 조금은 느꼈지 싶기도 하다 네. 그러기에 가끔 올케는 내게 불편한 속내를 털어놓기도 했었지만 자라온 환경이 달라서 뛰어넘지 못하는 벽은 나도 어떻게 해 볼 도리 가 없었다는 것도 고백하네.

사람, 사람이 내 손톱 밑 작은 상처가 남의 염장 썩는 아픔보다 더 아리게 느껴지는 건 인지상정이지 싶구먼. 어느 날 올케가 내게 심각 하게 고백한 적이 있었네. 동생에겐 불만이 없는데 손아래 시누이의 콜콜한 시집살이 때문에 못살겠다는 목소리를 높이던 세월도 이제 멀 리 달아났지 싶네만, 응어리진 올케 마음은 아직도 풀리지 않은 듯해 서 내 마음이 무겁기 한량없다네.

막내 시누가 우상처럼 여기던 오빠를 빼앗겼다는 빗나간 욕심에서 빚은 갈등이 유별해서 그런 거라고 올케를 달래며, 내 형제가 맞느냐고 해도 악역을 자처하며 올케를 감쌌는데 그런 내 마음이 올케에게 온전히 전해지지 않아서 아쉽다면 서운 할지 모르겠네.

자식 낳고 살면서 그 정도 애환쯤은 아무것도 아니라고, 그야말로 산전수전 다 겪은 내 삶의 한 자락도 못 된다고, 비록 내 입장만 설파했지만 참고 살자고 올케를 다독인 적을 기억하는지 모르겠네. 세상살이가 그렇게 만만하고 녹록하지 않다는 것을 누누이 설명하던 날을 말일세.

이제 올케도 나도 나름대로 온갖 세상사 풍상을 겪은 오육십 대를 살고 있네. 올케도 나도 삶은 대충 이런 거구나 가늠하지 않을까 생각하며 우리 형제들이 침묵으로 산 지난 몇 년 세월을 이제는 훌훌 풀고 살았으면 하는 바람이 간절하다네.

올케와 심한 갈등을 일으켰던 무심한 세월도 어느덧 오래 전 일이 되었네. 두 번 다시 생각하고 싶지 않은 이천사년은 우리 가족 모두에게 정말 모질고 극한 시간이었네. 그 해 나는 언감생심 내게 어울리지 않을 것 같은 늙은 대학생이 되었지. 나름대로 내 삶의 한 획을 긋는다고 자부심도 대단했었는데 올케 시어머니고, 내 친정엄마가 불행하게도 위암 3기말 시한부 판정을 받았지 뭔가.

그런데 병든 엄마가 마지막 생을 어디에서 마감해야 좋을지 갈등하던 무게가 어처구니없게도 올케에게 기울고 있다는 걸 진정 나는 정말 몰랐네. 나중에 그 사실을 알고 올케가 심적으로 많이 힘들겠다고 헤아렸던 이가 그래도 이 못난 큰시누였다고 말하면 올케가 믿겠나?

엄마의 발병 당시 엄마에게 초기라고 쉬쉬하는 바람에 올케는 정확히 모르고 있었을지 모르네만 의사는 엄마의 병을 육 개월 시한부인생, 아니 그보다 더 빠를 수도 있다는 가혹한 판정을 내렸다네. 엄마 치료를 담당한 의사가 막둥이 대학 선배 말고도 삼성병원에서 먼저 내렸다네. 막내는 그 사실을 어떤 누구보다도 명확하게 알고 있었다네.

그 때문인가 세상물정 하나 모르는 장가도 안간 철부지 막내가 제 딴엔 엄마를 큰형 앞에서 눈감게 하여서 엄마가 죽을 복은 있기를 소원했다고 나중에 내게 말하더군. 막내는 제 생각으로 큰형의 위상을 살려주려는 마음에 그만 저 혼자 우뚝한 생각이 앞질러 갔지 뭔가. 막내가 그렇게 극단적인 생각을 하게 된 건 어쩌면 엄마의 영향이 컸다고 생각되어지네. 올케도 나도 이제 머리 큰 자식을 키우지만 부모노릇 하기가 아디 쉬운가. 올케도 알다시피 돌아가신 큰어머님 말일세, 말년을 이 딸, 저 딸네 집으로 전전하다가 결국 막내딸집에서 소천하지 않으셨나?

엄마는 큰엄마를 보시면 늘 당차게 당신은 딸네 집을 전전하지 않을 거라고, 입 찬 소리를 달고 사셨지 뭔가. 뭘 믿고 그러셨는지를 막내는 제 나름대로 가늠했지 싶었네.

엄마는 막내나 산이 아범에게 늘 이르기를 "제발 큰형 좀 본받으라고" 그야말로 귀에 딱지가 앉도록 당신 큰아들이 최고라는 각인을 막내에게 심어 준 게 화근이라면 화근일 걸세,

그 때문에 엄마가 그처럼 자랑스럽게 생각하시는 큰아들 앞에서 죽는 복을 맞이하길 바랐다고 나중에 내게 고백하더군. 막내의 고백을 들으며 나무랐었네. 가족들과 충분한 의사소통도 없이 그렇게 행동하면 되느냐고 말일세. 엄마랑 단둘이 살던 막내가 성급하게 판단을 내리고 병든 엄마를 올케에게 보내려고 서둘렀던 것이었다네. 이제는

철없는 막둥이의 허물쯤 여기고, 한 어머니 자손도 오랑이 조랑이라고 형제 많은 집으로 시집온 올케의 운명쯤으로 여기고 그간 서운했던 마음을 풀어버렸으면 바라네.

그 당시 올케가 처한 입장을 진지하게 내게 털어놓았어도 어쩌면 각살림 하던 병든 엄마를 큰아들 집으로 보낼 생각은 막둥이뿐만 아니라 어느 누구도 못하게 말렸을 걸세. 엎친 데 겹친 격으로 엄마가 병들었을 당시 올케 친정어머니께서도 자궁암 수술로 딸네집인 동생네 집에 계신다는 사실을 말일세. 올케는 시집 식구들에게 눈치가 보여서 그랬다는 것을 나중에야 알았지만 말일세.

올케의 친정집 세 올케들도 이런저런 사정으로 시어머니 즉, 올케 친정어머니를 모시지 못하는 상황이라 외동딸인 올케가 친정어머니 병수발을 들고 있었다고 했네. 그렇듯 올케가 힘든 상황이었는데 병든 시어머니마저 자신이 지고 가야한다는 십자가가 얼마나 두려웠겠나?

우리 모두 올케에게 배려하는 마음이 부족하였네. 올케의 힘든 상황을 이해하지 못하고, 손아래 시누들과 시동생들이 올케에게 속정 깊은 우리 오빠는, 형은, 장모님을 모시는데 올케는 시어머니 시한부 생을 그렇게 거부할 거 뭐 있나? 싶은 자기주장을 앞세웠지 싶네. 그런 때문에 올케에게 서운한 내색을 여과 없이 표출하였지 싶네. 그 점 동생들을 대신해서 늦었지만 이제라도 사과를 하네.

올케는 어쩔 수 없는 상황이라 친정엄마 병시중을 들지만, 시어머니는 며느리보다는 아무래도 병들어서 거친 속내를 들켜도 마음이 편한 딸들이 넷이나 되니, 딸들이 차례로 병수발을 들면 쉽겠다고 생각한 것을, 핏줄의 멀고 가까움을 논하며 각을 세워서 올케에게 상처를 주었으니 참으로 염치없는 일이네. 나 역시 친정엄마를 전적으로 모시지 못하는지라 누구든 엄마를 모시지 못할 거면 올케에게 아무소리 말라고 악역을 자처하느라 동기간들과 정이 많이 소원해진 시간이 길었었네.

그러나 어쩌겠나. 우리도 종당에는 병들고 힘없는 노인으로 늙어갈 터인데 병든 엄마문제로 형제들이 등을 지고 살다니, 올케나 나나 맏딸이고 맏며느리이니 우리 두 사람이 먼저 가슴을 열어 보이세. 세월이 흘러 갈수록 가슴에 바윗돌을 올려놓은 듯 답답하고 무겁다네. 아마 그건 올케 마음도 나와 별반 다르지 않을 거라고 생각한다네.

이렇듯 형제간 갈등으로 서로 힘들어하는 가운데 천만다행으로 육개월 시한부 판정을 받은 엄마가 놀랍게도 담당 의사선생님도 기적이라고 할 만큼 정상으로 완쾌되시어 엄마는 당신의 보금자리에서 건강하게 지내시니 자식들로서 이보다 더 고마운 일이 어디 있겠는가.

그야말로 기적같이 소생하신 엄마가 고맙기 그지없다네. 하루를 천년인 양 아끼며 사시는 엄마가 올케와는 갈등 없이 올케 집을 수시로 드나드는데 동생하고 올케는 엄마가 사시는 집에 발걸음을 멀리하니 그건 아마도 시누이들과 부딪치는 걸 피하고 싶은 마음 일거라고 미루러 짐작하네.

올케, 언젠가 올케와 내가 정답게 나누었던 말을 떠올려 보네. 올케도 나도 딸이 없으니 노후가 많이 삭막할 거라고 예견하지 않았던가. 우스갯소리 삼아 딸 없는 올케랑 둘이서 계모임을 하자던 말을 기억하는지. 올케도 나도 세월 이기지 못하는 미혹한 인간이지 않은가. 동생의 반려자로 여전히 올케를 사랑하는 마음 변함없다고 진심으로 고백하네. 얼마 남지 않은 남은 세월 척지고 살 거 뭐있나. 세월을 아우를 줄 아는 고마운 나이를 사는 우리 두 사람 아닌가. 올케, 이제는 형제들이 예전처럼 화평하게 지내길 진심으로 소원하며 아슴아슴 들춰낸 불편한 속내 이만 줄이겠네.

머잖은 날 올케 집을 가벼운 마음으로 방문하게 될 걸 미리 기대하는 큰 시누이를 반갑게 맞아주게나. 올케를 정말 진심으로 사랑하네. 정말로, 정말로 말일세. 요즘 엄마는 올케가 철철이 사주는 옷을 입고, 부잣집 마나님 부럽지 않게 폼 나게 복지관으로 어디로 열심히 다니시는 모습이 정말 보기 좋다네. 그것만도 올케에게 고맙고 고맙네.

2009년 여름날에
올케를 진정 사랑하는 큰시누이가.

조카며느리 은하 엄마에게

은하 엄마야,

아니, 오늘은 승연이라고 다정하게 불러보고 싶구나. 시 작은 엄마
가 조카며느리를 너무 격식 없이 대하는 건 아닌지, 조용히 눈을 감고
생각에 잠겨본다.

승연아, 딱 한번만 나에게 기회를 주면 안 되겠니? 라고 부탁하고
싶구나. 네가 알다시피 작은 엄마는 딸이 없잖니. 네게서 조카며느리
그 이상의 정을 느끼며 지내는 것도 고마운 일인데, 염치없는 부탁을
하는 작은 엄마를 이해해 주련?

승연이 네가 은하아빠와 예쁜 사랑을 나누며 데이트 하는 모습을
보면서 대견하기도 했고, 한편 부럽기도 했단다. 잠시라도 안 보면 보
고 싶어 안달이 날만큼 곱고 예쁜 사랑을 경험하지 못하고 속절없이

흘려보낸 세월이 야속도 하더구나.

조카와 연애시절 장차 시집이 될 집에 드나들면서 당차게 제자리를 찾는 모습을 보며, 은하아빠가 사람을 제대로 볼 줄 아는 혜안을 가졌음에 여러 번 감탄했고 기특했단다.

고백하건데, 같은 어른으로 조금은 부끄러운 속내지만, 네 시어머님께서 우리조상님 제삿날에도, 명절 전날에도, 우리 가족과 함께 했던 승연이 너를 완전한 우리 집 사람으로 만들고 싶은 욕심이었는지 모른다. 밤이 늦었으니 자고 가라고 한 적도 더러 있었나 보더구나.

승연이 너는 그때마다 단호하게 거절하며, 결혼 전까지 책잡힐 일하고 싶지 않다며, 한사코 늦은 시간에도 불구하고 집으로 갔다가 다음날, 날이 밝기가 무섭게 달려오는 참하고 부지런한 아가씨였지.

하나를 보면 열을 안다고, 결혼을 하고 난 뒤에도 네가 행하는 작은 행동 하나하나마다 후한 점수를 주고 싶구나. 요즘 젊은이 답지 않게 시댁행사에 어른인 작은엄마보다 먼저 와서 주인의식을 쌓아가는 성숙한 행동이며, 특히 은하를 낳던 날의 네 행동은 정말 감동이었다.

출산예정일이 코앞이라 지난해(2011년)설 명절에 오지 말고 집에서 쉬라고(내가 네 시어머님께서 부탁했던 것으로 기억한다. 오지 말라고 해서 안 올 아이들이 아니라고 은근 슬쩍 어깨에 힘주시던 네 시모의 행동이 지금도 눈에 선하구나)에도 일찍 와서 전을 부치는 일이며, 만두를 빚는 일에 참여해서 막내 작은 엄마랑 말렸잖아, 그래도 승연이 너는 괜찮다며 참참이 몸을 바쁘게 놀리는 모습을 보면서 얼마나 대견하고 고마웠던지. 하지만 한편으로는 염려스럽기도 했단다.

정말 만에 하나 명절 후유증이 네 출산의 고통으로 직결되면 어쩌

나. 시댁이라서 어쩔 수 없이 해야 한다는 중압감이 원망으로 바뀌어
서 비수처럼 날아오면 어쩌나 하는 노파심도 솔직히 없지 않아 들더구
나.

작은엄마가 왜 그런 불미스런 생각을 했냐 하면 내가 첫아이 산달
에 시 오촌아저씨 회갑이 있었어. 참고 일을 했더니 그 후유증인가 출
산준비를 하나도 해 놓지 않았는데 예정일 보름 전에 고생하고 힘들게
출산을 했어.

근 사십 여 년 전, 시댁마을에서는 환갑잔치를 하려면 잔치전후로
일주일 이상 여자들이 많은 일을 해야 했어. 술을 빚는 일이며, 잔치
국수와 찰떡궁합인 콩나물도 집에서 직접 길렀고, 두부도 직접 만들
고, 김치를 담그는 일이며, 각종 떡을 빚는 일이며 음식을 집에서 장
만하느라 여자를 손에 물마를 날이 없었거든.

하지만 그 힘든 일은 어른들이 다 주관하시고, 산달이 꽉 찬 배불뚝
이 작은 엄마는 보조역할만 할 뿐이었는데, 지금은 상상이 안 갈만큼
연약한 작은 엄마에게 보조역할도 무리였나 보더구나. 상일동에서 상
화울까지 흙먼지 풀풀 나는 구불구불한 산길을 걸어서 잔치 전날까지
이틀을 드나들었어. 잔치 전날인 둘째 날은 곧 아기를 낳을 것처럼 고
통이 심하더구나. 자동으로 일그러진 얼굴을 티내지 않으려고 참고
일을 거들자니 죽을 맛이었단다. 떡시루를 앉힌 아궁이 앞에 쪼그리
고 앉아서 불을 때는데 얼마나 고통스럽던지 그런 모습을 동네 분에게
들켜서 방으로 들어가서 양파를 까는 일로 바꿔서 하기도 했어.

그런 때문인지 결국 예정일을 어기고 그날 밤 집에 와서 얼마 후 양
수가 터지고 밤새 산고에 시달렸단다. 당시는 통행금지가 있고 병원

을 가려고 해도 교통수단이 없었어. 밤중에 양수가 터지고 이른 새벽에 마른 아기를 집에서 분만했단다. 분만 후에는 후산을 하지 못해 어찌나 고생을 했는지 생각만 해도 끔찍하구나.

그런 기억 때문에 네 시어머님은 물론 작은엄마도 한사코 네게 아무 일을 하지 말라고 말렸던 거란다. 그럼에도 불구하고 너는 정말로 괜찮아서 괜찮다고 했는지, 그야말로 시댁이라서 힘든 내색 없이 고통을 참으며 괜찮다고 했는지, 당사자가 아니니까 그 고통의 깊이를 가늠할 수 없구나.

그러나 승연이 너는 정말 괜찮았는지 모르지만 뱃속에 은하는 많이 힘이 들었던 모양이다. 예정일 며칠을 앞두고 명절날 세상 밖으로 나오려고 애를 쓴 걸 보면 말이다. 너는 집에 가서 얼마를 못 버티고 설 명절 전날 늦은 밤에 당직 의사도 없는데 입원을 했었잖니.

은하를 보러 병원에 가서 나중에 승연이 네게 들은 말이지만 참으로 당차고 의연한 모습에 이제나마 박수를 쳐 준다. 은하에게 명절날 생일을 피하게 하고 싶어서 은근히 기도를 했다지. 설 전날 밤새도록, 설날 진종일 산고를 참아가면서도 복식호흡을 하며 자연분만을 유도했다는 소리를 들었을 때 혼자서 힘차게 박수를 쳤단다.

참을성 없는 많은 산모들이 제왕절개 수술을 하면 통증으로부터 완전히 해방되는 줄 알고, 제왕절개 수술을 해 달라고, 병원이 떠나가라 악을 쓰며 남편은 물론 시댁식구를 원망(제왕절개 수술 승낙서를 선뜻 써 주지 않아서)한다는 소리를 여러 사람에게 전해 들었단다.

예쁜 은하엄마야,

정말 고맙고 고맙다. 은하의 탄생으로 적막하던 집안에 활기가 넘

쳐나는구나. 나날이 새로운 재롱을 보여주는 은하를 보는 즐거움은
네 시부모님은 말 할 것도 없지만, 작은 엄마인 나도 수시로 나이를 잊
게 한다. 불로초가 따로 없지 싶구나. 예전에 할아버지께서 은하아빠
를 할아버지 당신 입으로 낳은 손주라며 유난히 더 예뻐하셨던 기억이
새삼 떠오른다. 손자손녀가 이렇게 예쁠 줄은 그땐 정말 몰랐단다.

작은엄마는 그간 설아의 재롱을 원도 없이 느꼈기에 자식으로서 행
할 효도는 다 받았다고 마음을 비운지 오래란다. 손주는 물론, 자식도
열 살 이전에 부모에게 효도를 다 한다는 말이 있더구나. 그 말이 무슨
말인가 도무지 이해하지 못했는데 많은 날을 뒤로 보내고 나니 이제야
그 말의 진정한 뜻을 알 것 같다. 세상에 그 어떤 재미가 손녀의 손자
의 재롱을 앞지를까 싶구나.

사람마다 생각의 차이는 있겠지만 조부모 된 입장은 거의 같으리라
생각한다. 손녀를 생각하면 가슴에서 새록새록 솟아나는 행복감, 눈
앞에 두고 보면 불쑥불쑥 솟구치는 진한 사랑이 주체 할 수 없을 만큼
행복하단다. 네 시부모님께 그런 행복을 자주 느끼시게 하려고 생각
하면 불편할 수 있는 시댁을 자주 자주 드나드는 은하엄마 승연아.

정말 정말 고맙고 사랑스럽다. 더욱이 은하를 알뜰살뜰 잘 챙기고
키우는 모습은 숭고하기까지 하구나. 매일 식단을 바꾸어서 이유식을
만들어서 정성껏 키우는 요즘의 승연이 네 모습이 진정 아름답구나.
네게서 진한 모성애를 다시금 느낀다. 네가 정성으로 은하를 키우는
모습을 보면서 작은엄마도 후세에 지금 내 자식을 다시 낳아서 정성으
로 키우고 싶은 마음이 간절해질 때도 있단다.

승연아, 너 그런 말 들어봤니?

세상에서 제일 아름다운 것이 모유를 수유하는 엄마의 눈빛이라는
말 말이야. 작은엄마는 아이들을 키우던 오래전에 들은 소리였지만
그땐 느끼지 못했어. 설아도 모유가 부실해서 일주일도 모유 (그것도 수
유기로 짜서 우유병에 넣어서)를 먹이지 못하고 분유로 키웠기에 그때까지
도 느껴지지 않았어. 그런데, 그런데 은하엄마 승연이 네가 은하에게
모유를 먹이며 은하를 어르는 모습을 보며, 꽃보다 아름다운 모습으
로 비춰지더구나.

은하엄마 승연아,

여자가 결혼을 하면 이름을 잊어버린다는 그 말도 사실 옛말이 되
었다만 그래도 결혼 전처럼 자주 불리지 않은 건 사실이지. 네가 원한
다면 '은하엄마 승연아' 이렇게 불러줄 수도 있단다. 네가 요즘 온전
히 은하사랑에 빠져서 무척이나 행복해하니 당분간은 '은하엄마야'
라고 불러주고 싶기도 하고, 아무튼 네가 원하면 언제라도 호칭을 바
꿔서 불러줄 마음의 준비가 되어있으니 요구하렴.

승연아,

작은엄마의 수다가 길어졌구나. 항상 건강하여라. 승연이 네가 건
강해야 은하네 식구 모두가 행복한 거니까. 예쁜 승연아, 네가 우리
가족의 일원이 된 것을 늘 은혜롭게 생각한다. 착한 승연아, 사랑해,
정말 사랑해!

2012년 2월 10일 새벽에
사랑하는 은하엄마에게 시 작은엄마가.

그리운 벗에게

순아,

초등학교 아니 국민학교시절이지. 너와 난 3년 동안 내리 짝꿍이었지. 4, 5, 6학년 3년 내내 특별활동도 문예부를 고집하던 단짝이었지. 아마 우리 반에서 문예부를 고집했던 여학생은 너와 나 둘 뿐이었을걸. 그런 너와 나의 우정을 반 친구들이 은근히 부러워했지 싶어. 때문에 춥고 배고픈 가난한 시절을 건너 왔지만 너와의 우정만큼은 절대로 가난하지 않았다고 추억한다.

순아, 졸업식 며칠 전 사은회 날 네가 이미자 노래 흑산도 아가씨를 아주 폼 나게 불렀던 거 기억나니? 아마 내가 중학교에 갈 수 있었다면 나도 아는 노래니까 손뼉을 치며 따라 불렀을 거야. 그때까지 살면서 그날만큼 나 자신이 작아 보인 적이 없었지 싶어. 하지만 상급학교를 진학한 너와 상반되게 다른 길을 걸었어도 우리의 우정은 변하지 않았어. 고등학교를 졸업하는 너를 진심으로 너를 축하해 주고 싶어서 직장에서 눈치를 받으면서 휴가를 내어 달려갔었지. 초등학교 4학년 때 직업군인이던 아버지를 따라 다른 학교로 전학을 간 영자가 너와 중·고등학교를 같이 다녔다는 걸 그때 처음 알았지만 우린 다정하게 셋이서 손을 잡고 기념사진을 찍었어.

직장 상사의 (사실은 고등학교 졸업하고 입사한 너를 3년간 죽 지켜보고 청혼했다는)청혼에 조금은 이른 나이에 결혼을 하게 된 너. 상사의 느닷없는 청혼에 겁이 난 너는 사표를 내고 전전긍긍 앓고 있는데 형진아빠가 네 입사원서에 적힌 주소지를 보고 너희 집을 찾아왔다고 했어. 그 바람에 아버지께 연애질(?)하다 왔다는 누명을 쓰고 외출이 금지되었다며 초등학교를 졸업하고 얼마 후 의정부로 이사한 너희 집으로 꼭 한 번 와 달라는 편지를 보냈었지.

내가 답장으로 보낸 편지로 외출이 허락되어서 마중을 나온 너와 너희 집으로 이어진 둑길을 걸으면서 주고받던 이야기, 너희 집 뒷동산에서 해가 기울도록 나누던 수많은 이야기며, 네가 수유리에 살 때 네가 보고 싶어 찾아간 나에게 맛있게 끓여준 빨간 도미매운탕이며, 또 강남으로 이사한 너희 집 근처에서 사 주었던 불고기와 냉면 맛까지 내 기억창고에 차곡차곡 가지런히 쌓여 있어. 그처럼 소중한 너와의 우정인데 너무 오래 동안 깊은 잠을 자는구나. 잠든 우리의 우정을 깨우려면 이제라도 구차한 변명을 해야 할 것 같아서 이글을 쓴다.

나는 너보다 2년 늦게 결혼을 했지. 읍 단위 시골이지만 제법 너른 집에서 나름대로 행복하게 살았지 싶었어. 그런데 타고난 팔자던가.

가난이 진저리가 나는 내게 신(神)은 작은 부(富)조차 철저하게 외면하더구나. 내 아이가 겨우 3살, 5살 이었어. 두 아이의 엄마인 나를 병명도 모른 채 일 년 이상 사경을 헤매게 하더구나. 신의 장난치곤 너무 잔인하지 않니. 유명 종합병원은 물론 시부모님과 친정 부모님 성화에 점집을 드나들기도 했고, 무녀를 불러들여 큰 굿까지 했지. 무종교이던 내가 기도원을 전전하는 모진 시간을 보내기도 했어. 그러는 사이에 궁궐처럼 느끼던 보금자리를 잃고 말았어. 그것도 모자라서 적잖은 부채까지 짊어지고서야 겨우 건강을 추슬렀어. 어렵사리 건강은 회복되었지만 하루하루가 지치고 고단한 삶을 살고 있을 때였어. 밑바닥까지 내려간 생활이 지겨운 건 남편도 마찬가지였을 거야. 그가 다시 땅을 박차고 오르기까지 꽤 많은 시간이 소요되었어.

건강을 잃는다는 건 생의 전부를 잃는다는 진리를 우리 가족 모두가 절절하게 실감하는 그 즈음 정말 어렵게 입을 열었을 너의 부탁을 받게 되었어. 며칠간만 융통해 달라고 부탁했지만 난 한마디로 거절할 수밖에 없었어. 위에서 밝힌 바와 같이 그때 내 삶은 최악이었으니까. 바닥까지 내려간 우리에게 돈을 꾸어 줄 사람이 주변에 정말 없었어. 가까운 친척들마저 우리 부부를 만나면 혹시라도 아쉬운 소리를 할까봐 슬슬 외면하던 서러운 시간이었어. 그런 때문에 내 남루한 가난을 네게 들키고 싶지 않은 자존심 따위는 그만 두더라도 어떻게든 변통을 해서라도 빌려주겠다는 입에 발린 소리를 할 수가 없더구나.

그로부터 우리의 우정은 조용히 정지되고 말았구나. 너와 나는 조심스럽게 보석처럼 소중한 우리 우정에 행여 실금이라도 갈까봐 조용히 잠재웠다고 생각해. 친구의 어려운 부탁을 들어주지 못한 내 미안함, 어려운 부탁을 하여 친구의 마음을 불편하게 했나 싶은 네 미안함, 이제는 무겁게 매달고 있던 그것(?)을 몽땅 내려놓고 싶구나.

지난해 가을, 초등학교 총 동문운동회에 모처럼 참석을 했어. 초등학교 졸업 후 처음 만나는 친구가 대부분이었어. 사십년이 훨씬 지난 만남인데 몇 마디 주고받으면 금방 초등학교 시절로 돌아가는 게 신기했어. 너의 소식을 궁금해 하는 친구들이 너를 공부 잘하는 아이로 기억하더라. 덤으로 나까지 말이야. 그런데 친구들 하나같이 네 소식을 내게 묻더라. 너와 나는 단짝이 아니었느냐고. 마치 나는 너의 소식을 알고 있을 거라는 눈초리였어. 모른다는 대답을 하자니 정말 염치가 없더구나. 너와의 우정을 의심받고 있다는 그 느낌이 얼마나 부끄럽던지 눈물이 핑 돌더라.

그때 고맙게도 너와 초등학교는 물론 중·고등학교를 함께 다녔던 억구가 네 전화번호를 알려주겠다며 손전화기를 검색하더라. 억구가 일러주는 네 전화번호를 제일 반가워하는 애는 너와 같이 복 우물에 살던 상란이었어. 운동회가 끝나갈 즈음 상란이가 너와 통화를 했다고 하더라. 네가 평창에 산다는 말로 마냥 들뜬 상란이의 모습은 정말 행복해 보였어. 상란이가 나한테 통화했느냐고 묻는데 집에 가서 길게 통화할 거라고 둘러댔어.

사실, 솔직하게 말하면 너와 나는 연락처를 알려고 조금만 노력했으면 금방 알 수 있었어. 네 남동생 남두 댁이 내 사촌이모 (친정엄마 사촌언니)딸이니까. 그럼에도 불구하고 너와 나는 미안했던 속내를 지나치게 꽁꽁 싸매는 삶의 노예가 되었지 싶구나.

네가 평창에 산다는 말에 도회지에서 사는 삶이 넉넉한 삶이라고 단정 지을 수는 없지만 혹시 나처럼 굴곡진 삶의 계곡을 건너오지 않았나 하는 생각을 잠시 해 봤어. 하지만 그런 불순한 생각은 순식간에 휙 날아가더구나. 네 남편은 대단히 능력 있는 분이었으니까. 네 서방님께서 너에게 공기 좋고 경치 좋은 곳에 그림 같은 전원생활을 선물했다는 부러운 마음이었어.

집에 와서 입력해 놓은 네 전화번호에 통화버튼을 누르려고 몇 번이나 너와 통화를 시도하려했지만, 전화로 내려놓기엔 가볍지 않은 침묵이라서 이렇게 용기를 내어 편지를 쓴다. 우리의 우정을 깨우는 이글을 쓰는 이 시간은 마음이 한결 가볍게 느껴진다.

순아, 우리 꽃피는 봄날에 만나자꾸나. 차가운 날씨에 민감한 나이를 살고 있으니 날씨 순한 봄날에 꼭 만나보자꾸나. 하룻밤쯤 네 남편에게 너를 양보하시라는 부탁을 미리 해 둔다. 온밤을 꼴딱 세워가며 울고 웃으며 살아온 지난 세월을 이야기해 보자꾸나. 아울러 웃고만 살고 싶은 순박한 내일의 그림도 함께 그려 보자꾸나. 순이 너도 나와 똑같이 아들만 둘을 낳았잖니? 이 시대를 대변하는 웃지 못 할 닉네임(목매달)을 안고 사는 우리잖니. 하루빨리 잠자는 우정을 깨워서 봄볕 같은 마음으로 살자꾸나. 갑자기 마음이 급해진다. 내 의지와 상관없이 할머니 경력 햇수로 십 이년차가 된 폭삭 늙어버린 아니 완숙한 여인이라고 변명하고 싶은 내 모습을 빨리 너에게 보여주고 싶다. 너 역시 할머니가 되었을 터인데 한시 바삐 네가 보고 싶다.

2011년 2월 4일 새벽, 보고픈 벗에게

그리운 마음을 수놓는다.

가슴시린 고구마 편지

많은 사람들이 IMF 때보다 훨씬 더 살기 어렵다고 아우성인데 나는 궁핍했던 유년시절 삶의 편린들을 재산인 양 고마워하고 산다. 우먼파워시대로 돌진한 세상에 아낙군수로 지내는 것에 더러 회의도 느끼지만 아무리 어렵다한들 춥고 배고팠던 내 유년시절 그때만 할까. 값비싼 옷은 아니더라도 든벌난벌 갈아입을 수 있는 옷가지들을 보며 새삼 여유로움을 느낀다. 다만 정신적으로 힘든 부분이 있다면, 저희들은 부족하다고 느낄지라도 나름대로 정성을 다 해 키운 자식들이 이 험난한 세상을 어떻게 꿋꿋하게 헤쳐 나갈까 싶은 노파심을 떨쳐내지 못하니 안타까울 뿐이다. 내 유년시절 우리 가족은 촌에서 내 땅 한 뙈기 없이 날품팔이로 어렵게 살았다. 겨울을 나고 햇살 늘어지는 춘궁기에 배고픔은 정말 견기기 힘든 나날이었다. 양식이 떨어진 어느 해 봄 어머니께서 장리쌀 한 가마를 꾸어 왔다. 쌀가마를 친절하게 배달까지 해 주신 부잣집 아저씨, 제 아버지를 줄래줄래 따라 온 아이는 같은 반 남자아이였다. 나머지공부를 도맡아 했던 그 애의 눈빛은 의기양양하게 빛났으며 어깨는 한 뼘이나 올라간 듯 으스대 보였다. 그 애와 마주친 초라한 내 눈빛은 까맣게 잊어버려도 좋을 부끄러운 기억이다.

그렇게 남루한 유년시절을 보낸 나는 입 하나 덜자는 논리와 돈을 벌어야하는 의무감에 떠밀려 고향을 떠나왔다. 당시는 기술을 배우고 익히는 동안은 월급도 주지 않았다. 겨우 입만 얻어먹어야 했던 가난을 악착같이 공그르며 먼 훗날 행복의 파랑새가 날아와 줄 거라는 기대는 남달랐다. 숙식을 같이하며 일하던 친구들의 가난도 나와 별반 다르지 않았다.

옥수수밥도 모자라는 가난이 싫어서 고향을 등진 감자바위 친구도, 야학이라도 다니며 공부할 거라는 야무진 꿈을 안고 상경한 경상도 보리문둥이 친구도, 충청도 갯마을에서 올라온 효성 지극한 친구도, 말끝마다 거친 욕설을 입에 주렁주렁 매달아도 가슴이 무지 따뜻한 목포에서 올라온 친구도 지향하는 희망 하나는 우뚝했다.

가내공업 직공이었던 우리들 근무시간은 오전 여덟 시 반부터 밤 아홉 시까지가 정상근무였다. 휴무도 한 달이면 첫째, 셋째 일요일에 쉬는 것이 고작이었다. 그 두 번의 휴일마저도 바쁘면 온전히 반납해야 했다. 그렇게 심신 피곤한 우리들의 유일한 낙은 펜팔편지를 주고받는 일이었다. 월남파병용사나 국내군인장병들과 주고받는 펜팔편지가 하루 열두 시간이 넘는 중노동에 시달리는 우리들에게 더없이 달콤한 청량제였다.

그런데 나를 비롯한 친구들 하나같이 부모님이 지어주신 이름은 고향에 감춰두고 왔나 보다. 영희나 순분이 순자나 옥자 등 촌스러운 이름을 가진 친구가 없었다. 은경이 수진이 미라 정아 등 하나같이 예쁜 이름들이다. 그러나 약속이라도 한 듯 누구도 예쁜 이름이 본명이냐고 묻지 않았다. 십중팔구 아니 어쩌면 전부가 가명일진데 모르는 척 묵인했다. 일류연예인도 그렇게는 못하는데 어떤 친구는 두 개의 가명을 갖고 펜팔을 하는 소위 양다리를 걸치는 친구도 있었다. 마치 자신이 연애편지의 달인이라도 되는 양 우쭐거리는 속내가 몹시도 허전했을 터라고 여긴 것은 세월을 한참 뒤로 보낸 나중이었다.

아마 주민등록등초본을 제출하는 규모가 큰 공장이라면 어림없었을 일이다. 예쁜 가명을 사용할 수 있었음은 직공 전부가 대여섯 남짓, 예닐곱이던 소규모 가내공업 직공이라서 누릴 수 있었던 특권이지 싶었다. 혀끝에 달달 감기고 귓불을 간질이는 예쁜 가명을 사용했던 우리들은 이름 따라 팔자도 달라진다는 속설을 믿고 싶었는지 모른다. 비록 초년고생은 하고 있을망정 청청한 앞날은 화사하게 활짝 펴지기를 염원하고 소원했는지 모른다.

예쁜 이름으로 펜팔을 주고받으며 신데렐라 콤플렉스에 빠진 우리들은 점심시간만 되면 우체통으로 달려가기 바빴다. 매일 우체통이 넘쳐나도록 배달되는 많은 편지는 부모형제에게서 온 안부편지보다 펜팔편지나 연애편지가 대부분이었다. 장난기 많은 친구가 우체통으로 먼저 달려가는 날이면 애인에게서 온 편지는 절대로 그냥 내주지 않았다. 당시 십 원 하던 라면땅 과자라도 사주겠다는 약속을 받아내고야 편지를 건네주곤 했다. 빨리 편지를 읽고 싶은 마음에 사 주겠다는 약속을 하고 약속을 지키지 않아서 싸움으로 번지던 일도 있었으니 생각할수록 유치한 추억이다. 하지만 다시 올 수 없는 재미있는 추억이라고 추억하고 싶다.

밤 아홉 시에 일을 마치건만 열두 시면 어김없이 소등을 했다. 그건 다음날 일에 지장이 있다는 엄격한 규칙이었다. 금쪽같은 세 시간의 자유 시간, 세면을 하는 일도 빨래를 하는 일도 뒷전이었다. 부모형제에게, 펜팔친구에게, 애인에게 편지를 쓰는 진풍경이 밤마다 벌어졌다. 필체가 좋은 친구에게 편지 겉봉투를 써 달라는 친구도 있었다. 유명시인의 시집을 돌려가며 읽고 근사한 문구를 도용해 수놓은 달달한 연애편지와 판이하게 다른 겉봉 글씨체를 부끄러워하면서도 부탁하던 친구나, 부탁한다고 으시대며 대필을 해 주던 친구나 얼마나 유치한지 돌이켜보면 저절로 웃음이 난다.

그야말로 유치찬란하고 낯간지러운 연애편지, 진실이고 싶은 거짓 사연으로 포장한 펜팔편지를 부치려고 점심밥을 먹는 둥 마는 둥 우체통으로 달렸다. 가난이 문신처럼 새겨진 우리들이 밥을 먹는 것보다 편지를 부치러 가는 일에 더 달떴으니 실로 풋풋한 연둣빛 시절이었다. 그러나 가슴 설레는 핑크빛 연애편지나 펜팔편지가 전부는 아니었다. 눈물의 고구마 편지사연, 정말 누구도 예기치 못할 황당한 편지사건이 있었다. 시골에서 올라오셨다는 분이 딸을 찾아왔다고 하는데 그분이 찾는 사람이 없었다. 부모님이 지어주신 이름대신 저마다 가명을 사용했으니 고향에서 올라 온 딸이 있을 턱이 없었다.

어디서 누구를 찾아 오셨느냐, 그런 사람은 여기 없다고 퍼즐을 맞추듯, 스무고개 문제를 풀듯, 따져 묻는 주인아줌마, 아니 사장님에게 여기가 내 딸 영희가 있는 주소지가 맞는다는 소리가 들렸다. 영희를 찾아왔다는 소리에 영인이가 잽싸게 후다닥 뛰어나갔다. 사장님은 영인이가 영희인 줄 몰랐다. 그러나 그건 그다지 중요하지 않았다. 시골에서 올라오셨다는 영인이, 아니 영희 아버지는 영인이를 보자마자 다짜고짜로 어서 짐을 싸서 시골로 내려가자고 하셨다.

영문을 모르기는 우리들이나 영인이도 마찬가지였다. 왜 연락도 없이 갑자기 올라오시어 시골집으로 가자고 하시는 것일까. 혹시 좋은 혼처라도 생겨서 영인이를 시집보내려고 하는 걸까. 상상한 초월한 온갖 의심을 다 불러일으켰다. 그러나 어처구니없게도 영인이가 시골집으로 보낸 편지가 말썽을 일으켰다. 문방구에서 풀을 사다놓고 썼으면 좋았으련만 우리들 대부분이 밥풀을 으깨어 편지봉투를 부쳤다. 그런데 영인이가 문제의 고구마편지, 구구절절 잘 있다며 아무 걱정 하지 말라는 안부편지를 봉하면서 식당으로 밥풀을 가지러가기 귀찮아 먹다 남은 찐 고구마를 쓱쓱 문질러 편지봉투를 부쳤다는 것이다.

편지를 보낸 영인이나 알까. 자식사랑 끝없고 자상하신 영인이 아버지나 아실까. 영인이가 삶은 고구마를 으깨어 별생각 없이 편지봉투를 부친 것처럼 영인이 아버지도 딸에게 온 편지봉투를 아무 생각 없이 북북 뜯었다면 누렇게 말라버린 편지봉투의 이물질이 고구마라는 것을 알지 못했을 것이다.

영인이는 월급을 타면 적금을 들지 않고 보통예금으로 차곡차곡 모았다. 추석과 설 명절에 고향집을 갈 때 목돈을 찾아서 부모님께 가지고 갔다. 그런데 돈을 가져가는 그 방법이 지금 생각해도 가히 엽기적이었다. 기차를 타고 가다 깜빡 잠이라도 들어서 소매치기 당할지도 모른다며 은행에서 찾아온 돈을 팬티 밑에 가제수건으로 싸서 착착 꿰맸다. 속에 입은 팬티 위에 돈을 넣고 꿰맨 팬티를 덧입었고 바지를 입었다. 우리들이 엉덩이가 베기고 불편하지 않느냐며 놀려도 그 방법이 제일 안전하다며 꼭 그 방법을 고수했다.

영인이 아버지께서는 영인이가 가져 간 천금 같은 돈을 절대로 허투루 쓰지 않고 송아지를 사다 매신다는 거였다. 고향에 다녀 올 때마다 늘어나는 송아지, 송아지가 얼룩이가 되고, 황소가 되어간다고 좋아했다. 은행에 적금을 붓는 것 보다 소를 사서 키우는 것이 훨씬 유리하다고 자랑스러워했다. 황소를 팔아서 남동생 대학공부도 시키고, 아버지께 땅도 사 드릴 거라며, 십 원짜리 하나도 허투루 쓰는 법이 없는 알뜰한 딸이었다. 그렇게 억척을 떨던 딸이 월급 모두를 고향으로 보내고, 정작 저는 고구마로 끼니를 때우며 배를 주린다고 생각하셨나 보다.

"아가 객지서 배 골치 말구 어여 애비하고 내려가자. 어여 짐 싸."

밥풀 한두 알이면 부치는 걸 밥풀 한두 알이 없어서 고구마로 편지봉투를 봉했다고 생각하셨나 보다. 돈 벌러 객지 나간 딸은 배를 곯는데 부모가 되어 밥이 어떻게 목구멍으로 넘어가고 편한 잠을 자겠느냐며 목이 메어 제대로 말씀을 잇지 못하셨다.

"아부지, 밥은 먹기 싫어서 못 먹어유. 간식으로 고구마를 먹은 건데……."

영인이도 목이 메여 말을 잇지 못하면서 애써 고향 사투리로 아버지를 안심시켰다. 우리들도 고구마를 끼니를 잇는 일은 결단코 한 번도 없다고 거들었다. 정말이냐 믿을 수 없다는 듯 염려하시는 영인이 아버지의 지극한 자식사랑에 우리들 모두는 부모님의 사랑이 그대로 전해지는 듯했다. 시큰거리는 가슴을 주체할 수 없어 예서제서 훌쩍거렸다. 사장님도, 영인이 아버님의 진한 자식사랑에 감동이 되어 눈물을 찍어냈다.

졸지에 직공들에게 고구마를 끼니 대신 먹이고 일을 시킨 악덕 사장으로 전락했던 사장님은 영인이 아버지를 정중하게 주방으로 모시고 갔다. 더하지도 덜하지도 않은 우리들이 먹는 식단 그대로 늦은 점심을 드시게 했다. 영인이 아버지는 딸이 고구마로 끼니를 때우며 배를 곯지 않는다는 것을 재삼 확인하시고 고향으로 내려가셨다. 영인이 아버지께서 다녀가신 그 후 사장님은 농담 같은 진담으로 뼈있는 잔소리를 했다.

"누구든지 고향으로 보내는 편지를 고구마로 부치는 일은 절대로 없도록 해라. 풀을 사다놓고 부치든지 아니 꼭 밥풀로 부쳐라. 영인이 아버지처럼 또 누구의 아버지 어머니가 올라오시면 곤란하잖아. 그런 일은 사전에 막아야지. 안 그러냐?"

행여 보리밥을 으깨서 편지를 봉하는 일도 없어야 한다고, 보리밥 까만 띠 줄이 봉투에 눌러 붙으면 꽁보리밥을 먹는다고 달려오시면 어떻게 하냐고 낄낄거렸다. 기숙사에서 나오는 밥은 보리나 잡곡이 삼분의 일 이상 섞여서 나왔으므로 우리는 한 술 더 떴다. 그러나 속내는 토실토실 알밤이 영글듯 철이 들면서 하나 둘 결혼을 하고 직장을 떠났다.

그렇게 구차하도록 알뜰한 시절을 살았는데 사십여 년이 지난 지금 세상은 참 많이도 변했다. 웰빙식품이네, 다이어트식품이네 하여 밤

고구마가 쌀값보다 더 비싼 아이러니한 세상이다. 밤고구마 서너 개가 삼사천 원을 능가하니 말이다. 고구마를 볼 때마다 가슴 뭉클했던 고구마편지 사건이 문득문득 떠오른다. 아울러 그 옛날 직장친구들이 아슴아슴 그립다.

가는 세월을 붙잡지 못하고 자글자글 늙어갈 옛 친구들이 그리운 날이면 다정하게 편지를 쓰고 싶다. 클릭 한 번으로 보내는 전자우편, 그것도 귀찮아 핸드폰 문자를 주고받는 정보화시대에 누가 편지를 쓸까. 반문하면서 화사하게 꽃피는 이 봄날 꽃잎처럼 향기로운 연서가 아니더라도 좋다. 서너 줄 안부편지라도 받아보고 싶은 마음이 사뭇 간절하다. 고구마편지로 친구들을 울렸던 그 날을 추억하며 그리운 친구 영인이에게 내가 먼저 편지를 써야 할까 보다.

고구마편지로 친구들을 울렸던 영인아

영인아 서교동에서 같이 일했던 친구 수미를 잊지 않았겠지. 후후 그런데 말이야, 수미는 가명이란 걸 너도 모르지는 않았을 거야. 내 얼굴에 수미라는 이름이 어디 가당키나 한 이름이냐. 부모님이 지어주신 이름은 수옥이란다. 옥, 자가 들어가는 이름이 왜 그렇게 촌스럽게 느껴지고 싫던지, 순옥이가 아니라서 덜 촌스럽다고 생각했지만 내 이름이 마음에 들지 않았단다. 그 마음은 지금도 여전하다. 그런데 너와 나는 심성도 같았지 싶다. 얼굴과 전혀 어울리지 않은 생판 다른 예쁜 가명을 사용했어도 생소한 가명으로 짓는 게 어쩐지 양심상 내키지 않아서 본이름에 끝 글자만 바꾼 걸 보면 말이다.

너희 아버지께서 다녀가신 후 우리들에게 말했지. 영희라는 본명이 옛날 교과서에 단골로 나오는 이름 영희. 영희야 놀자. 바둑아 놀자. 그렇게 놀려먹는 게 그게 싫어서 영인이라는 가명을 사용했다고 말이야.

영인아, 끔찍이 너를 사랑하셨던 자상하신 너의 아버님은 아직 건강하신지. 연년생인 네 아들 삼형제는 모두 결혼을 시켰는지 두루 궁금하구나. 큰애 이름이 아마 성우였지 내 기억이 맞지? 우리 아버지는 당뇨합병증으로 일흔 한 살 아쉬운 연세에 생을 접으셨어. 본향으로 돌아가신 지 벌써 10년이 넘었구나. 고구마를 볼 때마다 네가 생각나고 너의 아버지는 물론 우리 아버지가 생각나서 울컥해진다. 너희 아버님처럼 자상한 면은 없으셨지만 지금 돌이켜 생각해 보니 우리 아버지 또한 나를 얼마나 사랑하셨는지 가슴이 저리다. 나를 시집보내놓고 우리 시아버님께 부족한 딸 많이 사랑해 달라는 구구절절한 편지를 보내셨더구나.

영인아, 너랑 나랑 일치했던 게 또 있구나. 너도 나도 다른 친구들처럼 펜팔을 했어도 결혼으로 골인시킬 용기는 내지 못했어. 너나 나나 그냥 펜팔 그야말로 펜벗으로 끝내고 말았지. 때론 아쉬움을 가져보기도 한단다. 당시 여공인 우리들에게 대학생은 하늘같은 우상이었지. 나는 월남파병용사와 펜팔을 했고 너는 군인아저씨와 펜팔이 제대를 하고도 이어졌는데, 상대는 하나같이 대학생이라고 했어. 하지만 너와 나는 송충이는 솔잎을 먹어야 한다며 초등교육이 전부이던 가내공업 직공인 우리들 자신을 과소평가하고 연애까지는 생각지도 못했구나. 펜팔로 연애결혼에 성공한 친구들도 더러 있었는데 말이다. 너와 나는 부모님이 정하여 주신대로 중매결혼을 했지.

내가 영인이 너보다 일 년 먼저 결혼을 했지. 내 결혼사진에는 네가 있는데 네 결혼사진에는 내가 없었음을 지금도 미안하게 생각한다.

시집살이하느라 네 고향에서 올리는 너의 결혼식에 참석하지 못한 것이 두고두고 아쉽다. 하지만 너와 나는 결혼 후 세 번이나 만났잖아 그치? 내가 신혼시절 시댁에 살고 있을 때 미혼인 네가 편지봉투 하나 달랑 들고 우리 시댁을 물어물어 찾아 왔었잖니. 나름대로 시집살이를 할 때였는데 얼마나 반갑고 고마웠는지 몰라.

그 후 몇 년이 지난 후, 네가 서울에서 친척이 결혼식을 한다며 아무 날 몇 시에 남가좌동 모래네 시장 육교 앞에서 만나자는 편지를 보낸 거 생각나니? 너와 나는 약속이나 한 듯 각각 큰아이만 데리고 상경하여서 육교 앞 에서 반가운 해후를 했지. 다섯 살이던 네 큰아들과 여섯 살이던 내 큰아들이 그때를 기억할까? 그리고 또 한 번은 내가 너희 집주소를 들고 물어물어 찾아가서 만난 것을 끝으로 우리의 연락이 두절되었구나.

너나 나나 사는 게 뭔지 어쩌다 연락처조차 모르고 사니 안타깝구나. 나이 들수록 친구가 더 좋은데 이렇듯 무심한 세월을 흘려보냈으니 어쩌면 좋으니? 특히 너나 나처럼 아들만 둔 사람은 더욱 친구가 필요한데 말이다. 아들만 둔 부모는 목 매달이라는 웃지 못 할 신조어를 떠올리며 혼자 씁쓰레한 미소를 짓는다.

영인아, 네 큰아들 성우도 나이가 있으니 너도 진즉에 할머니가 되었겠구나. 손자 손녀는 몇 명이나 두었니? 나는 큰애를 결혼시켜서 달랑 손녀 하나를 두었단다. 내 기억 속에도 네 기억 속에도 밤마다 편지를 쓰고 깔깔거렸던 꿈 많던 소녀로 살고 싶은데 가는 세월 막지 못하고 어느새 손녀딸 보는 재미로 산다는 말을 거침없이 하고 있으니 세월이 빠르다는 걸 새삼 실감한다. 고구마를 먹을 때마다 생각나는

영인아, 진달래 벚꽃이 흐드러지게 꽃피는 봄날에 너를 그린다. 어디
에 살고 있니? 보고 싶다.

| 2009년 MBC 여성시대 '신춘 편지 쇼' 장려상 수상작 |

소설

푸른 반점의 횡포

엄마의 아들

푸른 반점의 횡포

1.

푸른 반점이 호시탐탐 기회를 엿본다. 언니의 일생을 조종하려는 품새가 만만치 않다. 불행한 앞날을 예고라도 하듯 언니는 태어나는 모양새도 남달랐다. 무슨 심사로 발부터 나왔을까? 세상과 첫 대면을 발길질로 하다니, 거꾸로 나오는 것도 성이 안찼나보다. 푸른 반점을 얼굴 반면에 문신처럼 새기고 나온 언니다.

어머니께서 입버릇처럼 말씀하시는 '여자얼굴은 반 사주팔자' 라고 하는데 얼굴 반쪽에 푸른 반점을 새기고 나왔으니 어머니의 심정이 어땠는지 짐작이 간다. 그러나 언니 얼굴을 처음 본 순간부터 지금껏 이어지는 어머니의 푸르고 시린 푸념은 이제 진저리가 난다.

언니와 연년생으로 태어난 나는 어머니 아버지 못생긴 부분만을 골라서 닮았다. 거울을 보고 있노라면 은근히 화가 치솟는다. 도저히 여자애 얼굴이라고 믿기 어려운 얼굴이다. 예쁜 구석이라고는 눈을 씻고 한나절을 찾아보아도 한 군데도 없다. 예쁘게 생겼다는 말은 꿈에서도 들어 본 적 없다. 그러나 푸른 반점에 기가 질려서일까. 어머니는 단 한 번도 네 얼굴이 못생겼다고 말한 적 없다.

나 역시 푸른 반점으로 뒤덮인 언니 얼굴을 보고 있으면 한여름에도 오스스 소름이 돋는다. 근원을 알 수 없는 한기마저 느껴진다. 어머니는 언니의 푸른 반점이 언젠가는 살기를 부릴 것 같다며 걱정의 끄나풀을 한시도 놓질 못했다. 전생에 무슨 죄를 그리 많이 지었는지 모른다고 뇌까리는 절규에 식구들마저 항상 우울하다. 어머니의 서늘한 푸른 독백이 이어질 때마다 잔정 많은 할머니는 곰살스럽게 어머니를 다독였다.

"어미야, 삼신 자손인데 거두어 주실 게다. 암, 거두어 주고말고. 삼신할미가 아마 깜빡 졸았던 게야. 거꾸로 나가는 줄도 모르고 얼굴을 엉덩이인 줄 알고 때렸던 게다. 그랬으니 삼신할미가 오죽이나 미안 할라고, 미안해서라도 거두어 주실 게다. 암, 그렇고말고 내 강아지를……."

어머니의 푸념만큼 다독거리는 할머니의 끈끈한 달변에도 진한 슬픔이 묻어 있다. 지극히 설득력 있는 잔잔한 할머니 위로에도 어머니의 푸념을 지칠 줄 모르고 이어져서 식구들 모두를 아프게 했다.

"그래도 여자 얼굴은 반 사주팔자인데……."

한결같은 할머니의 위로도 어머니의 한숨을 덮지 못했을까? 언니의 깊게 쌍꺼풀진 커다랗고 예쁜 눈은 제 빛을 발하지 못한다. 이마와 눈두덩을 머리카락을 늘어뜨려서 항상 가리고 다닌다. 식구들 모두를 위협하는 푸른 물결처럼 출렁이는 언니 얼굴이 때로는 짜증이 난다. 아니 무섭다.

그런데 옛날 말에 짚신도 짝이 있다더니 그믐밤만큼이나 어둡게 그늘진 언니가 갓 스물을 넘겼는데 중매가 들어왔다. 촉촉하게 물이 오르는 꽃다운 스무 살 언니 나이가 무색하게 할머니와 어머니가 숙덕거린다.

언니 얼굴에 푸른 점이 있다는 사실을 남자집에 알리고 중매를 주선한 중매쟁이가 남자가 언니가 마음에 들면 밥을 먹고 가고, 마음에 들지 않으면 물도 안마시고 간다고 사전에 언질을 주었다고 했다. 그런 조건하에 남자 혼자 맞선을 보러 온다고 했단다. 풀 수 없는 수수께끼처럼 의심이 들었다. 그처럼 미로속 같은 각본을 제출하고 맞선을 보러 오는 남자가 사뭇 궁금했고, 어떤 믿음도 가지 않았다. 혼자서 맞선을 보러 온다는 것이 어쩐지 목에 생선가시처럼 걸렸다. 우리 집에서 눈치 차리지 못하는 난수표가 분명히 있을지 모른다는 불길한 생각을 떨쳐버릴 수 없다.

그러나 불안한 내 기우를 아는지 모르는지 어머니는 온갖 정성을 기울여서 갖가지 음식을 장만했다. 고소한 냄새를 집안 가득 풍겼다. 후각을 자극시켜서라도 기필코 밥을 먹고 가게 하려는 어머니의 음모가 분명하다 정성껏 차린 음식에서 찬바람이 일렁거린다.

어머니는 점박이 언니가 행여 딱지를 맞는다면 그건 순전히 당신 탓이라고 생각하는지도 모른다. 무어라 표현하기 어려운 노파심으로 잔뜩 긴장한 어머니 얼굴도 언니 얼굴만큼이나 온통 푸른 그늘로 드리워져 있다.

나는 언니 얼굴에 가득찬 푸른 반점을 알고서 맞선을 보러온 남자가 오죽하랴 싶은 마음인데, 언니에게 처음으로 들어온 맞선자리에 온갖 정성을 다하는 어머니의 모습이 한없이 처량해 보였다. 혼사가 이루어지길 바라는 어머니의 비루한 눈빛이 역겹다. 이제 막 봉우리를 터뜨린 꽃 같은 스무 살 언니를 파장에 썩어나는 생선 취급을 하는 것 같아서 속이 상했다.

혼자서 맞선을 보러온 남자의 얼굴이 유난히 검붉다. 위로 치켜 올라가 찢어진 눈매에 성깔이 만만찮아 보인다. 매부리코는 옹고집을 대신해보였고, 꾹 다문 입술은 알 수 없는 음모를 머금은 듯 하다. 선하게 보이는 곳이라곤 그 어는 한 곳도 없어 보인다.

그런 남자와 비하면 점박이 언니의 얼굴은 내 살붙이라서가 아니라 오목조목 귀염성이 있다. 푸른 반점을 치약을 짜내 듯 쭉쭉 훑어 짜내고 싶은 마음이 간절하다. 불한당같이 보이는 저 남자에게서 구출하고 싶은 애절함에 내 목은 바작바작 타들어 갔다. 푸른 반점이 있다는 이유로 산적처럼 보이는 저 남자에게 시집을 가야 할지 모르는 언니가 그때만큼 가엾게 보인 적이 없다.

언니와 맞선을 보는 남자가 엉덩이를 들어 올릴 것 같은, 자칫 날아갈 자세를 취하고 있다. 나는 손에 땀이 흥건히 고이도록 조마조마했다. 양반다리로 진득하게 앉아 있지 못하고 무릎을 자주 세운다. 자세를 자주 바꿔 앉는 모양새가 불안불안 하다. 벌떡 일어나서 그만 가보겠다고 할까봐 은근히 걱정이 되는 이유는 무얼까? 제발 그대로 눌러 앉아 있다가 어머니가 정성껏 차린 밥을 달게 먹고 가라고 빌고 있는 내 마음의 양면성이 한심스럽다.

아마도 첫 번째 맞선에 딱지를 맞고 시름에 겨워 있을 언니를 힘들게 지켜봐야 한다는 무게감을 미리 감지했는지 모른다. 그야말로 시도 때도 없이 불거질 어머니의 푸념을 들어야 한다는 우울한 생각이 저 만치 앞서 갔지 싶다.

행여 남자가 그냥 가면 어쩌나 하고 고심한 내 기우를 남자가 황송하게도 송두리째 거두었다. 밥을 먹고 가겠다는 남자의 말에 배시시 웃는 언니가 속없어 보였다. 드디어 어머니와 할머니 얼굴에도 핑크빛 화색이 감돌았다. 나는 어머니의 계략이 완벽하게 맞아떨어졌음에 속으로 쾌재를 불렀다. 음식마다 참기름 냄새로 온통 칠갑을 하더니 부적인 양 효과가 나타났다.

2.

참기름 부적은 정말 신통했다. 언니는 맞선을 보고 한 달도 못되어서 시집을 갔다. 하지만 형부는 우리가 생각했던 것보다 훨씬 더 가난한 집 아들이었다. 시골에 살면서 땅 한 떼기 없는 집이니 알만한 집이다. 남의 땅을 부쳐서 겨우 입에 풀칠을 하는 집이다.

형부 위 아래로 여섯 명이나 되는 올망졸망한 시누들, 초등학교 입학 전인 천방지축 코흘리개 시누이까지 오만 잡동사니를 푸른 반점이 지고 가야 할 무거운 십자가였다. 어머니가 입버릇처럼 말하던 여자 얼굴은 반 사주팔자라는 주술, 푸른 반점은 기어코 언니 발목을 걸고 언젠가는 아니, 곧 넘어뜨린 만반의 준비를 하고 있다.

시집을 가던 꼴로 임신을 한 칠 개월 남짓한 언니의 배가 장마철에 발랑 나동그라진 맹꽁이배처럼 부풀었다. 금방이라도 아기를 낳을 것 같았다. 시어머니는 노골적으로 언니를 의심했다. 중매로 선본 지 한 달도 못되어서 시집온 며느리의 지나치게 부른 배를 부끄러워했다. 창 피해서 살 수 없다는 시위인지 사사건건 트집을 잡고 언니를 들볶았다.

푸른 반점의 횡포가 드디어 시작되었다. 시어머니는 물론이요, 형 부마저도 곱지 않은 눈초리를 희번덕거렸다. 뭔가 미심쩍은 구석이 있 다고 생각되었는지 친정에서 애기를 낳고 오라며 언니를 데려다 놓고 는 훌쩍 가버렸다. 드러내놓고 부정한 여자라고 떠벌리지 않는 것을 다행으로 여기라는 무언의 행동처럼 보였다. 이정도 암시를 주고 가니 너희 집구석에서 지지던지 볶던지 알아서 하라는 눈치가 분명했다.

푸른 점박이 언니를 시집보내놓고 한 시름 놓기도 전에 어머니는 억울한 누명을 쓴 거나 진배없다. 언니에게 할아버지가 지어준 정순 이라는 이름은 있으나 마나다. '점순' 이라고 불리던 가슴 시린 딸, 얼 굴에 드리워진 푸른 점이 그렇게 떳떳하지 못할 이유는 어디에도 없는 데 딸자식 간수하지 못한 칠칠치 못한 어미로 낙인찍혔다. 형편없이 구겨진 어머니의 자존심은 피를 토하고 죽고 싶을 만큼 억울했는지 복 장을 치며 통곡했다.

하늘이 두 쪽 나도 그럴 일이 없다고 도리질 쳤다. 내 딸은 절대로 부정한 여자가 아니라고 소리쳤다. 어머니는 언니에게 혹시, 하는 눈 길조차 보내지 않았다. 정숙하기 그지없는 내 딸을 하늘이 무섭게 의 심을 하는 집구석은 천벌을 받아야 한다고 고래고래 욕악담을 퍼부어 댔다. 자손삼대가 멸하라는 둥, 온갖 포악을 떨었다. 나는 여태껏 그 렇게 거친 욕설을 퍼부어대는 어머니를 본 적이 없다.

언니가 태어나던 날부터 노심초사 언니를 지켜주고 감싸던 어머니였다. 하다못해 미물인 들짐승, 날짐승이라도 행여 언니에게 해고지할까 봐 밤낮으로 걱정하고 염려했던 어머니였다. 그렇게 애지중지 보살피며 키운 딸이다. 언니 말고 다른 자식이 있었나 싶을 정도로 에워싸고 보살핀 아픈 자식이다.

금쪽같은 딸을 외간남자와 혼전 임신한 사실을 감추고 시집을 보낸 철면피한 어미라고 의심받는 것이 억울해서 흘린 눈물이 내를 이루었다.

나는 그때 마침 요망스럽게 언니가 결혼하고 삼일근친을 다녀가던 날이 생각났다. 새 신랑을 달아먹는다며 사촌오빠와 옆집 형식오빠가 내가 생각해도 지나치다 싶을 정도로 형부를 심하게 다루었다. 그때의 모습이 어제처럼 생생하게 기억났다. 기다란 광목천으로 형부의 두 발목을 엇갈아 움치고 뛰지도 못하게 단단하게 묶고는 늘어진 자락을 천정 대들보에 걸었다. 밑에서 잡아당길수록 거꾸로 매달리는 모습이 우스웠다. 마치 팔러가는 당나귀 동화의 삽화처럼 거꾸로 매달린 형부 모습이 재미있어 깔깔대고 웃었다. 가만히 생각해보니 형식오빠가 유독 새신랑을 되알지게 달았지 싶다. 바짝 마른 북어를 거머쥐고 형부 발바닥을 사정없이 두들겨 팬 사람은 형식오빠다.

"이놈, 불한당 같은 놈아, 남의 동네 처녀를 신고도 하지 않고 훔쳐간 놈, 네 죄를 알렸다."

구경을 하던 동네 사람들도 깔깔대며 재미있어 죽겠다는 듯, 손뼉을 치며 통쾌하게 웃었다. 언니도 조심스레 따라서 피식피식 웃었다. 형식오빠는 고소해서 죽겠다는 듯 하하하 통쾌하게 웃어 제쳤다.

"한 번만 봐 주십시오."

"막걸리 한 통을 쉬지 않고 단 번에 마시면 우리 마을에서 제일 예쁜 처녀를 훔쳐간 죄를 용서해 주노라"

생김새와 다르게 형부가 전혀 술을 마시지 못한다는 사전 정보를 언제 어떻게 입수를 했는지 사촌오빠와 형식오빠를 비롯한 마을 청년들이 생억지를 부렸다.

"술은 제가 체질에 맞지 않아 못 마시니 제발 다른 벌을……."

"사내대장부가 술을 못 마시다니 우리 정순아가씨 인생이 피곤할 건데 이참에 체질을 싹 바꿔 보시지?"

아예 양말을 훌떡 벗기고 맨발바닥을 인정사정없이 두들겨 팼다. 바짝 마른 북어대가리가 너덜너덜 잘려나가도록 끈질기게 패댔다. 형부는 제발 이제 그만 살려 달라고 그예 악을 썼다.

"아이고, 사람 잡네. 장모님, 나 좀 살려 주세요."

"사내대장부가 그깟 술 한 통을 못 마시겠다고 엄살을 떨어. 아직 멀었어. 아직 멀었다고. 하하하하……."

형식오빠는 약을 바짝바짝 올렸다. 가뜩이나 힘상궂게 생긴 형부 얼굴이 차츰 일그러지기 시작했다. 술은 절대 못 마시니까 다른 벌칙을 달라고 사정할 때 그쯤에서 장난을 그만 거두었으면 싶었다.

새색시 언니에게 노래를 부르면 그만 패겠다고 했는데 수줍음 많은 언니가 끝내 노래를 부르지 않았다. 그것도 화근이라면 화근이었다. 북어대가리가 너덜너덜해지도록 계속해서 형부발바닥을 후려갈겨대니 끝내 아픔을 참지 못한 형부가 시뻘겋게 달아오른 얼굴로 냅다 소리를 질렀다.

“씨팔, 이거 너무한 거 아냐? 이 사람 좋아했던 어느 놈팡이가 있는 거 아냐?”

그 한마디에 사위는 찬물을 끼얹듯 조용해졌다. 대들보에 매단 기다란 광목끄나풀을 쥐고 있던 사촌오빠도 마른 북어를 쥐고 사생결단 두들겨 패던 형식오빠도 이내 무색해져서 하던 짓을 멈추었다. 형부는 씩씩거리며 형식오빠를 노려보았다. 험악한 눈길에 부담을 느꼈는지 형식오빠가 한마디 했다.

“이봐요 형씨, 장난 조금 한 것 가지고 무슨 말을 그렇게 험악하게 하시오?”

“이 자식이 다리병신 주제에 어따 대고 문자 쓰고 있어?”

어려서 소아마비를 앓아 한쪽 다리를 심하게 절고 있는 형식오빠에게 다리병신이라고 노골적으로 까놓고 쏴 부쳤다.

“어디 이런 싸가지 없는 새끼가 다 있어.”

형식오빠는 마치 기다리고 있었다는 듯 두 손을 부르르 떨며 형부 목을 콱 조르려고 달려들었다. 형부는 대놓고 형식오빠를 의심하는 것 같았다. 악머구리패가 따로 없었다. 새신랑 달아먹겠다고 모여든 집안은 삽시간에 난장판으로 아수라장이 되었다. 사촌오빠가 재빨리 뜯어 말렸다. 형부에게 내가 다 잘못했으니 그만 화를 풀라고 연신 머리를 조아리기까지 했다.

형식오빠는 속아지가 밴댕이 같은 놈이라며 마른 북어를 마룻바닥에 획 내던지고 절뚝거리며 나가 버렸다. 구경 왔던 동네사람들도 하나 둘씩 슬금슬금 빠져나갔다.

어머니는 갑자기 일어난 돌발 사태에 몹시 당황해 했다. 애꿎은 사촌오빠에게 역정을 냈다. 재미삼아 적당하게 달아 먹어야지 그렇게 험하게 장난을 하면 쓰느냐고 숫제 악을 썼다. 사촌오빠는 장난이 지나쳤다면 정말 진심으로 사과한다며 얼버무렸다. 푹 가라앉은 어색한 분위기가 오래 흘렀다.

언니의 얼굴빛은 숫제 파란 물감을 풀어 놓은 듯 새파래지고 납덩이처럼 굳어졌다. 언제나 당당하던 푸른 반점까지도 그 순간은 오들오들 떨었다. 중심을 잡지 못한 언니는 휘청 흔들렸다. 험난한 굴곡에 발이 빠진 언니는 눈물마저 얼어붙은 듯 엉거주춤 서 있다. 언니가 못 견디게 애처로워 보이던 그날 일이 방금 전 일처럼 생생하게 떠올랐다.

3.

언니는 마루 위를 오르내리지도 못할 만큼 온몸이 부었다. 잔뜩 부어 터져버린 종아리에서 줄줄 진물이 흘러나왔다. 눈도 못 뜨게 퉁퉁 부운 몸이 코끼리만큼 커졌다. 요즘 세상 같다면야 그 딱한 꼴을 보고만 있었을까? 돈이 없으면 과부 달러 돈 이라도 마다 않을 거고, 카드 빚을 내고 그도 모자라면 사채 빚이라도 내다가 서울에서 제일 시설 좋은 병원으로 언니를 입원시켰을 것이다.

집으로 온 지 얼마 지나지 않아서 언니는 조산을 했다. 산파가 오고 온통 야단법석을 떨며 죽을 만큼 혹독한 산고를 치룬 언니는 조막만한 사내아이 둘을 낳고 기절했다. 기가 막혔다. 쌍둥이였다. 예정일보다 두달이나 먼저 태어난 쌍둥이는 인형처럼 작았다. 정말 너무너무 작았다. 어머니는 지금까지 살면서 이렇게 작은 아기는 생전 처음 본다고 했다. 어디 사람노릇을 하겠느냐며 연신 혀를 내둘렀다.

형부네 집으로 언니가 쌍둥이를 낳았다고 연락을 했다. 아기를 낳았다는데 단숨에 달려올 줄 알았다. 농사철이라 바쁘다는 핑계로 형부는 물론 언니 시댁식구들은 그림자도 얼씬거리지 않았다.

어머니는 입에 게거품을 부글부글 물었다. 짐승만도 못한 인간들, 개가 뜯어 먹다가 놓쳐도 시원찮을 족속이라고 욕설을 퍼부었다. 어머니는 세상천지에 그렇게 험한 욕을 어디에 숨겨 놓았다가 풀어 놓는지 생소하기 그지없는 욕악담을 입에 매달고 들입다 퍼부었다. 어머니 기억 어느 창고에 그 많은 욕설을 저장해 두었는지 서리서리 끝도 없이 풀어내는 게 신기할 정도였다.

언니는 억울한 누명을 쓰고 심하게 의심을 받았던 충격이 컸는지 정신을 놓아버린 사람 같았다. 잘 먹지도 않았다. 잠도 깊은 잠을 자지 못했다. 실어증이 온 듯 아예 말도 하지 않았다. 말을 잃어버린 사람처럼 벙어리처럼 굴었다. 석고상처럼 무표정한 언니로 말미암아 집안은 그믐밤처럼 어두웠다.

제 달을 다 못 채우고 조산한 쌍둥이 중에 작은 아기가 숨을 거칠게 할딱거렸다. 젖을 빨지 못할 만큼 작은 아기였다. 어머니는 쌀가루로 미음을 쑤어 고운 채에 거르고 받쳐서 아기에게 먹여보려고 무진 애를 썼다.

그런 어머니의 지극정성에도 불구하고 작은 아이가 일주일을 못 버티고 끝내 여린 숨을 거두었다. 쌍둥이 작은 아기가 죽었다고 연락을 하여도 시댁식구는 누구도 오는 사람이 없었다. 혹시나 했지만 형부조차 오지 않았다. 바쁘다는 이유가 전부였다. 그동안 묵묵히 지켜만 보던 아버지가 죽은 아기를 싸들고 형부 집으로 갔다. 돌아온 아버지는 천하에 몹쓸 위인들이라고 언성을 높였다.

바람 앞에 등불처럼 간신히 숨을 이어가는 쌍둥이 형인 아기마저 보내겠다고 불호령을 내렸다. 언니를 평생 생과부로 늙혀 죽여도 아버지 당신이 데리고 살겠다고 쩌렁쩌렁 큰소리를 질렀다. 못된 놈의 종자는 정들기 전에 보내야 한다는 거친 목소리에도 누구 하나 이의를 제기하지 못했다. 언니는 여전히 말이 없었다.

인간의 탈을 썼다면 한 번은 다녀갈 만도 하다. 죽은 아기를 보냈는데도 끝내 발그림자도 없었다. 언니의 결혼은 애초부터 뭔가 잘못된 혼사였다. 베일에 싸인 수수께끼가 실마리를 풀리는 것 같았다. 풍문으로 들려오는 소리에 우리식구들 모두는 입을 다물지 못했다. 푸른 반점이 있는 흠 있는 딸, 그러나 애지중지 귀하게 키운 딸을 시집보내면서 아무려면 땅마지기나 얹어서 보내지 그냥 보내겠느냐는 중신어미 농간에 놀아났던 사람들이다.

소문의 근원을 알고 난 아버지는 못된 놈의 종자를 하루라도 더 집에 둘 필요가 없다며 쌍둥이 형인 아기를 끝내 보내버렸다. 쌍둥이 중 하나 남은 핏덩이아기를 보냈건만 언니는 여전히 일언지하 입을 함봉했다.

맹꽁이처럼 부풀었던 배로 말미암아 의심을 받았던 언니의 억울함을 확실히 증명해 준 쌍둥이 아기다. 그 아기를 보냈는데도 표정하나 변하지 않는 언니는 가슴마저 도려내었지 싶었다. 여자가 강간을 당해서 아이를 낳았어도 자신이 낳은 아기에게는 모정이 있다는데 무표정한 언니의 속내는 너무 깊어서 읽을 수가 없었다. 언니의 결혼생활은 칠 개월 반 만에 그렇게 끝이 났다. 언니가 얼마나 심한 마음고생을 했는지 짐작이 가고도 남는다.

4.

그로부터 이년 후, 언니는 절름발이 형식오빠와 재혼을 했다. 총각과 재혼을 했으니 언니의 말년 운세는 억세게 좋을 것인가 보다. 언니는 쌍둥이를 낳았다는 기억도, 작은 아이가 죽었다는 기억도 아예 기억에서 지운 듯, 없었던 일인 듯, 시치미를 뗐다. 가물거리는 생명을 겨우 유지하던 쌍둥이 형인 아기를 보냈다는 사실 하나쯤 어렴풋이나마 기억하는지 그마저도 알 수 없었다. 악몽 같았던 결혼생활을 잊고 싶어서 애써 기억하려 들지 않는지 그건 아무도 모른다. 아이를 낳고 이 년이 지나도록 입을 함봉하던 언니, 표정조차 잃어버린 언니의 입을 열게 한 건 다름 아닌 형식오빠였다.

언니가 삼일근친을 왔던 그날, 형부가 벌처럼 쏴 부쳤던 것처럼 형식오빠는 언니를 정말 좋아했다. 담장 하나를 사이에 두고 이웃해 사는 푸른 점박이 언니를 차마 사랑한다고 고백하지 못했다. 형부의 말마따나 절름발이 주제, 절름발이를 푸른 점박이도 사랑할 수 없는 커다란 장애로 생각했나 보다. 언니를 좋아한다고 차마 고백하지 못하고 짝사랑으로 가슴을 태웠던 형식오빠다.

언니를 좋아한다고 사랑한다고 고백도 하기 전에 겨우 스무 살 언니를 시집보내는 우리 부모님이 얼마나 원망스러웠는지 모른다고 했다. 언니를 좋아한다고, 언감생심 생떼를 써 보기라도 할 걸, 속울음을 울며 후회했다던 형식오빠다. 민들레꽃잎보다 연연한 사랑이 옆에 있는 줄 모르고 사주팔자에 그려진 밑그림에 어두운 색칠을 하던 언니의 그림자를 눈여겨 본 사람은 형식오빠다.

언니가 삼일근친을 왔던 날, 어쩌면 형식오빠의 행동은 다분히 의도적이었음을 알았다. 정말 못 견디게 미워서 일부러 고의로 그랬다는 고백을 하더란다. 내 사람을 느닷없이 낚아채간 원수처럼 느껴지더란다. 그래서 형부의 발바닥을 사심을 먹고 인정사정없이 두들겨 팼다고 했더란다.

깨진 사금파리처럼 완전 박살난 언니의 결혼생활에 쾌재를 불렀다고 했다. 파경을 맞아 집으로 온 언니, 이제는 마음 놓고 사랑할 수 있겠다는 생각에 가슴이 터질 것만 같았더란다. 그런 형식오빠는 언니에게 간접사랑을 고백했다. 수시로 우리 집을 들락거렸다. 불편한 다리를 절뚝거리며 시키지 않는 우리 집 일을 도왔다.

동네사람들은 형식오빠가 언니를 옛날부터 좋아했던 거라고 수군거렸다. 이미 형식오빠가 언니를 결딴을 낸 거라는 소문이 달빛처럼 은근하게 퍼졌다. 심지어 언니가 형식오빠 아이를 밴 걸 모르고 시집을 보내서 소박을 맞고 왔다는 의구한 소문도 아슴아슴 잔잔하게 퍼져나갔다.

어머니는 동네사람들이 그러거나 말거나 신경도 쓰지 않았다. 그토록 험한 꼴을 본 언니가 더 이상 나쁜 꼴은 더 보겠나 싶었는지 모른다. 나는 차라리 언니가 형식오빠와 바람이라도 나기를 바랐다.

그런데 신기하게도 언니가 입을 열었다. 언니의 말문이 터졌다. 언니가 형식오빠를 좋아했다. 그런 언니와 형식오빠는 별 어려움 없이 재혼을 했다. 우리 집에서 반대할 이유는 한 개도 없었다. 형식오빠네 식구들도 오히려 잘 됐다는 듯 쌍수로 환영했다. 조촐하게나마 혼례

식도 올렸다

한쪽 다리가 많이 짧은 형식오빠는 걸음을 걸을 때마다 왜소한 오른쪽 엉덩이가 불규칙하게 흔들린다. 넘어질 듯 위태로운 걸음걸이다. 그런 몸으로 우리 집 일을 무턱대고 도와주었다. 언니에 대한 사랑을 간접적으로나마 표현하고픈 순수한 형식오빠의 사랑에 언니 마음이 흔들렸나 보다.

그러나 언니가 재혼을 했다고 크게 달라진 상황은 없다. 형식오빠네 건넌방으로 언니의 잠자리가 바뀌었을 뿐이다. 여전히 우리 집을 언니와 형식오빠가 평상시처럼 드나든다. 형식오빠와 재혼으로 다시 말문이 트인 언니로 하여금 우리 식구 모두는 한시름을 놓았다.

언니는 형식오빠와 재혼한 다음 해에 딸 승혜를 낳았다. 그러나 승혜를 낳고 더 이상 아기를 낳지 않았다. 언니에게 왜 아기를 더 낳지 않느냐 물으면 생기지 않는 아이를 어떻게 낳느냐고 웃으며 얼버무렸다.

5.

요즘은 언니네 집에 가려면 수속이 복잡하다. 경비실을 두 군데를 통과해야 집안에 발을 들여놓을 수 있는 고급아파트다. 언니의 신분 상승은 현대판 신데렐라다. 초고속으로 올라간 언니의 위치는 너무 황홀해서 눈을 뜨고 쳐다 볼 수가 없을 지경이다. 언니가 사는 아파트 이름은 혀도 제대로 안돌아가는 별난 집이다. 아파트 이름을 외래어로 짓는 것이 나이든 시어머니가 아들네 집에 오는데 헷갈리게 하려고 그랬다는 우스갯소리가 있다.

하지만 언니는 모셔야 할 시어머니도 없다. 역으로 시어머니가 될 수도 없다. 자식이라고는 달랑 딸 승혜밖에 없으니 하는 말이다. 시부모님들이 돌아 가신지도 꽤 오래되었다. 그런 언니가 온갖 거드름을 피우고 산다. 언니네 집은 거짓말 조금 보태서 거실이 학교 운동장만 하다. 절름발이 형식오빠가 달리기를 하기도 지칠 만큼 넓다. 집안 곳곳에 진열된 가구도 으리으리하다는 표현만으로는 어림없다.

어느 날 갑자기 자고 일어났더니 부자가 되었다고 해도 과언은 아니다. 언니는 느닷없이 산더미만한 돈뭉치로 돈벼락을 맞았다. 돈벼락을 맞은 언니네 식구는 세월아 가지마라 천년만년 살아보자 허구장장 콧노래를 부른다. 사람팔자 시간문제라는 말을 들어는 봤지만, 돈 방석 위에서 데굴데굴 구르며 입을 다물지 못하는 언니를 보며 실감한다. 정확한 액수는 알지 못하지만 신도시개발로 토지보상금이 어림잡아 백억 이상은 나왔지 가늠해 본다.

언니 네를 비롯해서 친정동네는 땅땅거리는 졸부들이 득실거리는데 유독 친정집만 오래 전에 알거지가 되었다. 일찍이 서울로 유학을 보낸 남동생이 결혼과 동시에 사업을 한답시고 야금야금 전답을 다 팔아 가버렸기 때문이다. 고향을 떠난 동생네 반 지하 셋방에서 화병으로 친정어머니 아버지가 한 두 해 사이로 모두 돌아가신 지 벌써 여러 해가 지났다.

그런 파국에 언니는 귀족 부럽지 않게 살고 있다. 도우미 아줌마가 일주일에 서너 번씩 드나들면서 청소며 빨래, 심지어 음식 시중까지 들어주고 있다. 젊어 고생은 사서 할망정 후분이 좋아야 한다더니 우리 언니를 두고 하는 소리 같다. 언니는 명품 물건이 아니면 못 쓰는 것처럼 같지 않게 거드름을 피운다. 그런 언니가 가끔은 낯설게 느껴진다. 푸른 반점과 전혀 어울리지 않는 행동을 하는 언니다. 평생 물 쓰듯 쓰고도 남을 것 같은 장마철에 건수 물 터지듯 넘쳐나는 돈, 언니 마음대로 쓰는데 누가 뭐라고 참견을 할 것인가. 소도 언덕이 있어야 비벼댄다더니 갑자기 부자가 된 언니로 하여금 나는 음으로 양으로 덕을 보면서 사니 좋다.

언니는 가끔씩 내게 비싼 옷도 사준다. 뭉텅뭉텅 선심을 쓰지 않지만 몇 십만 원씩 쿡쿡 찔러주기도 한다. 형식오빠도 그런 사실을 낱낱이 아는지 그 건 묻지 않는다. 아무튼 나무가 크면 그늘도 넓다는 걸 확실히 실감한다. 언니가 형식오빠와 골프를 치러 다니는 걸 보지 못했다. 장식용인지 골프가방이 여봐란 듯이 거실 한 옆에 사시장철 떡 버티고 있다. 절뚝발이 형식오빠와 묘한 대조를 이룬다고 생각했다.

언니가 신데렐라로 급상승했으니 아무 걱정거리가 없을 줄 알았는데, 언니와 형식오빠의 보물인 승혜가 남자친구와 덜컥 일을 냈나 보다. 언니는 걱정 반, 할머니가 된다는 설렘 반으로 몹시 흥분했다. 아무래도 양가 상견례를 서둘러야 될 거 같다고 설쳐댄다. 형식오빠와 언니는 벼락부자가 되기 전부터 승혜를 데릴사위 삼아서 함께 살 거라고 늘 말했었다. 늘그막에 손자손녀 재롱을 보면서 살고 싶다는 소리를 근간에 들어 자주 입에 올리더니 말이 씨가 되었다. 아기의 웃음소리가 넘치는 훈훈한 집에서 사람 사는 것처럼 살아보고 싶다던 언니의 소원이 이루어지려나 보다.

아이의 웃음소리를 하늘 멀리 날려 보냈던 언니, 불한당과 첫 결혼에서 낳은 쌍둥이, 일주일 밖에 살지 못하고 죽은 아기도, 잘 살고 있을지 알 수 없는 아버지가 강보에 싸서 보낸 아기도 가슴속 깊이 묻어

두었을 언니 얼굴에 밝은 햇살이 환하게 비쳤다.

친정아버지가 돌아가시고, 친정어머니마저 돌아가시고 어머니 삼우제를 지내던 날, 통곡으로 나에게 하소연했던 불쌍한 언니다. 푸른 반점 때문에 평생토록 마음고생 하는 어머니를 대하는 것이 두려웠단다. 그래서 마음에도 없는 시집을 간 것이라고 했다. 얼마나 속이 깊고 무던한 언니였는지 나는 차마 언니 얼굴을 똑바로 쳐다보지 못했었다.

엄마로서 자식을 지켜주지 못하고 제 세상으로 보낸 아기가 너무 불쌍해서 언니는 살아 있는 것 자체도 원망스러웠다고 했다. 불한당 형부 집으로 보낸 아기도 아마 죽었을 거라고 지레 판단한 언니, 언니의 임신사실을 부정했던 그 집 사람들이 그 아기를 정성을 다해 키웠겠느냐고? 그동안 참았던 속울음을 짐승처럼 토해냈던 언니였다.

그 때문에 승혜의 맑은 웃음소리까지 가슴속에 묻어두었다고 했다. 언니는 결코 행복해 하면 안 되는 사람이라고 죄인의 마음으로 살았다고 했다. 그래서 승혜의 웃음소리마저도 외면하고 살았는데 이제는 형식오빠에게 그리고 승혜에게 용서를 받고 싶다고 했다. 엄마하고 인연이 닿지 않아 먼저 죽은 아기들도 이제는 엄마를 용서할 거라고 말했다.

언니의 푸른 점이 죄가 아니듯 절름발이가 죄가 아닌데, 상처투성이인 언니를 사랑한 형식오빠의 젖을대로 흠뻑 젖은 축축한 마음을 보송보송하게 말려주고 싶다는 언니다.

이제는 가슴속에 숨겨두었던 승혜의 웃음소리를 밖으로 끄집어내어도 괜찮을 것 같다며 승혜가 낳을 아가의 웃음소리에 찢긴 영혼을 치유하고 싶다는 언니가 진정 행복해 보였다. 승혜의 남자 친구가 재산이 있든 없든 그런 건 중요하지 않다고 했다. 잘생기고 못생긴 것도 상관하지 않는다고 했다. 승혜를 진실로 사랑한다면 더 이상 바랄 것이 없다고 했다. 그건 형식오빠도 마찬가지라고 했다.

승혜가 배가 불러 오기 전에 결혼식을 올려야 한다며 둥당대며 서두르는 언니의 모습이 행복해 보였다. 아직 승혜 남자친구와 상면도 하지 못한 언니가 전부를 주지 못해 안달이다. 승혜 남자친구를 집으로 데려오라고 했다며 내게 전화를 걸었다. 나는 부랴부랴 한걸음에 언니네 집으로 갔다.

언니 일은 내일이나 마찬가지다. 나 역시 승혜가 절차를 무시하고 임신을 했지만 진심으로 축하를 해 주고 싶었다. 승혜는 언니의 목숨과도 같은 딸이기 때문이다. 언니는 도우미 아줌마도 부르지 않았다.

친정어머니께서 언니가 맞선 보던 그날처럼 손수 음식을 장만하는 언니의 모습이 정성스럽다. 행여 부정한 그 어떤 이물질이라고 들어가면 안 될 새라 정성스럽게 음식을 만들었다. 저절로 입맛이 당기는 고소한 냄새가 온 집안으로 퍼져나갔다.

코끝에 스며드는 고소한 냄새가 왠지 모를 불길한 예감으로 나를 압박해 왔다. 언니가 맞선을 보던 그날, 풍기던 냄새와 아주 흡사하게 느껴졌다. 왠지모를 불안감에 휩싸인 나와 다르게 언니의 입가에는 연신 환한 미소가 꽃처럼 피어났다.

불행을 예감하는 음식 냄새가 점점 역겹게 느껴질 즈음, 승혜가 남자친구와 함께 빨간 장미꽃 한 다발을 들고 나란히 들어온다. 어디서 본 듯한 낯설지 않은 얼굴이다. 어디선가 본 듯한 얼굴인데 갑자기 생각이 안 나는 그런 인상이다. 언니도 사람이 낯이 설지 않다며 아주 반갑게 맞아들인다.

승혜 남자친구는 식성도 좋다. 언니가 차려준 밥 한 그릇을 남김없이 비웠다. 형식오빠는 싱글벙글 입을 다물지 못했다. 아직 양가 어른들 상견례도 하지 않았는데, 할아버지가 된다는 사실에 기뻐하는 모습이 진정 행복해 보였다. 결혼도 하기 전 사고를 쳤으면서도 부끄러운 줄도 모르고 떠들어 대는 승혜를 바라보는 언니에게 더 이상 어떤 불행도 범접하지 않기를 빌었다.

이것저것 묻지도 따지지도 않는 언니는 임신한 승혜에게 작은 어떤 불이익이 떨어질까 봐 오직 그것만이 걱정이다. 집으로 간다는 승혜의 남자친구를 배웅하고 돌아선 언니는 사윗감이 전혀 낯설지 않다며 어디서 많이 본사람 같지 않느냐고 내게 묻는다. 나도 그런 생각이 들었다고 내 느낌을 솔직하게 말했다. 형식오빠도 맞장구를 쳤다. 그게 다 우리 집 식구, 내 식구가 되려고 그런 거라며 싱글벙글 입을 다물지 못한다.

6.

언니는 이번 주말에 양가 상견례를 한다고 말했다. 언니는 내게 유명메이커라며 이름도 들어본 적 없는 명품 옷을 사주며 참석을 하라고 했다. 언니는 절뚝발이 형식오빠와 언니의 푸른 반점의 핸디캡을 포장하려는 듯 상견례 장소를 고급음식점으로 정했다. 형식오빠는 물론 언니도 최대한 격식을 차려서 입고 나갔다.

방정맞은 불길한 내 예감이 딱 맞아 떨어지려는 걸까? 언니와 형식오빠의 얼굴이 왠지 모르게 초초해 보인다. 외간남자와 바람이 나서 혼전에 임신을 한 채 시집을 왔다는 억울한 누명을 쓰고 소박을 맞았던 언니가 혼전 임신한 딸의 부모로 상견례 자리에 나온 지금 무슨 생각을 할까. 형식오빠는 또 어떤 생각을 하고 있을까. 정체모를 불안감이 어지럽게 내 마음을 흔들며 맴을 돈다. 그런 때문일까? 입안이 바작바작 타들어 간다.

나는 두 눈을 감고 기도를 했다. 언니에게 어떤 불행도 다시는 범접치 말기를 간절히 기도했다. 젊어서 고생은 돈을 주고 사서도 한다지만 푸른 반점의 횡포는 그동안 언니에게 너무 잔인하게 굴었다. 언니의 초년고생은 생각하기도 정말 끔찍스럽다. 언니의 말년운세는 햇살처럼 밝기를 정성을 다해 진심으로 기도했다.

임신한 승혜 남자친구 부모와 상견례 따위를 하는 것은 형식적인 절차라고 생각했다. 벼락부자가 된 언니네 재산이 어디 한두 푼인가? 그 많은 재산 모두가 하나밖에 없는 딸 승혜의 재산이나 마찬가지다. 함께 사는 게 허락지 않더라도 아기를 낳기만 하면 언니가 키워 줄 것이다. 경제적으로 모두가 어렵다고 난리를 치는데 그만한 혼처를 마다 할 멍청한 사람은 없을 것이다.

일등급 사위, 사(士)자가 들어가는 직업을 가진 아들도 아니고 승혜를 사랑한다는 사실 하나가 다인 그런 아들에게 승혜는 제 발로 굴러 들어 온 호박넝쿨이나 다름없다. 그렇다고 혼전 임신이 흉이 되는 세상은 더더욱 아니다. 오히려 혼수품이라고 쌍수로 반기는 추세다. 예전처럼 신부 부모가 머리를 조아리며 딸자식을 부탁하던 세월이 결코 아니란 말이다.

상견례 자리에서는 물론 딸 가진 부모가 더 당당한 세상이다. 오히려 아들가진 부모가 눈치를 살피는 어처구니없는 세상이다. 그럼에도 불구하고 형식오빠의 절름발이도 언니의 푸른 반점도 결코 당당하지 못하다.

약속 시간에 딱 맞추어 승혜 남자친구가 제 아버지와 둘이서 앞서거니 뒤서거니 들어온다. 아, 저 매부리코, 중년남자의 얼굴이 어딘가 낯이 익다. 어디서 많이 본 듯한 얼굴, 아니 이미 예전에 보았던 얼굴, 두 번 다시 보고 싶지 않은 끔찍한 얼굴, 세월을 비켜서지 못해서 머리털이 희끗해진 볼품없이 늙어버린 불한당이다. 오랜 세월 줄기차게 살의(殺意)를 품고 있던 푸른 반점의 횡포는 그렇게 막을 내렸다.

| 2008년 독서신문 신춘문예 소설 당선작 |

엄마의 아들

1.

　전화벨이 요란하게 울린다. 요즘 집전화로 전화를 하는 사람은 아마 친정엄마 뿐이지 싶다. 친정집에 일이 있으면 곧바로 전해주는 소식통 동생한테서 아무런 연락도 받지 않았다. 그런 때문에 전화가 있는 거실까지 나가는게 귀찮다. 계속해서 울리는 전화벨소리가 왠지 불길하게 느껴져 수화기를 들었다. 역시 엄마였다.

　"요번 일요일에 시간 내서 한 번 다녀가라."

　엄마는 아들바라기다. 세상에 없는 귀한 당신 아들이 몽달귀신으로 늙어 가면 어쩌나 싶은 걱정으로 사는 엄마다. 며느리 손에 밥 한 끼 얻어먹고 죽으면 여한이 없다는 푸념을 부적인양 입에다 매달고 사는 엄마다.

그런 엄마를 보다 못해 동생에게 근래 들어 여러 번 맞선을 주선했
다. 하지만 녀석은 이래서 싫고, 저래서 싫다는 분분한 이유로 매번
싫다고 했다. 한번 다녀가라는 엄마 목소리에 동생 혼사문제일 거라
는 냄새가 풍겼지만 모른 척 딴전을 피웠다.

"왜 그러세요?"

"와서 얘기 혀. 두째, 시째, 막내 모다 다 오라고 혔어."

"바쁜데 전화로 말해요."

"전화로 헐 얘기가 아녀."

"알았어요."

엄마는 뭔가 이야기를 할 듯 말 듯 뜸을 들인다. 더 이상 수화기를
붙잡고 있기 불편한 기류가 잔잔하게 흐른다. 아직까지 엄마가 아들
혼사문제로 이렇게 뜸을 들인 적은 한 번도 없다. 누가 주선을 해서 맞
선을 보았다느니, 색싯감이 마음에 들지 않았다느니, 엄마 마음에 쏙
드는 색싯감을 녀석이 퇴짜를 놓았다느니, 시시콜콜 미주알고주알 중
계방송을 하던 모습과 뭔가 수상했다. 어딘지 석연치 않은 속내를 감
추고 있는 것이 분명했다.

"언니, 왜 안 와. 언니만 안 왔어. 엄마가 큰언니 와야 자세한 이야
기를 한다고 한대."

내 생활이 바쁘다보니 어떻게 일주일이 지나갔는지도 몰랐다. 엄
마와 약속한 것을 까맣게 잊었다. 여동생 전화를 받고 아차 싶어 무릎
을 쳤다. 동생과 전화통화를 끝내고 부리나케 친정집으로 달려갔다.
그런데 집안 분위기가 심상치 않다. 팽팽한 긴장감이 천정을 뚫은 것
처럼 강하게 느껴졌다. 엄마를 에워쌓는 긴장감이 위로 치닫고 있음

을 직감적으로 느낄 수 있다.

"엄마, 왜 갑자기 딸들을 집합시켜요?"

"그냥 내 새끼들 보고 싶어서."

말은 그렇게 해도 천정을 치닿는 긴장감과 달리 목소리는 천길 수렁 속으로 잦아들었다. 엄마는 말없이 창밖을 응시할 뿐 아무런 말이 없다. 한참을 그렇게 계시더니 커피를 좋아하는 딸들에게 손수 커피를 타다가 건넨다. 커피 잔을 건네는 엄마의 손이 가늘게 떨린다. 내게 건네는 커피 잔은 유독 심하게 흔들렸다.

"엄마, 무슨 일 있으세요?"

"……."

"무슨 걱정거리라도 있어요?"

"막둥이 장가를 보내려고."

밑도 끝없이 불쑥 던지는 압축된 한 마디가 바위덩어리보다 더 무겁게 느껴진다.

"참 내원, 엄마가 바라던 며느리를 보게 된 걸, 왜 그렇게 뜸을 들이세요."

아버지 돌아가시고 난 이후, 골초가 되신 엄마는 담배를 연달아 두 대째 피워 물었다. 안 그래도 무거운 분위기에 담배 연기로 자욱한 거실에 정체 모를 불안감이 서리서리 서린다.

"아, 글쎄 그게 그런데……."

"평소의 엄마답지 않게 왜 그렇게 더듬고 계세요?"

"그런데 그게 말이야, 막둥이 색싯감이 나이가 조금 많아."

"나이가 얼마나 많아서 그렇게 어렵게 말씀을 하세요?"

"많아도 한참 많어."

말문을 잠시 닫은 엄마의 눈이 반짝 어룽진다.

"아무려면 막둥이보다 많기야 할까요? 요즘 연상이 유행이라지만 막둥이 나이도 있는데요."

"막둥이허고 나이가 동갑인디……."

담뱃불을 비벼서 끄는 엄마에게 건성으로 한 마디를 던졌다.

"나이가 많긴 많네요.

여자 나이 서른여덟이면 적은 나이는 아니다. 뭐 하나 번듯하게 일구지 못한 막둥이를 생각하면 마음 한구석이 커다란 짐짝을 올려놓은 듯 무거웠다. 어찌 생각하면 어린 철부지 아가씨보다 잘된 일인지도 모른다.

"사랑타령이나 하는 어린 아가씨보다 나이가 지긋하니 속은 깊겠네요."

나이가 많다 싶었지만 반승낙조로 말했다. 엄마가 큰딸에게 기대는 마음은 죽은 남편이 살아온다고 해도 비할 데가 아닐지 모른다. 그런 엄마의 마음을 누구보다 잘 알기에 조심스럽게 엄마 얼굴을 살폈다.

"그런데 그게 말이여. 흠집이 조금 있는 여자여."

"흠집이라니요. 엉덩이라도 깨졌나요? 아니면 넘어져서 무릎이라도……."

농담으로 받아넘겼다. 생각 없이 말대꾸를 했지만 음산한 기운과 함께 음흉한 음모가 내재해 있다는 걸 이내 감지했다.

"그게 그러니까 무슨 말인고 하니, 내 팔자가 기구한 탓이니 어찌하겠냐?"

“엄마, 그렇게 뜸들이지 말고 빨리 얘기 해 보세요? 답답해 죽겠네.”

“아! 그러니까 그게 말이다. 색싯감헌티 딸이 하나가 딸린 것이 흠이야.”

“아니, 엄마 지금 뭐라고 하셨어요?”

“나이가 많다고 하더니 처녀가 아니고 애 딸린 여자라고요?”

기가 막혔다. 나이가 많은 것도 마뜩치 않은데 애까지 딸린 여자라니, 이게 도대체 무슨 소린가 싶다. 과부인지 이혼녀인지 그런 건 따지고 싶지도 않다. 피가 거꾸로 솟는다는 느낌이 이런 것인가 정신이 아뜩했다. 아닌 밤중에 홍두깨라더니 느닷없이 뒤통수를 사정없이 얻어맞은 기분이다.

“애가 하나 딸렸다고요. 귀신 씨 나락 까먹는 소리도 유분수지. 이게 뭔 소리예요? 딸린 애가 둘이 아니고 하나라서 다행이라는 거예요. 그따위 소리를 하려고 바쁜 딸들 불러들이셔서 온통 수세미속을 만드세요?”

“과부는 아니고, 전남편과 이혼을 혔다. 이혼허구 육 개월 만에 막둥이와 알구 지냈는지 벌써 이 년이 넘었디야. 딸이 올해 초등학교 들어간디야.”

엄마는 묻지도 않는 말을 한꺼번에 쏟아 놓는다.

“남편과 사별한 것도 아니고 이혼한 여자, 그것도 이혼한 지 육 개월 만에 연애질? 살다 살다 별 미친 연놈을 다 보겠네.”

“인물은 참하고 곱게 생겼더라만 그 속이야 알 수 있것냐?”

“참하게 생겼으니 꼴같잖게 인물값을 하나보네.”

미친개한테 물려도 이보다 더 황당할 수는 없다. 아이 딸린 이혼녀가 언감 생심 총각을 물고 늘어지다니. TV 드라마에서나 볼 수 있는 일이 우리 집에서 적나라하게 전개되는 일은 절대로 용납할 수가 없다. 드라마 내용이 그런 쪽으로 기울면 그마저도 역겨워서 안 보던 터였다. 더 듣고 말고 할 것도 없다. 옷을 챙겨 입었다. 집에 간다고 자리에서 일어섰다.

"나는 막둥이 혼사이야기 못들은 걸로 할 테니까 그렇게 아세요."

"조금 있으면 막둥이가 아가씨 데리고 온다고 혔어. 기왕 왔으니 만나보고 가면 안 되겠냐?"

"아가씨? 애 딸린 아가씨도 있어요? 미쳐도 곱게들 미쳐야지, 그 자식이 그따위 그런 싹수없는 년과 놀아나느라고, 내가 소개한 아가씨들을 번번이 퇴짜를 놨대요? 정말 쓸개가 몽땅 빠져 나간 자식이네."

눈물이 왈칵 쏟아졌다. 지나간 세월 견고 하리만치 훈장처럼 쌓였던 억장이 와르르 무너져 내린다.

"언니, 엄마 얼굴을 봐서라도 저녁이나 먹고 그냥 얼굴만 보고 가."

"너희들은 이 혼사 이야기를 듣고도 그런 말이 나오니?"

"언니 사실은 우린 벌써 엄마한테 대충 이야기를 들었어. 막내한테 자식인연 끊는다고 했는데도 죽어도 못 헤어진다는데."

"이제 보니까 너희들은 진즉부터 알고 있었다는 거네, 그런데도 나 빼고 다들 알았으면 콩가루로 죽을 쑤든, 팥으로 메주를 쑤든, 마음대로 할일이지 나를 왜 불러서 오장육부를 뒤집어 놓는 거야? 나 친정과 발 끊고 모두 안 보고 살면 그만이야."

애꿎은 여동생들에게 고래고래 소리를 지르고 자리에서 벌떡 일어났다.

"언니, 죽어도 막둥이가 그 여자가 아니면 다른 어떤 여자하고도 결혼을 못한다고 생난리를 쳤다는데 별 수 있겠어? 뱃속에 애까지 있다는데 말린다고 되겠냐고? 여드레 삶은 호박에 이도 안 들어갈 소리지. 언니 알잖아, 큰언니가 엄마한테 어떤 사람이라는 거."

여동생들이 한꺼번에 달려들어 붙잡는 바람에 주저앉고 말았다. 불쌍한 우리엄마, 큰딸에게 늘 죄인 아닌 죄인으로 평생을 사는 분이다.

2.

을씨년스런 날씨다. 문풍지로 스며드는 바람이 차갑다. 이런 날 엄마는 여덟 번째 아이를 낳으려고 무진 애를 쓴다. 목숨을 내걸고 산고의 고통을 견디는 엄마 속내는 아들을 낳으려는 심사가 분명했다.

지난해 읍내 술집 작부한테 아버지를 송두리째 내준 엄마다. 읍내 술집을 풀 방구리에 쥐새끼 드나들듯 뻔질나게 드나들던 아버지가 술집 작부와 아예 살림을 차렸다. 정은 하나라더니 젊은 년 치마폭에 쌓인 아버지가 올바른 정신은 미친개한테 선떡 던지듯 던져주었나 보다.

미련한 엄마는 남편의 자리만 빼앗긴 것이 아니다. 아버지 자리까지 빼앗겨놓고 무슨 염치로 여덟 번째 아기를 낳느라 저리 고생을 하는지 불쌍하고 안타깝기보다 밉살스럽다.

여자로 태어났으면 꼬리 아홉 개를 달고서라도 남편을 휘어잡아야지. 꼬리 아홉이 모자라면 열 개, 열한 개, 주렁주렁 달고 끝까지 매달렸어야 했다. 남편만 빼앗긴 게 아니고 아버지자리도 덤으로 넘겨준 엄마는 벼랑 끝에 선 패잔병이다.

패잔병이 된 엄마보다 더 밉살스러운 사람은 할머니다. 죽어서 조상님 얼굴을 어떻게 보느냐며 엄마에게 시기질투 할 틈도 주지 않은 요망한 할머니다. 오로지 아들을 두어야 한다는 강한 일념으로 아버지를 뜨겁게 달구던 정신 나간 할머니다.

엄마 나이가 많아서 단산을 한 것이나 진배없다며 여자의 마지막 자존심까지 여지없이 거두어 버린 진짜 나쁜 할머니다. 말끝마다 쓸데없는 계집년들만 내지른 년이라며 대놓고 엄마를 구박했다. 딸만 낳은 것이 엄마의 잘못인 양 숫제 죄인취급을 했다.

"남들 다 낳는 아들을 왜 못 낳을꼬? 저 년의 배속에는 딸년만 한 삼 줄에 열댓은 들었을 텐데 어느 세월에 아들을 낳아?"

엄마를 바라보는 할머니 눈은 언제나 쌍심지가 켜져 있다. 틈만 나면 생트집이다. 엄마를 못 잡아먹어 안달이다.

"할머니, 바람피우는 아버지를 말리셔야지요. 첩년을 몽둥이로 두들겨 패서라도 내쫓아야 되잖아요?"

"이 망할 년, 주둥이질 그만 두지 못해. 기집애는 아무짝에 쓸데없어. 대를 이을 아들이 최고지. 그래야 죽어서 조상님 얼굴을 볼 수 있어 이년아."

"죽은 조상이 그렇게 중요해요? 엄마가 첩년 꼴을 그냥 보고 있어요?"

"이년아, 아들을 못 낳았는데 무슨 눔의 질투야."

돌부처도 시앗 꼴을 보면 돌아앉는다는 옛말이 있는데. 속수무책 방관자가 된 엄마 가슴에는 도대체 무엇이 들었는지, 엄마뱃속으로 한 번 들어갔다가 일일이 살펴보고 나오고 싶은 심정이다.

"엄마는 속도 없어? 아부지가 술집 년하고 살림 차렸는데도 멍청하게 앉아서 당하는 이유가 뭐야? 엄마, 바보 아냐?"

나 역시 틈만 나면 엄마를 들들 볶았다. 엄마가 가만히 있으면 내가 가서 불이라도 지를 거라며 들이댔다. 정작 씨앗을 본 엄마는 손을 놓고 먼산바라기로 있는데 맹독을 품어대는 장손녀에게 할머니는 집안 망하게 할 독한 년이라고 주먹질이다. 딸만 낳은 것이 당신의 잘못인 양 맥없이 당하는 엄마하고 싸우는 일도 진절머리가 난다.

이삼 일에 한 번씩 집에 들려 농사일과 집안을 살피던 아버지는 첩년이 아이를 가졌다고 할머니에게 자랑스럽게 위세를 떤다. 할머니는 그저 삼신할머니가 굽어 살피시고 조상님들이 도와주어서 떡두꺼비 같은 아들을 낳아야 한다고 장독대에 정화수를 떠 놓고 빌고 또 빈다. 첩년이 아이를 가졌다더니 아버지는 집에 들어올 생각이 아예 없어졌나 보다. 오뉴월 쇠불알 늘어지듯 젊은 년 치맛자락에서 희희낙락이다. 첩년이 아들을 꼭 낳기나 할 것처럼 입을 귀에 걸고 다니는 아버지가 내 아버지라는 사실이 역겹다.

헛구역질이 날만큼 속 시끄러운 날이 서너 달을 지났는데, 마흔셋 늙은 엄마가 무슨 영문인지 헛구역질을 심하게 한다. 그 경황에 엄마가 하늘에서 별이라도 따 먹은 걸까? 입덧을 하다니 기가 막혔다. 엄마가 아이를 가졌단다. 바람난 아버지가 무색하게 엄마가 버젓하게 임신을 하다니. 마치 처녀가 아이를 밴 듯, 아니 내가 아이를 가진 듯, 창피했다. 쥐구멍이라도 있으면 숨고 싶다. 마을 고샅마다 수군거리는 입방아에 내 뒤통수가 다 부끄럽다. 어른들 세상이란 풀지 못하는 수수께끼보다 더 복잡하고 아리송하다.

씨앗을 보고 시샘 한 번 못 부리는 엄마, 첩이 아들을 금방 낳기라도 할 것처럼 입을 귀에다 달고 다니는 할머니, 자식 앞에 당신 행위가 부끄러운 줄 전혀 모르는 안하무인 아버지, 엎친 데 덮친 격이라고나 할까? 엄마의 임신소식이라니. 어떻게 바람난 아버지와 살을 섞고 아이를 가질 수 있을까? 아이러니하기 짝이 없는 현실이 내 눈앞에 적나라하게 펼쳐졌다. 동네사람들 둘 셋만 모이면 삼신이 시샘을 하여 늙은 우리 엄마가 아이를 가진 것이라고, 심심하던 차에 잘됐다는 듯 우리 집 얘기로 숙덕질이다.

여덟 번째 아이를 가진 마흔셋, 늙은 엄마는 동네사람들이 들까불거나 말거나 위세가 당당하다. 오히려 얼굴에 화색까지 돈다. 처녀가 아이를 가져도 할 말이 있다더니 그 나이에, 그 상황에, 애를 가진 사실을 부끄러워하기는커녕 자랑스럽게 온 동네 소문을 내고 다닌다.

엄마는 첩년과 세 달 차이로 아기를 낳을 것이다. 두 명의 동생이 뭐 볼 것 있다고 줄줄이 세상구경을 나오려는지 불쌍하기 이를 데 없다. 딸 부잣집 칠 공주에서 어떤 변수가 생길지 그건 아무도 모른다. 그러나 확실한 건 구남매의 맏이라는 자리가 꼼짝없이 나를 옭아맨다는 사실이다.

손자 상사병에 걸린 할머니와 아버지가 짝짜꿍이 되어 콩가루 집안을 만든 이 집에서 탈출하고 싶다. 교육열이라고는 약에 쓰려고 해도 고양이 오줌만큼도 없는 부모가 아들 상사병을 앓느라 정신이 하나도 없다.

동네 아줌마들은 이왕지사 생긴 목숨 첩년은 딸을 낳고, 엄마는 아들을 낳아야 되는 집구석이라며 우리 집 일에 흥미진진 재미있어 한다. 참으로 꽤 괜찮은 구경거리라도 생긴 듯 마을 고샅마다 쑥덕질이 난무하다.

아들이, 잘난 아들이 있으면 할머니의 인생이 어떻게 달라지는지, 나는 정말 그걸 모르겠다. 죽어서 조상님 얼굴을 똑바로 쳐다보면서 천년만년 복락을 누리고 산다는 확실한 보장이 있는 걸까. 아버지, 엄마의 인생은 또 어떻게 달라지는지 당최 감이 잡히지 않는다.

엄마의 임신 소식을 들은 첩년은 몹시 불안했나 보다. 아버지를 아예 사타구니 밑에 끼고서 산다. 용한 점쟁이가 제 년은 틀림없이 아들을 낳는다고 했다고 했다나, 태몽을 호랑이 꿈을 꾸었다나, 용꿈을 꾸었다나, 뱃구레를 걷어차는 힘이 장사라나, 첩년에게 들은 온갖 잡소리를 할머니한테 주절거리는 아버지에게 똥바가지를 퍼붓고 싶다.

천년 묵은 여우가 도섭을 했는지, 첩년은 아들을 낳아도 호적에도 못 올리는 불쌍한 제 아들이라고, 가진 아양을 떠는 꼬락서니라니, 혼자 보기 정말 아까운 광경이다. 아버지하고 할머니를 모시며 조상님 제사 떠받들고 살려면 재산이 있어야 하지 않느냐, 등등의 온갖 수단과 방법을 안 가리는 여우해골 바수는 소리에 아버지 정신이 흐물흐물 녹았나 보다. 집과 텃밭을 제외하고는 첩년 앞으로 재산을 모조리 빼돌렸다는 소문이 온 동네에 뭉게구름처럼 둥실 떠다닌다.

내 귀에까지 들리는 소문을 엄마가 차마 못 들었을까? 바보 같은 엄마는 멍청하게 방관만 하고 있다. 대체 엄마는 무엇을 믿고, 무슨 심사로 맹꽁이처럼 맹하게 구는지 애꿎은 내 속만 새까맣게 타들어 간다. 엄마야말로 삼신 시샘으로 아이를 가지면 틀림없이 아들을 낳는

다는 속설을 믿는 것일까. 이번에는 기필코 아들을 낳아서 첩년에게
빼앗긴 남편을, 아버지를 도로 찾을 수 있다는 확신도 뱃속의 아이와
함께 키우는 것처럼 보인다.

아들을 잉태한 자의 거룩한 몸가짐인지, 딸만 내리 낳았던 태동하
고 천지차이가 나는 힘찬 태동을 느끼는지 그마저 알 수 없는 노릇이
다. 암만 그래도 그렇지, 우리 식구 명줄인 땅마지기를 첩년 손에 넘
겨주었다는 소문이 자자한데 확인조차 안하는 느긋함이라니, 아들만
낳으면 뒤죽박죽 뒤엉킨 집구석이 온전히 제자리로 돌아올 것이라 착
각을 하고 있나 보다.

하지만 그런 엄마의 느긋함과 달리 아버지와 할머니는 딸만 줄줄이
일곱씩이나 낳은 엄마가 낳아봐야 또 딸일 거라고, 무시하다 못해 엄
마의 임신사실조차 인정하지 않는 것 같다.

첩년을 새 며느리처럼 받들던 할머니마저 아예 읍내 첩년 집으로
가서 눌러 앉았다. 여우같은 첩년의 치맛자락에 할머니도 아버지와
한 넝쿨에 매달린 늙은 호박이다. 재산을 빼돌린 첩년은 할머니한테
도 곱살스럽게 아양을 떨어댄다. 가식으로 포장하고 위장한 효에 아
버지와 할머니는 속 창알머리도 빼버렸는지 신선놀음에 널리리 장단
이다.

지겨운 시간도 가는 세월 앞엔 잠깐이다. 첩년의 배가 보름달을 쪼
개서 엎어놓은 듯 불룩해졌다. 우리 집 재산을 빼돌려서 지지고 볶은
기름진 음식으로 잘 쳐 먹고 입성 또한 훤해서 신수도 번지르르하다.

3.

아침부터 산기가 도는 엄마가 하루 왼 종일 용을 쓴다. 산파노릇을 하는 외할머니는 입만 열면 연신 죽일 놈, 잡아먹을 놈, 빌어먹을 놈, 차마 입에 담지 못할 거친 욕을 줄줄이 쏟아 놓는다. 죽일 놈은 물어 볼 것도 없이 아버지다. 잡아먹을 놈도, 빌어먹을 놈도 두 말 할 것 없이 아버지다. 노산인 엄마는 제대로 먹지를 못해서인지 영 힘을 못 쓴다. 엄마의 임신을 반기는 사람은 아무도 없었다. 맏자식인 나조차도 창피스럽고 밉기만 했으니까. 오직 엄마만 아들을 낳아야 한다는 일념으로 뱃속의 아이를 키웠다. 그런 엄마가 신음소리조차 가슴속으로 삼키며 애써 고통을 참는다.

외할머니는 나에게 물을 끓이고 미역을 빨아서 첫 국밥 지으라고 분주하게 지시를 한다. 아버지가 젊은 첩년과 미쳐서 나돌아쳤으니 땔감조차 제대로 있을 리 없다. 볏짚을 가져다 가마솥에 불을 사른다. 간간이 문틈을 비집고 새나오는 엄마의 신음소리가 불안하다. 구차한 엄마의 일생이 짚불처럼 사위어가면 어쩌나 불길하다. 섣달 하루해는 토끼꼬리처럼 짧은데 엄마의 산고는 오뉴월 저녁나절 그림자보다 더 기다랗게 늘어졌다. 고통스럽게 토해내는 신음소리와 정신 놓치지 말라고 쉴 새 없이 엄마를 다그치는 외할머니의 성화에 내 마음은 점점 더 불안해진다. 까맣게 타들어가는 남의 속도 모르는 동네 아줌마들 고개가 우리 집 싸리문 안으로 절반도 더 들어왔다.

"엄마 애기 낳았냐? 아들 낳았냐?"

남의 집안일에 궁금한 것이 왜 그리 많을까? '미친년들, 속으로 중얼거렸다. 엄마가 딸을 낳으면 얼마나 찧고 까불 이야깃거리가 많을까 또 아들을 낳으면 한 술 더 뜰 것이 분명하다. 세 달 전에 첩년은 보기 좋게 딸을 낳아서 심심하던 동네가 꽤나 흥이 나서 들썩거렸다. 아버지도 할머니도 그제야 남부끄러운지 잘난 상판대기는 고사하고 코빼기도 볼 수 없었다. 오직 엄마만 기필코 아들을 낳아서 할머니고 아버지고 사그리 족족 엄마궁둥짝 밑으로 깔아뭉갤 야무진 꿈을 키우고 있었지 싶다.

"몰라요"

쐐기처럼 퉁명스럽게 건성으로 대답했다.

"에미야, 조금만 힘을 더 줘라 정신 바짝 차리고, 정신 놓지 말고."

외할머니의 목멘 애끓는 한숨 소리가 연신 들린다. 안방 문 앞에서 안절부절 못하고 내 가슴만 속절없이 타들어 간다. 연보라색 고운 꿈만 키워도 모자랄 나이에 늙은 엄마의 여덟 번째 산고를 지켜보자니 나도 모르게 왈칵 눈물이 쏟아졌다.

"문이 잡혔으니 조금만 더 힘을 주어라. 그려, 그려 조금만 더 조그만 더."

외할머니는 주문처럼 엄마에게 기운을 불어넣고 있다.

"으아악, 아이고 어머니, 나 죽네."

생살 쪼개는 엄마의 처연한 비명소리가 울 밖을 타고 넘는다. 무섭다. 정말 무섭다. 저러다가 엄마가 죽을지도 모른다는 생각마저 들었다. 만약에 엄마가 저대로 죽으면 줄줄이 있는 동생들을 내가 거두어야 한다. 앞으로 펼쳐질 힘든 내 삶이 파노라마처럼 선명하게 스치고 지나간다. 저렇게 무서운 고통을 일곱 번을 겪었을 엄마, 그런데도 아들을 낳아야 한다는 일념으로 저토록 모진 산고를 자처하고 있는 엄마, 까무러치듯 자지러질듯한 신음소리는 엄만의 목숨까지 위협하는 듯 불안했다.

“아―아―악! 나 죽네, 사람 살려.”

“응애애, 응애애, 응애애.”

엄마의 숨넘어갈 것 같은 외마디 비명과 아기의 울음소리가 간발의 차이를 두고 들렸다. 그악스럽게 울어대는 아기의 울음소리가 예사롭지 않게 들렸다. 엄마의 아들이 태어난 것이 틀림없다.

“아이고 애썼다. 아들이다 아들이야, 고추를 달고 나왔어.”

외할머니의 들뜬 목소리가 문틈을 비집고 새어나왔다. 엄마의 아들이 태어나면 하늘이 두 쪽이 나든, 천지가 개벽을 하든, 엄청나게 커다란 변화가 있어야 했다. 적어도 내 생각은 그랬다. 그렇지 않고서야 늙은 엄마가 아들을 낳은 아무런 의미가 없지 않는가?

그러나 엉뚱하게 이상하게도 변화는 안방에서 일어나고 있었다. 생뚱맞게 엄마의 울음소리가 들렸다. 그러나 엄마의 울음소리는 기뻐서, 너무너무 좋아서 우는 울음소리가 아니었다. 가슴 저 밑바닥을 송두리째 끌어올려서 태질을 치는 처절한 통곡에 가까웠다.

“어머니, 내가 아들을 얻으려고 그 모진 구박과 설움을 받았어요.”

“그래, 이제 너도 아들을 낳았으니, 제대로 기를 피고 살아.”

엄마는 한참을 서럽게 울다가 지쳤는지 잠잠하다. 안방 문이 열리면서 외할머니가 부산스럽게 재촉이다.

“엄마가 노산이니 몸조리를 잘 해야 한다. 할미가 나이가 많아서 엄마 몸조리를 제대로 시킬 수 없으니 큰 년 니가 이제부터 엄마 몸조리를 잘 시켜야 혀. 엄마가 건강해야 너희들 팔남매 키우며 잘 살 수 있는 거여. 니가 큰딸이니 엄마한테 잘 해야 한다. 큰딸은 남편마치 힘이 된다. 알았지? 방에 불도 식지 않게 자주 때고 국밥도 자주 주어야 혀.”

외할머니는 엄마가 노산이니 몸조리를 잘 시키라는 당부를 골백번도 더 했다. 아무리 고개 하나 사이라지만 그날, 그 밤으로 가신 외할머니가 야속했다. 밥해 먹고 빨래하는 것은 평소에도 하던 일이라 별 걱정이 없는데 엄마의 산후조리는 걱정스럽기만 했다. 외할머니는 아버지와 친할머니가 혹시라도 엄마가 아들 낳았단 소문을 듣고 들이닥칠까 봐, 내 생각엔 그 꼴이 보기 싫어서 그 밤으로 가신 것이 틀림없다.

석 달 전에 아들을 낳을 거라고 큰소리를 땅땅 치며 재산을 빼돌린 첩년은 딸을 낳았으니 천벌을 받은 것이다. 엄마를 구박하고 딸자식들을 헌신짝처럼 팽개치고 읍내 첩년 집으로 간 할머니와 아버지는 집으로 차마 오지 못했다. 엄마를 대할 낮도 없겠지만 동네 사람들 부끄러워서인지 발걸음을 뚝 끊었다.

부지런히 밥을 짓고 미역국을 끓여서 들고 들어갔다. 울어서 눈이 토끼눈처럼 빨개진 엄마가 엄마의 귀한 아들을 대견한 듯 하염없이 보고 있다. 그러나 허망한 눈빛도 내 눈을 비켜가지 못했다. 아들을 낳았다고 축하해 줄 아버지와 할머니가 곁에 없다는 허전함을 더듬는 엄마의 모습을 나는 분명히 보았다. 그런 엄마의 애닲은 모습을 보니 엄마의 아들, 그 녀석을 앙칼지게 비틀어 꼬집어 주고 싶다. 어디를 갔다가 이제 와서 우리 집안을 풍비박산을 낸 못된 놈 같아 보였다. 귀하다는 생각은 손톱만치도 들지 않는다.

"나쁜 자식."

혼자 중얼거렸다. 아들을 품에 끼고 누운 엄마는 맏딸이 누구를 향해 욕을 하는지 관심도 없어 보였다.

4.

엄마가 아들을 낳았다고 누구도 아버지에게 통보를 한 적이 없다. 마을 사람들이 읍내 나갔다가 아버지를 만나서 이야기를 했는지 그조차 알 수 없다. 언제 어디서 어떻게 소식을 들었는지 그마저 알 수 없다. 그런데 엄마가 아들을 낳고 사나흘이 지나자 할머니와 아버지가 쇠고기와 미역을 사들고 집으로 왔다. 할머니는 참 천연덕스럽다. 오래 전부터 아주 다정했던 고부간처럼 살갑고 근인스럽게 엄마를 다독인다.

"진작 알리지 그랬냐. 아이고, 우리 어미 애썼다. 노산인데 얼마나 고생을 했을꼬."

나는 두 눈을 부릅뜨고 할머니 얼굴을 똑바로 쳐다보았다. 명배우도 저렇게 완벽한 연기는 할 수 없다. 얼굴색도 안변하고 햇솜보다 더 부드럽게 엄마를 쓰다듬고 있다니, 아들의 힘이 이런 거구나 싶다. 정말 아들의 위력은 대단하다. 엄마를 못 잡아먹어서 안달하며 모질게 구박을 하던 할머니의 모습은 그림자도 찾을 수 없다.

"아이고 내 새끼, 내 강아지 어디 보자."

할머니는 잠자는 손자의 아랫도리를 서슴없이 벗긴다. 남자를, 아들을, 고추를 확인한다. 세상을 다 얻은 기쁨을 안면 가득 화사하게 펼치고 있다. 틈만 나면 핏덩이 손자 아랫도리를 벗겨놓고 보고 또 보며 아들을 즐긴다. 아예 손자 옆에서 눌러 붙어서 산다. 엄마는 그런 할머니의 모습을 오히려 흐뭇하게 바라보고 있다. 그동안 받았던 서러움을 보상이라도 받는 것처럼.

마치 할일을 알아서 다 하는 착한 아이처럼 할머니에게 고분고분했다. 그러는 엄마가 정말 못마땅하다. 목에 힘을 잔뜩 주고 큰소리치며 엄마 아들이라고 으름장이라도 놓았으면 싶다. 손끝하나도 건드리지 못하게 하면 좋을 성 싶다. 이 아이는 순전한 내 아들이라고 어깨가 빠개져라 힘을 주었으면 내속이 후련할 텐데, 그러면 섣달그믐께 얼음 둥둥 뜬 동치미국물만큼이나 내 속이 시원해 질 텐데 바보 같은 엄마는 그걸 못한다.

아버지가 엄마를 대하는 처신은 더 가관이다. 눈뜨고 보기 어려운 낯설기 그지없는 연기를 거침없이 한다. 명배우가 따로 없지 싶다. 아기를 낳은 지 한 달이 다 되는데 어머니에게 바람이 든다고 방문을 여닫는 딸들을 나무란다. 이불자락을 연신 엄마 목까지 끌어다 덮어준다. 아랫목이 까맣게 타들어 가도록 군불을 시도 때도 없이 지핀다. 방이 추우면 귀한 아들이 딸꾹질을 하기 때문이란다.

엄마는 아들 낳은 대접을 원도 한도 없이 받는다는 푸근함에 마냥 젖어 행복해 한다. 정성으로 산바라지 해 주는 큰딸 덕에 손등이 분결처럼 고와지도록 호강하는데, 내 수고 따위는 안중에도 없어 보인다. 엄마의 귀한 아들, 조그만 조 녀석 때문에 내 손등이 거북이 등처럼 갈라터지고 피가 나는데 그런 나를 안타깝게 여기는 사람이 없다. 할머니도 아버지도 엄마까지도 아들을 즐기느라 마음고생 몸 고생하는 내가 눈에 들어오지 않는 모양이다. 누구 한 사람 고생한다고 위로하는 인간이 없다.

엄마의 아들은 먹고 자고, 자고 먹고 토실토실 살이 올랐다. 아버지는 아들에게 혼이 나가 세월이 가는 줄 모른다. 아들 삼매경에 빠져서 읍내 작은댁도 아예 잊었나 보다. 두어 달을 집에서 꼼짝 않고 있으니 말이다. 엄마도 할머니도 작은댁 이야기는 한마디도 입 밖으로 꺼내지 않는다. 기세도 당당하게 솜사탕을 빨듯 첩년과 놀아나던 달콤함은 어디에도 없어 보였다.

그렇게 낯선 상황들을 나 혼자서만 어색해 한다. 할머니의 염치없는 행동이 구질구질하게 느껴졌다. 구걸타령에 이골이 난 각설이보다 더 염치없는 행동을 하는 할머니를 보고 있으면 입안에 쓴물이 자주 고인다. 첩년하고 한평생 배 두드리면서 천년만년 살 것같이 의기양양하던 기색은 어디에다 숨겼는지 꼬리조차 안 보인다. 엄마나 아버지 할머니, 모두 아무 일도 없었다는 듯 평화로운데 뒤엉킨 내 속만 여전히 풀리지 않는다. 할머니에게 오기를 가득 물고서 싸움닭처럼 대들었다.

"할머니하고 아버지 읍내 첩년한테 왜 안가요? 여기서 살 거예요?"

얼굴 가득 독기를 품고 할머니와 아버지에게 쏘아댔다. 속 알맹이가 하나도 없는 바보 멍청이 엄마는 그런 나를 못마땅해 했다. 할머니에게 아버지에게 버릇없게 군다며 나를 나무란다.

"저 빌어먹을 년, 저, 저, 저 앙기가 언제 없어지려는지, 그렇게 독을 품고 있으면 신상에 해로운 벱이여."

"내가 무슨 독기를 부려요? 할머니랑 아버지가 엄마를 얼마나 모질게 구박했는지 생각 안나요? 없었던 일처럼 의뭉스런 할머니나 오지게 천벌이나 받을 생각하세요.”

아버지나 할머니를 대하는 내 행동은 언제나 가시가 성성했다. 가슴 골골마다 덧난 상처의 피고름이 그득한데 쉽게 풀리길 바라다니 천부당만부당 어림 반 푼어치도 없는 소리다.

“내가 니 어미가 미워서 구박을 한 줄 알어? 이년아, 아들을 못 낳으면 대가 끊어지니까 그런 거여, 조상님들 볼 면목이 없어서 그런 거여, 이년아. 그걸 니년이 알어?”

“벌떡벌떡 숨 쉬는 딸자식들도 제대로 키우지 못하면서 그까짓 죽은 조상이 대수예욧?”

“그런 소리 말아 이년아, 딸년은 시집가면 그만이야. 조상님 제사 지내주고 대를 이어줄 아들이 최고인 거여.”

아들 중독으로 제정신이 아닌 할머니에게 그 어떤 말도 소통되지 않는다. 오로지 아들만이 전부였다. 손자가 있는 이집이 당신집이라며 기세가 등등하다.

아버지는 일말의 양심은 남았는지 할머니와 눈만 마주치면 으르렁거리는 내 눈치를 슬금슬금 본다. 미안해하는 기색도 역력했다. 그런 아버지가 어떤 생각을 했는지 읍내 작은댁에 다녀온다며 나갔다. 그런데 어찌 된 영문인지 사흘이 넘어도 아버지는 집으로 오지 않았다. 아들을 낳을 거라고 온갖 아양을 떨고 딸을 낳은 그 여우같은 첩년에게 발목이라도 잡혔는지 알 수 없는 일이다. 아버지를 힘없이 첩년에게 넘겨주었던 엄마의 아들 낳은 유세라니, 엄마에게 전혀 어울릴 것 같지 않은 질투를 하고 있다.

"이놈의 영감이 가더니 함흥차사가 되어 버렸나? 내 이년을 찾아 가서 머리채를 뽑아 버리든지 해야지."

목소리에 힘이 잔뜩 들어간 엄마 모습은 생각할수록 웃음이 난다. 예전에 엄마모습이 아니다. 이제 방실거리고 웃는 콩꼬투리만한 아들 을 믿고 저렇게 당당해질 수 있는지 의심스럽다. 엄마에게 아들은 전 부였고 힘이었다. 팔을 걷어붙이고 씩씩거리며 읍네 작은댁으로 의기 양양하게 간 엄마가 맥이 풀려서 돌아왔다. 첩년은 벌써 한 달 전에 행 방을 감추었단다. 아버지의 소식은 단 한마디도 입수를 못한 채 근심 만 한 짐 가득 풀어놓는다. 아버지의 행방은 묘연했다. 첩년과 아버지 와 사전에 약속을 하고 따라 간 것인지 알 수 없는 노릇이다.

그러나 그건 매우 희박한 의심이다. 아버지는 두 달 동안 아들만 바 라보고 있지 않았던가. 두 달 동안 엄마와 아들 곁을 잠시도 비워놓지 않은 아버지를 누구보다 엄마가 더 잘 알고 있다. 엄마는 식음을 전폐 하다시피하며 며칠을 천 년 인양 안절부절 못하고 백방으로 아버지의 행방을 수소문했다.

그러나 어이없게도 마른하늘에 청천벽력이 떨어지다니. 목매이게 바라던 아들이 아버지의 전부를 책임져줄 것 같은 대단한 아들이 방실 거리고 있는데, 그럼에도 불고하고 집을 나간 이레 만에 아버지는 동 구 밖 저수지에서 보기 흉한 익사체로 발견되었다. 청천병력이란 이 런 거구나. 이렇게 죽으려고 아들을 그토록 목매이게 바라고 바랐는 지 허망하기 그지없었다. 흉한 모습으로 죽은 아버지가 원망스럽다. 아들은 물론, 아들을 보려고 줄줄이 낳은 일곱 딸을 책임져야 한 아버 지가 목숨을 끊어버려서야 될 말인가. 죽은 아버지를 용서 못했다. 아니 절대로 용서할 수가 없다.

첩년에게 간 아버지가 기절초풍을 할 이야기를 입수했다. 그 동안 아버지를 녹여내고 구워삶아서 빼돌린 재산을 처분해서 젊은 서방 놈과 줄행랑을 친 것이다. 처음부터 계획하고 쳐놓은 촘촘한 그물망에 아들 하나 보려고 눈이 먼 아버지가 병신처럼 덥석 걸려든 것이다. 작은댁 첩년이 낳은 딸년도 함께 도망간 젊은 놈의 씨라는 소문만 무성했다. 동네사람들이 흘리던 소문이 헛소문이 아니었다. 밥술이나 부쳐 먹고 살던 논밭이 흔적 없이 사라졌다. 달랑 깔고 앉은 집 한 채와 텃밭만 남겨두고 젊은 작부 년한테 꼴좋게 사기를 당한 병신머저리 같은 아버지다.

아들 볼 욕심에 눈이 멀어서 젊은 년에게 정신을 빼앗기고 살았던 자신을 돌아보았을 테지. 어처구이 없게 벌어진 상황에 눈이 뒤집혔을 것이 뻔하다. 그런 아버지가 환장을 해서 저수지로 뛰어들었는지, 제정신 차리고 산다한들 엄마와 딸들에게 오금 저리게 구박을 당할 것이 빤해서 뛰어들었는지, 아는 사람도 없고 본 사람도 없으니 기가 찰 노릇이다. 엄마의 애통한 울음소리만 천지를 진동한다. 기구한 엄마 팔자에 끌끌 혀를 차대는 동네 사람들의 동정어린 인심만 후하게 철철 넘쳐 난다.

마흔 네 살 엄마는 천금처럼 귀한 아들을 얻은 대가로 꼴사납게 과부가 되었다. 귀한 아들을 얻은 대가치곤 너무 잔인하다. 엄마는 끈 떨어진 방패연 신세다. 허공을 맴돌다 높은 나뭇가지에 매달린 갈래갈래 찢어진 방패연과 다름없는 신세가 확실하다. 늙은 시어머니와 일곱 명의 딸자식과 귀하고 잘난 아들을 혼자 힘으로 책임져야 한다는 현실이 태산처럼 떡 버티고 비켜 설 줄 모른다.

얄미운 할머니는 참으로 똑똑하다. 아버지가 그렇게 허무하게 세상을 뜨고 나서 시름시름 앓더니 그 해를 못 넘기고 세상을 떠났다. 아들을 낳지 못하였다면 서방 잡아먹은 년이라고 엄마의 오장육부를 후비고 쑤시고도 남을 할머니다. 심술 맞은 내가 사정없이 떠다박질러도 누구 하나 말려 주고 편들어 줄 사람 하나 없음을 일찍 간파 한 진짜 똑똑한 할머니다.

엄마팔자에 비하면 백 배, 천 배나 나은 할머니다. 천수를 누린들 무슨 소용이 있을까. 앙칼진 손녀딸년과 이미 제정신을 놓아 버린 것 같은 며느리의 구박이 불을 보듯 빤하다는 걸 감지하고 돌아가신 야무진 노인이다. 아마 혼령이 있다면 아버지가 할머니를 불러갔을 것이 틀림없다. 두 모자가 엄마와 딸자식들한테 뼛속까지 스며들 원망을 샀는지 그걸 못 깨달았으면 죽은 목숨이지만 정말 바보다. 후한이 두려워서 아버지의 혼령을 따라나선 영악하기 그지없는 천재적 기질이 다분한 할머니다.

엄마는 그런 할머니 팔자를 청승맞게 주억거리며 부러워했다. 나만 두고 가면 어떻게 하느냐고, 나도 데려가라고, 곧 할머니를 따라갈 듯이 울부짖었다. 파란만장한 엄마 팔자의 칙칙한 깃발이 만국기처럼 펄럭인다. 죽 쑤어 개도 못 줄 기막힌 엄마 팔자, 울타리 밑에 개 팔자 만도 못한 엄마 팔자는 먹다 버린 개떡만도 못하다.

엄마에게 더없는 불행을 몰고 온 아들타령은 이렇게 허망하게 막을 내렸다. 먼산바라기로 멍하니 정신을 놓고 있는 엄마에게 아들은 더 이상 희망이 아니다. 아직 젖먹이 아들, 보물 같은 아들을 지극 정성

키워야 할 엄마가 툭하면 막걸리 사발을 기울인다. 팔자타령을 읊어대는 날이 점점 늘어갔다. 동생들은 저들 나름대로 직장을 구해서 하나둘 차례대로 집을 나갔다. 정작 집을 떠나고 싶은 사람은 나다. 하지만 내가 없으면 우리 집안이 금방 폭삭 무너질지 모른다는 불안감을 떨쳐내지 못한 나는 어금니를 사려 물었다.

엄마는 귀한 아들을 키울 생각을 이미 접어 치운 사람이다. 누가 맏이는 하늘이 점지한다고 했던가. 어두운 현실을 박차고 나가지 못하는 용기 없음이 못 견디게 저주스럽다. 나마저 훌쩍 집을 나가면 엄마는 물론, 내 인생까지 끝나버릴 것 같은 두려움이 앞서는 이유는 무얼까? 아니, 두려움보다 할머니 말대로 우리 집 대를 이을 아들, 엄마의 아들을 잘 키워야 한다는 어떤 사명감이 나를 옭아매고 있다.

이 얼마나 모순된 생각인지 기가 막혔다. 정신 줄을 놓은 엄마를 대신해서 엄마의 아들을 마치 내 아들인 양 키워야 한다. 아들타령이 술타령 팔자타령으로 바뀌어 버린 엄마가 아들을 돌보는 것은 아무래도 무리니까. 전후 속사정 모르는 이들은 내가 엄마인 줄 안다. 우리 식구 명줄인 논밭전지가 아들타령으로 모두 날아갔으니 사는 형편이 말이 아니다.

나는 품팔이로 김을 매러 다니는 일 말고도, 봄나물이 퍼지기가 무섭게 나물을 채취하여 장에 내다 팔고, 추석이 돌아오면 솔잎을 뽑아서 장에 내다 팔기도 했다. 송이 철이면 깊은 산속을 헤매고 다녔다. 읍내 한의원에서 마리당 십 원씩 쳐주는 도마뱀을 잡으러 다닌 적도 있다. 선머슴도 그런 선머슴은 세상에 없지 싶다. 혼수품으로 수를 놓는 따위의 얌전한 행위는 꿈도 못 꾸었다.

아무리 맏딸은 살림밑천이라지만 철저하게 정신적, 육체적으로 혹 사시키는 어른들이 저주스럽다. 조상들을 제사 지내주고 대를 이으려는 아들타령이 악마의 노래처럼, 이명처럼 내 귓가를 맴돈다. 엄마의 속셈도 한낱 같아서 함께 동조를 해놓고 나몰라 하다니 밉살스럽기 그지없다.

5.

집안의 분위기는 천정이 방바닥과 맞닿을 것같이 무겁게 가라앉았다. 검버섯으로 뒤덮인 엄마의 주름진 얼굴이 형편없이 일그러진다. 동생들은 무거운 침묵이 버거운지 자꾸 내 눈치를 본다. 어려서부터 각자의 길을 반듯이 걸어서 버젓하게 일가를 이룬 동생들이다. 구차한 친정집 살림 사느라 결혼이 늦은 큰언니를 끔찍하게 생각하는 고마운 동생들이다. 큰언니 말이라면 자다가도 벌떡 일어날 만큼 남다르게 생각하는 살가운 여동생들이다.

혼기를 놓치지 않았다면 사위를 보아도 될 나이에 달랑 하나 있는 딸이 이제 겨우 초등학생이다. 복절머리는 없는 엄마 팔자를 그대로 닮았나 보다. 부모 복을 못 타고 났으면 남편 복이라도 있어야 하는데, 남편마저 두 해 전에 급성 폐암으로 세상을 등졌다. 타고 난 사주팔자는 비켜 갈 수 없다더니 아무리 열심히 살려고 해도 느닷없이 들이닥친 불행은 비켜 갈 재간이 없다. 시부모에게 물려받은 재산도 없는데 남편은 암과 투병하느라 빚만 잔뜩 남기고 갔다. 그런 까닭에 힘들게 직장생활에 매달려 사는 큰언니에게 늘 연민의 정을 안고 사는 여동생들 눈빛이 때론 부담스럽다. 그런 동생들이 무거운 침묵을 어떻게든 깨보려고 조심스럽게 내 눈치를 살핀다.

엄마 촉수는 아들 발자국소리를 감지하느라 여념이 없다. 드디어 엄마의 잘난 아들이 들어왔다.

"어서 와."

무거운 침묵을 깨고 엄마가 짧게 한마디 했다. 녀석의 뒤를 따라 들어오는 낯선 여자는 예의 그 딸 하나 달린 이혼녀가 분명하리라. 상처한 과부의 조금은 불쌍하고 가련해 보이는 모습이라면 차라리 나을 뻔했다. 이혼녀 특유함이랄까. 애가 딸린 여자가 총각을 넘본 뱃장이 절로 느껴졌다. 상견례와 버금가는 자리인데 터질 듯 꽉 끼는 청바지에 청재킷을 걸친 모습은 낯설기 그지없다. 처음부터 달갑지 않은 시선으로 바라 본 내 시선에도 문제가 있겠지만. 이건 아니다. 정말 이건 아니다.

"안녕 하세요, 어머니."

"그래, 어서 오너라."

벌써 수차례 오고 간 게 분명하다. 엄마하고 만남이 익숙함을 은연중 드러낸다. 그녀의 뻔뻔스러움이 아버지를 홀려서 전 재산을 빼돌려 도망간 첩년의 모습과 클로즈업되었다. 그녀 얼굴을 대하는 순간 역한 감정이 분수처럼 솟구쳤다. 그 첩년 때문에 엄마팔자가 아니, 내 팔자마저 기구하게 기울었다는 분노가 폭풍처럼 들고일어났다. 그녀와 같은 공간에 있다는 사실조차 치욕스럽게 느껴진다. 눈길도 주지 않고 안방으로 들어갔다. 짐작은 했겠지만 엄마는 몹시 당혹해 하며 입을 열었다.

"이왕 온 거 인사라도 받아라."

"엄마, 내가 왜 저런 여자 인사를 받아야 해?"

거칠게 말대꾸를 했다.

"얘, 사람이 인사가 그게 아녀. 사람을 면전에 두고 그러면 못써."

엄마는 내 눈치를 보랴, 잘난 아들 눈치도 살피랴 정신이 없어보였다.

"그러게 내가 집에 간다고 했잖아요. 얼굴만 보고 가라고 했잖아요. 저 얼굴 보려고, 잘난 엄마 아들 공부시키며 희생하고 산 내 인생이 억울해요?"

수십 년 참았던 분통이 화산처럼 폭발했다. 엄마 아들을 위해서 헌신했다는 억울함이 용암처럼 끓어오른다. 그녀 이야기를 듣기 전까지는 내가 해야 할 일을 마땅히 했다고 생각했다. 그랬는데 흑백 논리보다 더 선명하게 희생과 억울함으로 구분되었다.

"난 엄마도, 형제도 친정도 없어. 이제부터 모두 안 보고 살 거야."

현관문을 박차고 목숨보다 소중한 내 딸의 손목을 잡고 나왔다. 잽싸게 팔을 낚아채는 거친 힘이 느껴졌다. 남동생 막둥이였다.

"큰누나, 왜 이래요. 큰누나 이거밖에 안 되는 사람이에요?"

"이 자식이 이제 눈에 보이는 것이 없니? 큰누나가 어떤 사람인데? 큰누나가 성인군자라도 되는 줄 알았으면 착각이야, 이 나쁜 자식아. 어디 여자가 없어서 애 딸린 이혼녀를 신부 감이라고 소개를 시켜. 싹수 없는 자식아."

"누나, 웃기는 말로 보사부 장관이 인정하는 신부 감을 원하세요? 나도 완벽한 총각은 아니거든요. 아이는 엄마가 키우는 것이 정서적으로 좋다는 거 누나도 인정하잖아요."

“이 자식이 어디다가 문자를 쓰고 있어. 나는 너처럼 못 배워서, 대학은 고사하고 중학교 문전에도 못 가 봐서 니 말 못 알아들어.”

나쁜 자식, 치사하게 정곡을 찔러대다니. 남편이 잘못되고 주변에서 내가 끝까지 혼자 살기 힘들 거라는 지레 짐작을 했는지 아이를 시댁에 맡기고 새 출발을 하라고 권유했었다. 하지만 재혼 따위는 꿈에서도 생각지 않았다. 오로지 딸아이의 정서를 운운하며 지금껏 열심히 키우는 거룩한 내 경우와 제 놈과 사귀는 이혼녀와 비교를 하고 있다니 기가 막혔다.

“내가 혼자 아이를 열심히 키우는 문제하고 네 녀석 결혼 문제하고는 천지차이야. 이놈아. 알어?”

“결혼은 이상이 맞는 사람과 해야 한다고 생각해요.”

“너 말 잘했다. 그럼 저 여자는 첫 번째 결혼은 장난으로 했다던? 처음부터 이상을 고려하지 못하고, 왜 이제 와서 네놈하고 이상을 논하며 우리 집안을 시끄럽게 만드는 건데? 네 녀석이 말하는 이상이 어떤 건지 나는 무식해서 모르겠다.”

“성격 파악 못하고 첫 단추 잘못 끼운 걸 풀고 제대로 끼우려는 거라고요.”

“성격 파악 좋아 하시네. 인생살이가 꿈길만 펼쳐지는 줄 알았으면 대단한 착각이야 이놈아. 작은 굴곡도 헤쳐 나가지 못해서 이혼을 한 거 아냐.”

“마음대로 생각하세요. 큰누나가 내 인생 살아주는 것도 아니니까.”

“알았어, 알았다고. 앞으로 네 문제에 끼어들 생각 추호도 없어. 너

따위 놈에게 내 청춘을 송두리째 퍼 부은 게 아깝다. 이 못된 놈아.”

녀석과 막말로 언쟁을 해도 눈도 깜짝하지 않는 그녀는 녀석의 마음을 송두리째 움켜쥐고 있음이 분명하다. 그런 그녀가 밉살스러울 만치 당당해 보인다. 첫 단추를 잘 못 끼운 걸 발견하고 바로 대처하는 영악스러움이 대차보였다. 부모나 다름없이 저를 키워준 큰누나에게 안면몰수 하고 들이대는 녀석은 그녀의 황금단추처럼 반짝반짝 빛이 났다.

녀석이 총각이라는 것 외에는 솔직히 배우자감으로 욕심나는 구석은 한군데도 없다. 그럼에도 생활의 한 단면이 마음에 들지 않으면 바로 바로 바꾸는 그녀의 치기어린 용기, 명색이 총각인데 아이를 데리고 총각과 새 출발을 꿈꾸다니 내 정서로는 이해하기 어렵고 그저 놀랍고도 기가 막힐 뿐이다.

아버지가 세상과 하직을 했을 때. 엄마의 아들을 나 몰라라 하고, 집을 뛰쳐나오지 못한 나자신 더없이 후회스럽다. 그때 나는 분명 첫 단추를 잘못 끼운 것이 분명했으리라. 부모가 잘못 채워준 첫 단추, 벗어내고 새 옷을 갈아입어도 될 법한 그 위기에서 탈출하지 못한 대가가 이건가 싶다. 그런대도 계속 엇갈려 채운 단추를 풀어 버리고 제대로 끼우지 못하는 나는 진정 바보인가? 끝내 마지막 단추마저 잘못 끼우고 살지 싶은 생각은 여전하니 그야말로 팔자소관이지 싶다. 하지만 끝내 참지 못하고 이건 진정 내 탓이 아니라고. 내 팔자가 왜 이런 거냐고 악다구니치며 통곡을 하고 말았다.

“그만 울어. 죽을 날이 가까운 내가 하나밖에 없는 아들, 몽달귀신으로 늙혀버리는 꼴을 봐야 되것냐? 지가 좋다고 저 야단인디 딸은 키워서 남의 집에 시집보내면 끝인디, 우리 조상하고는 아무런 상관두 없는 일이여. 아들을 낳아 대를 이으면 조상님께 면목은 차리지 않니?"

그랬었구나. 딸은 시집가면 그만이었구나, 엄마도 할머니처럼 딸은 여전히 남의 식구로 여기고 있었구나. 오로지 아들만을, 대를 이어줄 아들만을 가슴에 품고 살았구나. 나는 엄마에게 작은 버팀목도 되지 못했구나. 남의 식구로 밀려난 딸이었구나. 엄마의 잘난 아들로 인해 완고하기 이를 데 없다고 자부했던 내 성역이 단번에 와르르 무너지다니. 그러나 나는 집으로 돌아오는 동안 내 딸의 손목을 한 번도 놓지 않았다.

| 2006년 경기대 학술제 소설부문 당선작 |

동류항 두 개로 이룬 꿈

지은이 · 이수옥 **발행인** · 김윤태 **발행처** · 도서출판 선
등록번호 · 15-201 **등록날짜** · 1995. 3. 27 **초판 제1쇄 발행** · 2012. 7. 2
주소 · 서울시 종로구 낙원동 58-1 종로오피스텔 1409호
전화 · 02-762-3335 **전송** · 02-762-3371

ⓒ 이수옥, 2012

값 · 13,000원

ISBN 978-89-6312-455-1 03810